아버지의 길

이재익 역사소설

아버지의 길

노몬한의 조선인 ①

황소북스

차례

프롤로그 • 009

피리 부는 사나이 • 019

기차를 타는 사람들 • 062

노몬한의 가을 • 121

노몬한의 겨울 • 180

노몬한의 봄 • 237

노몬한의 여름 • 283

역사의 어둠 속에서 횃불을 옮긴 사람들에게

이 책을 바칩니다.

프롤로그

　노인을 처음 만난 곳은 호스피스 병원이었다. 탈북자와 관련한 추석 시즌 특집 프로그램을 기획하면서였다. 전문 분야도 아니고 선뜻 내키는 아이템도 아니었지만 CP(Chief Producer)의 강력한 주문에 어쩔 수 없이 방송을 제작해야 하는 상황이었다.

　다행히 탈북자 지원 단체 중 한 곳에 인맥이 닿았고 여러 명의 탈북자를 만날 기회를 가졌다. 그러던 차에 그 단체의 관계자에게 귀가 솔깃한 이야기를 들었다.

　"특이한 케이스가 있어요. 삼대에 걸친 일가족이 탈북을 시도했는데 제일 나이 많은 할아버지만 살고 나머지 식구는 몽땅 죽은 경우죠. 참 기구하다 아입니꺼? 노인네가 사연도 많고 듣고 본

것도 많을 깁니더."

노인은 폐암 말기로 시한부 선고를 받은 환자였다. 당장 내일 죽을지도 모르는 상태라고 했다.

오케이. 극적인 요소가 있다. 상징성도 좋다. 바로 이 아이템이야. 방송국 밥을 10년 넘게 먹은 PD로서 직감적인 확신이 들었다.

다음날 은평구 구산역 근처에 있는 병원을 찾았다. 축축하게 도시를 휘감고 있던 장마가 잠시 숨을 고르던 초여름 날이었다. 영화나 TV에서나 봤지 호스피스 병원에 직접 가 본 건 처음이었다.

겉보기에는 별다를 게 없었는데 들어가고 나니 일반 병원과는 분위기가 달랐다. 움직임이 적었다. 병원 내에 이동 중인 환자도 거의 없었다. 가끔 간호사가 미는 휠체어를 타고 복도를 지나는 환자가 있었는데 모두 노인이었다.

미리 적어온 호실을 찾아 6층으로 올라갔다. 한 뼘쯤 열려 있는 병실 문을 조용히 밀고 들어갔다. 8인실 병실에는 낮게 깔린 비구름만큼이나 무거운 공기가 머물렀다. 당연한 일이겠지. 죽음을 기다리는 곳이니까. 그것도 여러 명이 한꺼번에.

병실에 놓인 여덟 개의 침대는 문에서 가까운 두 개만 비었고 나머지 침대에는 모두 환자가 누워 있었다. 요즘은 보기 드문 브라운관 TV가 문 옆의 벽에 매달려 있다. 드라마 재방송을 내보내는 케이블 채널에서 〈시크릿 가든〉을 방영 중이었다. 현빈이 하지원의 입술에 묻은 카푸치노 거품을 닦아주는 척하면서 키스하는 장면이 막 나왔다. 할아버지 할머니 중 몇몇이 진지하게 몰입해서 TV를 보는 중이었다.

문득 묘한 기분에 휩싸였다. 죽는 날을 받아놓은 사람은 이런 드라마를 보며 무슨 생각을 할까? 이들도 한때는 뜨거운 입맞춤을 나누던 순간이 있었겠지?

노인의 침대는 창가 쪽 자리였다. 그는 침대를 비스듬히 세우고 창밖을 응시하고 있었다. 소멸의 의식을 치르고 있는 깡마른 노구가 보였다. 밭이랑처럼 주름과 흉터로 푹 파인 얼굴인데 신기하게도 눈에서 빛이 났다. 나는 단체 관계자와 함께 인사를 드렸다.

"할아버지, 제가 말씀드렸지요? 이분은 방송국 피디님이세요. 이번에 탈북자 분들을 돕는 프로그램을 만드신대요. 할아버지하고 이런저런 대화를 좀 나누고 싶다고 하시네요."

관계자가 소개를 해주었다. 나는 허리를 굽혀 꾸벅 인사했다. 먹을 수 있는지 없는지는 모르겠지만 일단 준비해온 화과자(和菓子) 한 상자를 침대 옆에 내려놓았다.

노인은 특별한 환자였다. 여러모로 다른 환자와는 달랐는데 일절 말을 하지 않는다는 점에서 제일 그랬다. 병원에서 노인에 대해 알고 있는 사실은 탈북자 지원 단체에서 전해준 신상 정보가 전부였다.

김건우(金健旴). 1931년 평양 출신. 2005년 가족들과 함께 탈북. 딸과 사위는 국경 지역에서 총살당함. 함께 중국 국경을 넘은 외손자와 손자며느리의 행방은 알 수 없음. 탈북자 지원 단체의 도움으로 지난 달 입원.

첫 만남은 실패로 돌아갔다. 노인은 인사를 하지도 않았을 뿐더러 받지도 않았다. 시선도 마주치지 않았다. 다른 탈북자를 만나볼까 잠시 고민하다가 오기가 생겼다.

— 딱 일주일만 얼굴 도장을 찍어보자.

노인을 맡은 호스피스 간호사와 잠시 이야기를 나눠보았다. 윤아람이라고 자기 이름을 소개한 그녀는 일을 시작한 지 2년밖에 되지 않은 신참 간호사였다. 아람은 방송국 PD 명함을 받고는 자신이 아이돌 그룹 빅뱅 멤버 태양의 열렬한 팬임을 밝혔다. 그러더니 한참 내 얼굴을 유심히 보았다.

"혹시 소설도 쓰는 피디님 아닌가요? 맞죠?"

방송 일을 하면서 꾸준히 펴낸 소설책 중 한 권을 아람이 읽어본 것이었다.

"당직 근무 서면서 봤는데 진짜 재미있었어요. 인터뷰 기사도 읽은 적 있는데."

"고맙습니다. 다음에 올 때 다른 책도 선물로 갖다 드릴게요."

뇌물이 효과를 냈다. 아람은 묻지도 않은 정보를 친절하게 알려주었다.

"그 할아버지는 진짜 이상해요. 반응이 없으세요. 보통 다른 환자는 죽음 앞에서 어떤 식으로든 반응을 보이거든요. 두려워하시는 분도 있고, 살아온 날을 푸념하는 분도 계시고, 화를 내는 경우도 있어요. 그런 식이라면 저도 교육받은 대로 다독이고 위로해줬을 텐데 김건우 할아버지는 달라요. 여러 번 죽어본 적이 있는 사람처럼 표정도 그냥 담담하세요. 치매도 아니고 청각장애인도 아닌데 왜 말을 안 하는지 저도 궁금해요."

탈북자 단체 관계자의 말에 따르면, 노인은 원래는 그렇지 않았다. 입원할 즈음만 해도 밝은 성격에 대화도 곧잘 하는 편이었다고 했다. 왜 갑자기 입이 꾹 닫혀버렸는지 알다가도 모를 일이라고 고개를 저었다.

병원에서 내린 시한부 기한은 1개월이었는데 노인은 40일째 생명을 이어가는 중이었다. 병세도 특별히 위급하게 악화되거나 하지 않았다. 잘 모르는 사람이 보면 암 말기 환자가 아닌 평범한 노인으로 보일 정도였다.

며칠 동안 매일 병실에 와서 한 시간씩 노인의 옆을 지켰다. 정신 나간 사람처럼 혼자 이런 얘기 저런 얘기를 하다가 돌아가는 식이었다. 다른 환자들이 오히려 내게 흥미를 갖고 먼저 말을 걸어오기도 했다.

간호사들 사이에서는 노인이 과연 죽기 전에 한 마디라도 할 것인가가 관심사였다. 내가 병실에서 나오면 상황을 물어보는 사람도 있었다.

"오늘도 아무 말 없으세요?"

막바지에 다다른 여름 장마가 지루하게 늘어지던 7월 초의 어느 날이었다. 낮에 시간이 나지 않아 퇴근한 뒤에 병원을 찾았다.

어제까지만 해도 노인 옆에 누워 있던 할머니가 보이지 않았다. 췌장암 말기였는데, 80년 넘는 세월 동안 잔뜩 쪼그라든 체구를 지닌 백발의 할머니셨다. 며칠 전에 지팡이를 짚고 거동하시는 모습도 봤는데. 가셨구나. 깨끗이 치워진 침대 매트리스가 마치 묘석이 누워 있는 것 같았다.

옆 침대에 누워 있는 노인은 무슨 생각을 하는지 가만히 눈을 뜨고 있었다.

"저, 왔습니다. 어르신."

여느 때처럼 인사를 하고 간병인 의자에 앉았다. 나는 올 때마다 미리 이야깃거리를 준비해오곤 했는데 그날은 책을 한 권 들고 갔다. 탄자니아 세렝게티 공원에 사는 아프리카 야생 동물들의 사진을 제대로 담아낸 사진집이었다. 특별한 이유는 없었다. 사자, 하이에나, 표범, 코뿔소 등등 동물의 사진을 보여주면 재미있어 하시지 않을까, 조금이라도 자극이 되지 않을까 싶어서였다.

"이것 보세요. 이놈이 하마예요, 하마. 입이 정말 크지요? 한껏 벌리면 사자나 악어도 물어 죽일 수 있다고 하네요. 순하게 생긴 놈이 대단하지요?"

한 장 한 장 책장을 넘기며 사진을 보여주고 간단하게 설명을 해드렸다. 치타가 토끼를 쫓는 사진이 나왔다.

"자, 이번에는 치타네요. 세상에서 제일 빠른 동물이에요. 이놈 이 얼마나 빠르냐 하면 시속 120킬로미터예요. 고속도로에 다니 는 차만큼 빠른 거예요. 그런데 이렇게 빠른 놈도 토끼 사냥이 쉽 지 않답니다. 토끼가 워낙 왼쪽 오른쪽으로 팍팍 방향을 틀며 뛰 어서 치타가 지쳐버린대요."

사진 안에는 유선형의 몸통이 활처럼 휜 채 전력질주하는 치타 와 그 바로 앞에서 방향을 급선회해서 도망가는 토끼의 모습이 생생하게 담겨 있었다. 막 책장을 넘기려는데 노인이 내 손을 잡 았다. 그 순간 나와 노인의 시선이 처음으로 마주쳤다. 노인은 한 참 동안 사진을 응시하다가 입을 열었다.

"밖에 비가 오는가?"

창밖을 살펴보았다. 찔끔찔끔 내리다 말다 하던 비가 완전히 그 쳤다.

"지금은 안 오는데 언제 또 올지 모르겠네요. 왜요, 어르신?"

"바람을 좀 쐬고 싶은데."

절호의 기회였다. 나는 급히 윤 간호사를 호출했다. 당직이었던 아람은 휠체어를 준비해주었다. 나는 직접 휠체어를 밀고 9층 옥상 하늘공원으로 향했다. 잠시 멎은 비가 금방이라도 다시 내릴 듯 하늘이 낮았다. 바람이 적당히 불어 덥지도 춥지도 않았다. 아직 어린 밤하늘에는 비구름 때문에 별도 달도 보이지 않았다. 대신 연신내와 불광동으로 이어지는 동네의 불빛이 더 아늑하게 보였다.

"기분이 좀 나아지셨어요?"

"무슨 얘기를 들으려고 매일 같이 오는 건가?"

나는 차분하게 방문의 목적을 말했다. 노인은 가끔씩 음, 소리를 내며 내 말을 들었다.

"몸도 편치 않으실 텐데 정 말씀하시기 힘들면 제가 여쭤보는 질문에만 대답해주셔도 됩니다. 그러시는 편이 나을는지요?"

노인은 조용히 고개를 내저었다. 그리고 천천히 이야기를 시작했다. 나는 스마트 폰의 녹음 기능을 작동시켰다. 대충 알고 있는 노인의 탈북 경로를 떠올려 보았다.

압록강을 넘으면서 딸과 사위가 눈앞에서 총살당했다. 중국 대륙을 헤매다 손자와 손자며느리와 떨어졌다. 결국 일흔이 넘은 몸을 이끌고 홀로 대한민국의 국경 안으로 넘어왔다. 험난한 여정 속에서 어떤 끔찍한 증언이 이어질지, 얼마나 슬픈 사연이 등장할지 몰랐다. 각오하는 심정으로 귀를 열었다.

그런데 노인은 전혀 예상하지 못한 이야기를 시작했다. 그의 입을 통해 흘러나온 묵시록적인 여정은 탈북자의 경로가 아니었다. 노인이 아닌, 노인의 아버지가 겪은 인생 행로였다. 다큐멘터리로 제작이 되었고 영화로도 만들어져 우리에게 잘 알려진 길.

한 장의 사진이 있다. 미국의 전쟁문서보관소에 보관된 그 사진에는 '노르망디 코리안'이라는 별칭이 붙어 있다. 이름에서 알 수 있듯이 역사상 최대 규모의 군사작전으로 기록된 노르망디 상륙작전 중에 찍힌 사진이다.

어느 여름날 프랑스의 아름다운 해변에서 100만 명 이상의 독일군과 205만 명 이상의 연합군이 서로를 괴멸하기 위해 모든 것을 쏟아부었다. 이 지옥의 전투에서 양측은 서로 수많은 포로를 잡았다. 노르망디의 코리안 사진은 연합군 측에 잡힌 독일군 포로의 모습이 담긴 사진 중 한 장이다.

무수히 많은 포로의 사진 중에서 이 사진이 특별한 이유는 사진 속의 인물이 조선인이라는 데 있다. 분명히 독일군 군복을 입고 있는데 생김새는 물론이고 사진과 함께 기록된 포로 진술에서도 자신이 조선인임을 밝혔다고 전해진다.

전 세계가 포화로 뒤덮여 있던 당시 그 조선인은 왜, 어떻게 2차대전의 전장을 뚫고 프랑스 유타 해변까지 가서 독일군 군복을 입었을까? 사진은 말이 없다. 인류 전체의 운명이 결정되던 역사의 현장에 서 있는 그의 얼굴은 더없이 무심할 뿐이다.

방송 팀과 영화 팀은 기록을 좇으며 가설을 세우고 검증을 하며 노르망디 코리안의 스토리를 재구성했다. 그렇게 다큐멘터리와 영화가 만들어졌다. 그런데 지금 내 앞에 진짜 노르망디 코리안의 아들이 앉아 있는 것이 아닌가?

떨리는 마음을 겨우 누르며 역사의 증언을 들었다. 하루만으로는 시간이 부족했다. 꼬박 닷새 동안 노인 곁을 찾아 육성을 담았다. 노인은 차분하게, 또는 노래하듯, 때로는 눈물을 머금고 과거의 기억을 재현해냈다. 아버지의 기적 같은 삶을.

반세기가 넘은 기억을 사진처럼 정확하게 전달하는 노인의 모습은 사신(死神)을 등에 업고 있는 말기 암환자로 보이지 않았다. 꺼지기 직전에 잠깐 밝게 타오르는 촛불처럼 소멸 직전의 정신이 마지막으로 환하게 불을 밝힌 듯했다.

나는 노인과 함께 아버지의 길을 다시 걸었다. 이제 그 여행기를 소설로 기록한다. 소설이라는 글의 형태를 갖추기 위해서, 끊기고 잠긴 몇몇 길목에서는 상상의 힘을 빌렸음을 미리 말해둔다.

피리 부는 사나이

1938년 9월. 조선 신의주(新義州). 남자는 아들과 함께 바다가 내려다보이는 언덕에 누워 있었다. 등에 닿은 잔디는 부드러웠다.

그의 이름은 김길수(金吉秀). 많지 않은 나이에 생과 사가 엇갈리는 순간을 숱하게 겪었다. 그런 경험이 쌓이고 또 쌓여 그의 눈빛은 백 년쯤 산 현자(賢者)의 눈처럼 깊고 고요하게 변했다.

길수는 오른팔로 아들의 목에 팔베개를 해줬다. 아빠 곁에 누운 여덟 살 아들 건우는 홍난파의 노래를 흥얼거렸다.

— 나의 살던 고향은 꽃피는 산골. 복숭아꽃 살구꽃, 아기 진달래. 울긋불긋 꽃대궐….

기특했다. 몇 번 불러준 적이 없는데도 음정과 가사를 정확히 기억하고 있다. 길수는 흐뭇한 미소를 지으며 건우의 모습을 눈에 담았다. 뒤로는 바다 위 노을 지는 하늘이 있었다. 아이의 노랫소리처럼 맑은 가을바람이 불었다.

"아빠, 배가 자꾸 불룩거려요."

건우가 길수의 배를 만지며 말했다.

"숨을 쉬니까 그렇지."

길수는 주머니에서 나무 피리를 꺼냈다. 틈날 때마다 종종 꺼내 부는 손때 묻은 피리였다. 길수는 〈고향의 봄〉을 피리로 불었다.

"아빠, 나도 불어보면 안 돼요?"

건우가 피리를 들고 불어보았다. 제대로 음이 나오지 않았다.

"왜, 나는 잘 안 되지요?"

"아이가 불긴 힘들어."

"나도 피리를 불 수 있으면 좋겠어요."

건우는 다시 피리를 불려고 했지만 계속 바람 빠지는 소리만 날 뿐이었다.

"크면 불 수 있단다."

아빠의 위로에도 건우는 속상한 표정을 감추지 못했다.

"그럼 제 생일선물로 피리 만들어주면 안 돼요?"

건우의 생일이 며칠 남지 않았다. 하루하루 먹고 살기도 힘든 생활 때문에 한 번도 생일선물을 해준 적이 없었다. 건우도 여태껏 투정 같은 건 부리지 않았다. 피리는 말하자면, 건우의 첫 부탁이었다.

"그래, 만들어주마."

건우는 신이 나서 좋아했다. 길수는 슬쩍 손을 뻗어 아들의 겨드랑이를 간지럼 태웠다. 건우는 요동을 치며 까르르 웃었다. 건우가 웃자 길수도 웃었다. 둘의 웃음소리가 마을 뒷산의 푸른 언덕 위를 넘실거렸다.

언덕을 내려온 둘은 바닷가 모래사장을 걸었다. 아버지와 아들은 모래성을 만들었다. 모래성은 금방 파도에 쓸려 이지러졌다. 그러면 조금 더 멀리 모래성을 쌓았다.

"파도가 안 들어오는 곳에 멀찍이 쌓으면 되잖아요?"

건우가 물었다.

"모래성이 파도에서 너무 멀리 떨어져 있으면 시시해 보이거든. 이런 게 모래성 쌓는 재미란다."

몇 번의 시행착오 끝에 둘은 꽤 근사한 모래성을 만들었다. 파도가 아슬아슬하게 들이치는 곳에. 성벽도 만들고 파도가 밀려들 것을 대비해서 성벽 주변으로는 깊이 배수로도 팠다. 건우는 태어나서 처음으로 만든 건축물을 보며 무척이나 뿌듯해했다. 그것도 금방이었다. 여덟 살 아이답게 곧 싫증을 냈다.

길수는 건우를 들어 어깨 위에 앉혔다. 그리고 종아리 깊이까지 파도 속으로 걸어 들어갔다. 파도가 몰려올 때마다 건우는 신이 나서 소리를 질렀다.

"나도 들어가 볼래요."

건우가 졸랐다. 길수는 얕은 곳으로 나왔다. 아이를 번쩍 들어 파도 속에 세웠다. 파도가 밀려오면 아이는 도망쳤고 파도가 쓸려가면 파도를 따라 달려갔다. 예상치 못한 속도와 높이로 파도가 닥칠 때면 길수가 건우를 번쩍 들어서 젖지 않도록 해주었다.

겁이 많은 건우는 몇 번 종아리 위쪽이 젖은 뒤에는 아빠의 품에서 내려오지 않으려 했다. 길수가 건우를 꼭 끌어안고 물었다.

"큰 파도가 오면 아빠가 건우를 어떻게 해주지?"

"번쩍 들어줘요."

"그래. 큰 파도가 오면 아빠가 널 번쩍 들어줄 거야. 그러니 겁내지 마."

건우는 다시 내려가서 씩씩하게 파도와 맞서는 놀이를 즐겼다. 아이는 슬슬 파도를 배우는 중이었다. 길수는 아이를 보며 가만히 섰다.

— 이 세상에 오직 우리 둘뿐이구나. 미안해.

바다 위로 노을이 절정을 이뤘다. 붉은 구름과 푸른 바다는 시대의 어둠과 대조를 이루며 더 아름답게 빛났다.

같은 시간. 만주 환런현과 신빈현 경계인 라오링(老嶺) 부근.

여자는 동지들을 이끌고 산에 매복해 있었다. 작은 골짜기 아래로 일본군이 행군하는 중이었다. 대략 이백여 명쯤 되는 병력이었다. 그들은 매복을 전혀 눈치 채지 못했다. 몇몇은 잡담을 하며 걸어가기도 했다.

그녀의 이름은 월화(月華). 그녀 역시, 많지 않은 나이에 생과 사가 엇갈리는 순간을 숱하게 겪었다. 월화는 '붉은 여우'라는 별명으로도 알려져 있다. 그녀가 붉은 여우 털로 만든 모자를 즐겨 쓰기 때문만은 아니었다. 그 별명에 대해서는 차차 알게 되리라.

월화는 사격 개시의 순간을 결정하기 위해 미간에 잔뜩 힘을 준 채 상황을 살폈다. 골짜기 양쪽으로 매복해 있는 동지는 전부 해야 오십 명 남짓. 전면전으로 붙으면 수적으로나 화력 면에서나 열세를 면치 못하는 전력이다. 게릴라전이 아니라면 무모한 승부다. 그래서 더 공격을 시작할 타이밍이 중요하다.

모두 숨을 죽였다. 벌레가 뺨과 목을 물어도 움직이지 않았다. 발 위로 검은 뱀이 지나가도 꼼짝하지 않았다. 산의 일부가 되어 월화의 명령만을 기다리고 있었다. 수십 개의 총구가 나뭇가지와 바위에 정체를 숨긴 채 일본군을 겨냥하는 중이었다.

남자 동지들 틈에 섞여 전투를 치르며 생사고락을 함께한 지 벌써 3년이 넘었다. 그동안 월화는 전사로 다시 태어났다.

눈처럼 희던 피부는 대륙의 햇볕에 검게 탔고 보드랍고 탐스럽던 입술은 피로와 영양부족으로 트고 갈라졌다. 따스함으로 반질거리던 눈동자에는 핏발이 자리 잡았다. 듣는 이로 하여금 설레게 하던 고운 목소리는 쇳소리가 섞였다.

그래도 월화는 여전히 아름다웠다. 나이 서른이었다. 가슴과 둔부를 따라 그려지는 여성의 굴곡은 낡은 군복으로 숨길 수 없었다. 위급한 상황에서도 남을 챙기는 모성은 죽음의 공포에 시달리는 군인들에게 말할 수 없는 위로였다.

월화가 몸담은 동북인민항일연군(東北人民抗日聯軍)은 1935년 중국공산당이 만주지방의 모든 반일무장부대를 규합하려는 의도에서 탄생한 부대였다. 어디까지나 중국인 위주의 항일 무장 단체였지만 그녀가 소속된 부대인 제1로군은 달랐다. 한국인이 많이 거주하던 연길·화룡·왕청·훈춘 등 각 현에 조직되어 있던 유격대가 합쳐져 만들어지면서 부대장도 조선인 주진(朱鎭)이 맡고 부대원도 대부분 조선인으로 꾸려졌다. 중국공산당 군대 속의 한국인 부대인 셈이었다.

부대원 대부분은 조선혁명군 출신이었다. 군신(軍神)이라고 불리던 전설적인 항일 투사 양세봉(梁世奉)이 사령관으로 있던 조선혁명군은 1934년 '대장' 양세봉이 비극적인 최후를 맞이한 뒤 뿔뿔이 흩어졌다. 그 잔류 병력이 동북인민항일연군으로 흡수된 것이다.

월화는 이봉순, 안순복 등과 함께 몇 안 되는 여성 대원 중 한 명이었다. 그중에서도 월화는 배경이 특별했다. 모두 그녀가 어떻게 이곳에 와 있는지 알고 있었다. 월화는 전설을 현실로 이어주는 존재였으며 일종의 상징이었다. 월화는 외로운 병사들의 누나였으며 어머니였다.

"친애하는 나의 동지들이여, 이번 전투는 동포 동지들의 생사를 담판하는 결전입니다. 나를 따라 죽음을 각오하는 동지는 손을 들어주십시오. 조국광복군과 동만(東滿) 백만 동포의 생명을 두 어깨에 짊어진 우리는 일당백의 용감한 정신과 아울러 이번 전투에 승리의 믿음을 선포합니다."

작전을 앞두고 월화는 부대원들 앞에서 그렇게 말하곤 했다. 월화의 연설을 들으며 사람들은 아직 '대장'이 살아 있는 것 같은 착각에 빠지곤 했다. 그럴 수밖에. 오래전 그녀가 지켜본, '대장'이 했던 연설을 거의 그대로 옮긴 연설이었으니까.

월화는 전투에 임할 때마다 누구보다 적극적으로 나섰다. 두려워하는 부대원들의 가슴에는 용기를 불어넣어 주었다. 어느 순간부터 부대원들은 월화를 대장이라고 불렀다.

"대장, 그냥 보낼 겁니까?"

심복인 이성용(李成龍)이 바로 옆에 있는 월화에게만 들릴 목소리로 물었다. 성용의 이름을 제대로 부르는 사람은 아무도 없었다. 모두 그를 '불곰'이라고 불렀다. 큰 덩치에 머리카락이 불그스름한 색을 띠어 붙여진 별명이었다. 몸에 털도 많고 하는 짓도 단순 무식해서 그 별명이 무척이나 잘 어울렸다.

월화에게 불곰은 누구보다 용맹하고 충직한 부하였다. 다만 나이가 어려서인지 조금 급한 게 흠이었다.

월화는 미동도 하지 않았다. 그것이 아직 더 기다리라는 대답이었다. 그녀와 나란히 바위 뒤에 몸을 숨긴 불곰은 바위 틈 사이로 일본군을 보며 조바심을 느꼈다.

이름 모를 산새가 꾸르륵 울었다. 일본군 몇몇이 고개를 돌려 주변을 살폈다. 순간 불곰의 팔이 움찔 움직였다. 월화는 불곰의 손목을 꽉 잡았다. 그녀는 눈빛으로 명령했다.

— 계속 기다려. 이런 지형에서는 옆에서 치는 것보다 뒤에서 치는 게 더 유리해.

매복을 시작한 지 두 시간이 넘었을 때였다. 월화 역시 관절마다 쑤시고 뻐근했다. 그녀는 생각했다.

— 팔다리에 쥐가 난 대원도 있고 화장실이 급한 이도 있겠지. 다들 조금만 더 버텨줘요.

모름지기 모든 전투가 그렇듯 이번에도 생사를 확신할 수 없다. 월화는 살기를 바라지 않았다. 전투에서 이기기를 바랐다. 일본군들은 포로를 남기지 않는다. 지면 모두 죽는다. 살기 위해서라도 이겨야 한다.

일본군 행렬의 끄트머리가 월화의 앞을 막 지났다. 월화의 손이 번쩍 올라갔다. 동시에 불곰의 건장한 팔이 수류탄을 힘껏 던졌다. 수류탄은 일본군 대열 한복판까지 날아가 터졌다.

"사격 개시!"

월화가 소리쳤다. 매복해 있던 대원들의 총이 한꺼번에 불을 뿜었다.

일본군은 대열을 정비하기도 전에 골짜기 양쪽에서 쏟아진 수류탄과 총탄에 맥을 못 추고 쓰러졌다. 전투가 아니라 도륙(屠戮)이었다. 좁은 계곡에 낙엽처럼 일본군 시체가 깔렸다. 죽음을 피한 일본군 병사들은 금방 지형지물을 찾아 몸을 숨기고 응사를 시작했다. 산속에 있던 대원 몇몇이 비명을 지르며 굴러 떨어졌다. 그때마다 월화는 자기 몸에 총알이 박히는 기분이었다.

총소리는 사람을 움츠러들게 만들기도 하지만 전투 상황에서는 흥분제의 역할을 할 때도 있다. 월화 뒤편에 숨어 있던 대원 한 명이 소리를 지르며 벌떡 일어나 총을 쐈다. 사람들이 말릴 틈도 없이, 일본군이 쏜 총탄이 사내의 왼쪽 귀 아래를 스치고 지나갔다. 찢어진 목에서 분수처럼 피가 솟았다. 사내는 총에 맞은 걸 아는지 모르는지 비틀거리며 계속 총을 쐈다. 자기 피를 뒤집어 쓴 채 괴성을 지르며 총알이 빗발치는 사이를 휘젓고 다녔다. 그 모습은 정신없는 전투 속에서도 사람들을 아연실색하게 만들었다. 그러다 또 한 발의 총알이 사내의 오른쪽 눈에 박혔다. 사내는 털썩 엎어지더니 눈덩이처럼 데굴데굴 굴러 계곡 아래로 떨어졌다.

월화는 총을 쏘며 외쳤다.

"천황의 개들아! 내 너희를 모두 죽이리라!"

길옆으로 흐르던 개울이 피로 물들었다. 평화롭던 산속에 맹렬한 포화가 메아리쳤다. 놀란 새들이 날아가고 산짐승이 도망갔다.

독일 뉘른베르크 체펠린 광장에는 나치 당 대회가 한창이었다. 15만 명의 나치 당원이 엄숙하게 도열하고 총통을 기다렸다. 이토록 거대한 규모의 정치 집회는 그 이전에도 이후에도 없었다.

광장에 드리워지는 거대한 그림자에 군중은 고개를 들어 하늘을 보았다. 힌덴부르크호가 광장으로 천천히 날아오르는 장관이 펼쳐졌다. 대서양을 횡단하던 힌덴부르크호는 거대한 원통형의 열기구와 사람이 타는 객실이 결합된 형태였다. 타이타닉호만한 크기의 비행선 선체 양옆으로 나치의 문양이 선명하게 보였다. 나치의 상징이자 자존심이었다.

사람들은 미친 듯이 흥분했다. 집단 광란의 정점에서 히틀러 총통이 등장했다. 양옆으로 선전부의 괴벨스 장관과 괴링 장관이 총통을 보좌했다.

― 내가 곧 나치스요 나치스가 곧 나다. 나는 모든 것을 빼앗긴
이들의 마지막 희망이자 구원의 약속이다. 나 히틀러는 민중으로
부터 나왔다. 나는 민중을 이해하고 민중을 위해서 싸운다. 나는
승리를 거머쥘 것이다. 이로써 우리 독일은 앞으로 천 년 동안 미
래를 보장받을 것이다.

히틀러의 연설은 정치적이라기보다는 종교적인 선동에 가까웠
다. 그의 트레이드마크인 콧수염 아래 입술에서 흘러나오는 말에
사람들은 취하고 열광하고 충성을 맹세했다. 모두 입을 모아 '하
일 히틀러(Hiel Hitler)'를 외쳤다.

독일이 불을 지핀 유럽 지역의 전쟁은 차츰 전 세계로 전운(戰
雲)을 흩뿌렸다. 히틀러는 독일 총통 자리로 만족하지 않았다. 그
의 가슴 속에는 채우면 채울수록 더 커지는 성질의 욕망이 있었
다. 그 욕망은 전염성이 강했다. 히틀러와 그의 게르만인 추종자
들은 세계를 정복하고 원하는 모습으로 만들고 싶었다.

― 늑대는 늑대끼리! 여우는 여우끼리! 거위는 거위끼리! 쥐새
끼는 쥐새끼끼리! 그렇게 교미시킴으로써 종(種)마다 순수한 피
를 지켜야 한다. 그것이 자연의 순리이며 신이 내린 질서다. 인간
또한 동일한 의무를 지고 있다. 과학적으로 입증된 가장 우수한
인종인 우리 게르만 민족은 그 피와 순결을 지켜야 한다. 원숭이

와 인간의 기형아를 원하지 않듯이 우리는 유대인과의 공존을 생각할 수 없다. 열등하고 위험한 종족인 유대인을 절멸(絶滅)시키는 것이 바로 우리가 신으로부터 받은 계시이다!

천둥소리보다 더 큰 박수소리가 터져 나왔다. 그리고 박수소리에 화답하듯 가슴 벅찬 행진곡이 흘러나왔다. 리하르트 바그너의 〈탄호이저 행진곡〉이었다.

그런 식의 당 대회는 매년 뉘른베르크에서 열렸다. 당 대회의 규모는 해가 갈수록 커졌고 광장에는 폭발할 것만 같은 에너지가 응집했다. 나치의 깃발은 점점 더 많은 곳에서 펄럭였다. 나치 당 대회는 베를린 올림픽처럼 독일의 막강한 국력을 과시하는 쇼이기도 했다.

다른 강대국도 제국주의와 군국주의라는 이데올로기에 취해 무력이 약한 국가들을 정복해 식민지로 부리던 시대였다. 일본은 조선을 침략해 속국으로 삼았다. 미국과 영국, 프랑스도 마찬가지였다. 그들의 이데올로기도 정복욕이라는 속성에서는 히틀러의 욕망과 크게 다를 게 없었다. 언젠가는 부딪힐 수밖에 없었다. 지구는 평화롭게 살기에는 충분히 넓지만 서로 빼앗고 살기에는 너무 좁은 행성이다.

바닷물이 끓어 넘치기라도 할 것 같은 불안한 기운이 넘실대던 시대였다. 독일이 유럽 곳곳을 겨냥해 침공을 준비했고, 일본도 결국 중국을 상대로 전면전을 일으켰다.

아시아대륙을 뒤흔든 전쟁의 발단은 작은 해프닝에서 비롯했다. 베이징 교외 서남쪽에 있는 루거우차오(蘆溝橋) 돌다리 근처가 그 무대였다. 1937년 7월 7일 밤 10시 10분. 루거우차오 다리를 사이에 놓고 훈련 중이던 일본군과 중국군 사이에 우발적인 충돌이 일어났다. 평화적으로 해결하고 넘어갈 수 있는 사안이었다. 그러나 보고를 받은 일본 본국에서는 이상하리만치 강경론을 고집했다.

결국 일본은 파병을 공표하고 바로 다음 달인 8월 8일 베이징으로 본토 군대를 보냈다. 이어서 제2차 상하이 사변이 발발(勃發)했다. 일본은 처음으로 폭격기로 바다를 건너 난징(南京)을 무차별 폭격했다. 아름다운 돌다리에서 벌어진 다툼이 중일전쟁(中日戰爭)으로 비화된 것이다.

곧이어 8월 24일 일본 본토에서는 국민정신 총동원체제가 시행되었다. 젊은이의 입대 행렬이 이어졌고 참전을 독려하는 노래가 거리 곳곳에 사이렌처럼 울렸다.

― 하늘을 대신하여 불의를 토벌한 충성과 용기에 비할 데 없는 우리 군대가 환호성 속에 출정한다. 바야흐로 조국을 떠나 이기지 않으면 돌아오지 않으리.

그렇게 막을 올린 중일전쟁은 군국주의의 강력한 향에 취해가고 있던 일본인들의 광기를 단숨에 응집시켰다. 우한, 쉬저우, 광동까지 전선을 확대했다. 난징에서는 시민 수십만 명이 살육되기도 했으니, 그 유명한 난징 학살이다.

붉은 동그라미가 그려진 폭격기들이 한바탕 폭탄을 쏟아 붓고나면 집은 부서지고 나무는 불에 탔다. 총검을 든 일본군들이 마을로 몰려들었다. 그들의 살육은 군인은 물론이고 민간인도 가리지 않았다. 여자와 아이들도 총과 칼에 쓰러졌다. 부모와 형제 자식 앞에서 강간을 당하고 죽임을 당했다. 그 광경을 지켜본 이들도 곧 같은 꼴을 당했다. 수천 명의 마을 주민이 모두 몰살된 경우도 있었다.

칼 쓰기를 좋아하는 일본인들의 습성 때문에 곳곳에 잘린 목과 찢겨진 신체 부위가 나뒹굴었다. 일본군 병사들은 포로 목 베기내기를 좋아했다. 이는 일본군이 있는 전장에서는 일종의 유행이되어 일본 본토의 신문에 실리기까지 했다.

그들은 목 베기 내기는 즐겼지만 시체를 묻어주는 자비는 없었다. 한데 치워두는 경우도 별로 없어 시체들은 죽음을 맞이한 그자리에 그대로 남아서 썩어갔다. 부패한 시체가 가득한 유령 마을에는 주인 잃은 개들만 컹컹 짖으며 떠돌았다.

일본군도 넉넉한 상황에서 전투를 치른 것은 아니었다. 날이 갈수록 피로와 물자부족이 심각해졌다. 굶어 죽는 군인, 제대로 치료를 못 받은 채 길 위에 버려지는 부상병이 늘어났다. 당시에 전장에서 많이 불리던 〈토비행, 土匪行〉이라는 노래에 이런 상황이 잘 묘사되어 있다.

— 끝도 없이 이어진 진창길이여. 사흘 밤 이틀 낮 끼니도 못 잇고 빗줄기만 철모를 두드리는구나. 힘찬 울음소리 간데없이 쓰러진 말의 갈기를 잘라 추억으로 품고 이제는 떠나가노라.

일본 본토에는 이런 열악한 상황이 알려지지 않았다. 대본영(大本營, 2차대전 당시 천황 직속으로 일본 육해공 삼군을 통솔하던 최고 통수기구)의 간부들은 매일 거짓 승전보를 본토에 알렸고 청년들의 입영을 독려하는 분위기를 만드느라 바빴다. 그들은 국민정신 총동원령을 내리고 중일전쟁을 '성전(聖戰)'으로 불렀다. 성전에 참여하지 않는 이는 '비국민(非國民)'이라는 표현으로 딱지를 붙였다. 사상에 의심이 가는 사람들을 가차 없이 폭력으로 탄압했다.

본토의 징집 분위기는 고스란히 당시 식민지였던 조선으로 넘어왔다. 친일파 문인들이 분위기를 선동하는 데 앞장섰다. 그들은 천황의 뜻에 따라 일본군에 입대하는 일이 얼마나 훌륭한지 글과 연설로 역설했다.

처음에는 설득과 속임수로 시작한 징집 방식이 점차 강제 징용의 성격으로 바뀌었다. 아카자미(赤紙, 일본의 징병 영장)를 받는 사람은 빼도 박도 못하고 전쟁터로 끌려갔다. 영문도 모른 채 잡혀

가는 경우도 있었다. 말 그대로 재수가 없으면 끌려가는 식이었다. 여자들도 위안부로 무자비하게 차출했다. 남자는 총알받이로, 여자는 총알받이의 정액받이로 끌려갔다.

일제의 프로파간다에 앞장서서 동참한 조선인도 있었다. 스기타(杉田) 대위도 그중 한 명이었다. 그는 평택 지역에서 몇 번째 부호로 꼽히는 지방 유지의 둘째 아들이었다. 본명은 김상우. 기실 본부인이 아닌 첩과의 사이에서 태어난 서자였던 그는 어릴 때부터 출생과 관련해 극심한 열등감을 갖고 있었다.

스기타는 동경으로 유학을 갔다가 군국주의에 전염되듯 빠져들었다. 그는 친구들에게 공공연히 말했다.

"전쟁은 오래 걸리지 않아 독일과 일본의 승리로 끝날 게 분명하지. 서구권은 독일의 지배하에, 아시아권은 일본의 지배하에 새로운 시대가 열릴 거야."

스기타의 판단으로 전쟁은 또 다른 기회였다. 미래의 달콤한 열매를 즐기기 위한 가장 빠른 길은 참전이었다. 그것은 친일이 아니었다. 아예 일본인이 되는 것이었다. 첩의 자식으로 겪었던 존재의 설움, 식민지 국민으로 겪어야 했던 모든 열등감을 단번에 날릴 방법이었다.

스기타는 콧수염을 멋지게 기르고 동경의 일본인과 똑같은 억양으로 일본말하는 법을 배웠다. 그리고 일본인 지인들의 도움으로 사관학교에 입학했다. 그는 조선인이라는 뿌리를 철저하게 숨겼다. 본인이 조선인이면서도 조선인을 경멸했다. 전쟁은 그에게 완전히 다른 신분을 전리품으로 얻을 수 있는 기회였다.

— 전쟁이 끝나고 나면 일본인 중에서도 더 천황에 가까운 일본인이 될 수 있을 거야.

스기타는 들뜬 마음으로 황국 군인으로서의 임무에 임했다. 첫 번째 임무는 조선인 징용이었다. 조선 팔도에서 사람을 모아 기차에 태워 수송하는 일은 조선총독부가 담당했다. 그는 최종 과정을 마무리하는 관리자, 그러니까 징용열차의 총감독인 셈이었다.

수많은 조선인이 스기타의 기차에 실려 부산으로 보내졌다. 그곳에는 부관연락선(釜關連絡船, 부산과 일본 시모노세키 항 사이를 연결하던 일본의 연락선)이 기다리고 있었다. 그 배를 타고 간 사람들은 일제의 사탕발림 선전과는 달리 최악의 강제노동에 희생당했다. 빛이 없는 갱도에서 인간의 육체가 견디지 못하는 중노동을 하며 죽어갔다.

스기타의 임무는 1938년 4월 일본 본토에서 '국가총동원법'이 공포되면서 조금 달라졌다. 송출해야 하는 대상이 노무자에서 군인으로 바뀌었다. 따라서 그의 기차는 징용열차에서 징병열차로 바뀌었다. 최종 종착지도 일본의 군수기업이나 탄광이 아니라 중일전쟁의 전선이었다. 그는 전쟁의 핵심에 조금 더 다가섰다는 생각에 흥분했다.

스기타는 더 열성적으로 일했다. 봄여름 동안 수천 명의 조선인 병력을 만주로 실어 날랐다. 이번이 일곱 번째 송출 임무였다. 매번 기차를 탈 때마다 간절히 바랐다. 곧 직접 전장에 나가 싸우고 무공(武功)을 얻게 되기를.

기차는 경성에서 신의주로 달리는 중이었다. 스기타는 창문 밖으로 보이는 풍경에 멍하니 시선을 던졌다. 천황 폐하가 하사하신 무공 훈장을 가슴에 단 자신의 늠름한 모습을 상상하면서.

원래가 화물용이었던 기차에서 좌석이 있는 객차는 스기타와 헌병들이 타고 있는 칸뿐이었다. 조선인 징집병들은 의자도 창문도 없는 화물칸에 타고 있었다. 칸마다 기침 소리가 요란했다. 앓는 소리, 흐느끼는 소리, 불안한 말소리도 유령처럼 객차 안을 떠돌았다.

징집병들의 나이와 출신은 평균이라는 단어를 쓰기가 무색할 정도로 각양각색이었다. 총을 들 힘도 없는 어린 소년도 있었고 육체적 쇠퇴가 완연하게 보이는 지긋한 나이의 사내도 있었다.

그중에서 영수는 제일 어린 축이었다. 열네 살. 얼굴에는 솜털이 남아 있고 아직은 엄마 품에서 어리광을 부릴 나이였다. 군복소매가 축 늘어질 정도로 작은 체구에 박박 깎은 머리는 동자승처럼 보였다.

영수는 어른들 틈에 밀려 구석에 처박힌 채로 몇 시간을 달려왔다. 잠시 그쳤던 눈물이 또 주르륵 흘렀다.

"엄마."

바싹 말라 갈라진 영수의 입술에서 가장 많이 새어나온 단어였다. 창밖으로 낯선 풍경이 펼쳐졌다. 매일 보던 붉은 노을마저 낯설었다.

증기기관차의 긴 기적소리가 또 가슴을 덜컥 내려놓는다. 덜컹거리는 진동은 아랫니와 윗니를 딱딱 맞부딪히게 할 정도로 심했다. 어른들의 땀 냄새와 의복이 썩어가는 악취도 영수를 괴롭게 했다. 객차 곳곳에 사람들이 멀미를 해놓아서 시큼털털한 냄새까지 섞여들었다.

이와 빈대도 문제였다. 좁고 습한 공간에서 불어난 놈들이 닥치는 대로 피부를 뜯어먹으면서 병사의 절반 이상이 부스럼 같은 피부병에 시달리는 지경이었다. 영수도 훈련소에서 피부병을 얻었다. 가려워서 긁고 긁어서 또 가렵고 그렇게 반복하면서 피부는 짓무르고 피딱지가 앉았다.

"엄마."

영수는 조금 더 힘주어 엄마를 불렀다. 그 뒤에 하고 싶은 말은 입 밖으로 낼 수 없었다.

—무서워요. 무서워 죽겠어요.

"아따, 그 썩을 노무 새끼 솔찬케 징징거리는구먼? 니가 고로코롬 떠들어 싸면 잠을 잘 수가 없잖여? 어차피 곧 뒈질 건데 주댕이를 확 찢어부러?"

영수 앞에서 잠을 청하던 30대 초반의 사내가 돌아보면서 사나운 눈을 부라렸다. 정말로 입을 찢어버릴 기세였다. 영수는 손으로 입을 가리고 무릎에 고개를 파묻었다. 그러나 흐느낌은 멈출 수 없었다. 엄마가 보고 싶었다. 배가 고팠다. 무서웠다.

영수는 제대로 학교를 다닌 적이 없었다. 식민지, 2차세계대전, 제국주의, 나치즘 같은 거창한 용어에 대해서도 전혀 아는 바가 없었다.

영수뿐만이 아니었다. 다른 이들도 마찬가지였다. 굶어 죽기 싫어서, 순사의 강요로, 큰돈을 벌 수 있다는 꾐에 빠져 군대에 지원한 이가 대부분이었다. 그들이 운명을 알건 모르건, 그들을 둘러싼 세계정세의 흐름은 점점 더 위태롭게 소용돌이쳤고 그들이 탄 기차는 소용돌이의 한복판으로 내달리고 있었다.

길수는 하루 종일 대장간에서 일했다. 탕탕 소리를 내며 쇠를 두드리고 물에 집어넣고 농기구들을 만들어내는 일이었다. 쇠붙이를 다루면서 그의 몸도 쇠붙이처럼 단단하게 변했다.

"참이나 먹고 하세."

대장간 주인 장 씨가 길수를 불렀다. 장 씨의 아내가 밥을 갖고 왔다. 길수는 다른 일꾼과 함께 둘러앉아 밥을 먹었다.

"쇼프걸(Shopgirl, 당시 신여성들이 가장 선망한 직업 중 하나인 백화점 판매원)은 참으로 예쁘고 친절하더라고요. 종로통 상점에 가면 다들 무뚝뚝하게 그러거든요. 뭣 사려요? 없소. 그리 안 된다는데 왜 이리요. 그만두구려. 그런데 백화점의 쇼프걸들은 달라요. 분도 곱게 바르고 의복도 어쩌면 그리 고운지요."

장 씨의 아내는 얼마 전에 경성을 다녀 온 뒤 매일 같이 보고 들은 것을 자랑하느라 바빴다. 원래 수다스러운 성격의 아줌마였는데 몇 년 만에 한 경성 나들이가 그녀의 입담을 더욱 부추겼다.

"사람은 많습니까?"

일꾼 한 명이 물었다.

"백화점에 가니까 별천지가 따로 없더만요. 제각기 물건을 들고 점원을 부르고 점원들은 물품 싼 뭉치를 들고 손님을 찾고. 모던걸 모던보이도 있지만 더벅머리 어린애도 많아요. 때가 꼬르륵 흐르는 두루마기를 입은 사람도 있고."

"승강기는 타보셨고요?"

또 다른 일꾼이 물었다.

"그럼요. 동아백화점에서 타보았어요. 화신백화점에는 승강기가 없어요. 10여 분을 줄을 서서 타보았지요. 무쇠 덩이로 된 방이 아래위로 오르락내리락 하는 것이 기분이 요상합디다."

길수는 묵묵히 사람들의 말을 들으며 밥을 먹었다. 그는 원래 말이 없는 편이었다. 여자가 계속 경성 이야기를 늘어놓았다.

"서울 여자들은 어찌 그리 빛깔을 좋아하는지 몰라요. 우산도 홍(紅) 우산을 많이 가지고 다니고 치마도 아주 새파랗거나 그렇지 않으면 진한 미색을 입어요. 쳇, 기생이나 갈보들도 아니고 말이야. 하여튼 쇼프걸이 미모도 옷맵시도 제일이었어요."

"우리 유선이도 쇼프걸이 되었으면 좋겠구만."

장 씨가 아내를 보며 말했다.

"말이 쉽지 아무나 쇼프걸이 되는 줄 알아요? 경성 조지아백화점에서 들은 얘긴데 쇼프걸 다섯 명을 새로 뽑으려고 방을 붙였대요. 그런데 600명 넘게 지원을 했다지 뭐예요. 전문학교 졸업한 사람도 많고 유학생도 있었대요."

"꼭 그런 것만은 아닙니다. 보통학교 이상에 미모가 수려하면 지원할 수 있습니다."

가만히 듣고만 있던 길수가 말했다.

"김 씨가 그걸 어떻게 알아요?"

여자가 물었다.

"〈별건곤, 別乾坤〉에서 채용광고를 봤습니다. 몇 년 전에 나온 호이긴 하지만."

"그래. 이 친구는 모르는 게 없다고. 글도 잘 읽고 쓰고. 대장장이를 하기에는 아까운 친구인데 말이야."

장 씨의 말대로 길수는 다른 일꾼과는 달랐다. 다른 일꾼들이 틈만 나면 쪽잠을 자거나 노름을 하는데 반해 길수는 신문이나 잡지를 어렵사리 구해서 읽었다. 길수를 위해 장 씨는 시장통에 나갔다 올 때마다 철이 지난 신문이나 잡지라도 구해왔다. 한번은 물어본 적이 있었다.

"왜 그렇게 기를 쓰고 글을 읽나?"

"아들 녀석한테 밖의 소식을 전해주려고요."

길수의 대답은 간단했다. 대장간 식구뿐만 아니라 마을사람들에게 길수는 수수께끼 같은 남자였다. 길수가 마을로 들어온 건 3년 전이었다. 아내도 없이, 어린 아들과 함께. 길수는 허드렛일을 하며 어렵사리 아들을 키웠다.

다들 길수의 정체를 궁금해했다. 길수는 자기 이야기를 거의 하지 않았다. 그를 둘러싼 소문이 무성했다. 다른 마을에서 사람을 죽이고 왔다는 이야기부터 일제의 끄나풀이라는 말도 돌았다. 심지어 남의 아기를 훔쳐 도망쳐온 미치광이라는 이야기도 있었다.

길수는 쑥덕거림에 귀를 막고 그저 묵묵히 일했다. 절대 다른 사람에게 화를 내거나 폐를 끼치지 않았다. 세월이 지나자 그를 둘러싼 소문도 서서히 사라졌다.

길수는 밥을 먹고 난 뒤에 잠시 쉬었다. 빈 그릇을 챙겨 집에 들어가려는 주인댁에게 잠깐 시간을 내달라고 부탁했다.

"용건이 무엇이에요?"

"요즘 생각이 많습니다."

"무슨 생각이 그리 마음을 괴롭히신답니까?"

"건우 때문에요."

"건우가 왜요?"

"학교를 보내고 싶어서요."

"보통학교요?"

그녀는 좀 놀란 눈치였다.

"금전이 많이 드나요? 따님이 얼마 전에 보통학교를 졸업했잖아요."

"월사금 학용품값 등을 합쳐 매년 15원이 조금 넘는 돈이 들어가지요. 힘들지 않겠어요? 이곳에서 급료가 많은 것도 아니고, 혼자서 아들을 키우려면 끼니 때우기도 힘들 텐데."

"벌써 여덟 살입니다. 글을 배워야지요."

"조선 글은 직접 가르쳐주면 되잖아요."

"제대로 교육을 받아야지요."

주인 여자는 대단하다는 표정으로 길수를 보았다. 그리고 감탄

했다.

"이런 든든한 아빠가 있다면 뭘 못하겠어요? 건우가 크면 경성에 가서 신사가 될 수도 있겠네요! 멋지겠다."

"그런 것까지는 생각해보지 않았습니다."

"저야 이미 결혼을 한 몸이지만 사실 저는 시골 남자는 싫어요. 경성에서 은행에 다니는 사라리맨(샐러리맨)이 좋아요. 〈삼천리〉에서 봤는데 고등보통학교를 졸업한 여자들의 신랑감 1위가 사라리맨이라더군요. 우리 유선이도 사라리맨과 로맨스를 해서 혼사를 결정지었으면 좋겠어요."

길수는 엉뚱한 이야기로 빠져버린 여자의 말을 조용히 들어주었다. 여자는 한참 더 신여성의 연애론에 대한 이야기를 하고는 불쑥 혼담을 꺼냈다.

"그나저나 김 씨는 다시 장가 들 생각은 아예 없는 겁니까? 이제 겨우 서른이 막 넘었는데 평생을 홀아비로 살 수 없는 노릇이잖아요?"

"아직은 생각이 없습니다. 건우부터 다 키워놓고요."

"세월이라는 게 얼마나 무상한 것인데요? 자식이 다 클 때쯤이면 나이 들고 병이 들어 연애는 고사하고 자기 한 몸 건사하기도 힘들어 질테이외다."

"제가 마음이 있다 하여도, 아이까지 딸린 홀아비를 누가 좋아하겠습니까?"

"김 씨는 외양이 아주 훌륭하잖아요. 읍내에 지물포 주인 딸도 김 씨를 흠모하는 모양이에요. 자기 아버지가 알면 난리가 날 일 이지만 저한테 마음을 전해달라고 부탁하였어요."

주인댁은 대단한 밀담이라도 전하듯, 손으로 입을 가리고 길수 에게 말했다. 길수는 몇 번 마주친 적이 있는 지물포 아가씨의 얼 굴이 떠올랐다. 항상 수줍은 미소를 띠고 있는 처녀였다.

"그렇게 어여쁜 처녀가 왜 재처 자리로 온답니까? 그것도 찢어 지게 가난한 집으로요. 저보다 더 부유한 총각과 연애를 잘 하실 수 있을 것입니다."

길수는 먼저 인사를 하고 자리를 떴다. 그리고 잠시 셈을 해보 았다. 보통학교를 보내려면 매년 15원이 필요하다고 했지? 이곳 에서 받는 급료는 매년 80원에 조금 못 미쳤다. 주인댁의 말처럼 두 식구가 겨우 입에 풀칠하기도 어려운 돈이었다. 그래도 불가능 하지는 않다. 나무를 해서 땔감을 팔면 조금은 더 벌 수 있으리라. 길수는 희망이 생겼다.

점심시간 뒤에 주어지는 휴식시간 동안 칼로 대나무를 깎았다. 어린 아이도 쉽게 불 수 있는 피리를 만드는 작업이었다. 길수는 손재주가 좋았다. 칼과 나무만 있으면 뭐든 뚝딱 만들어냈다. 특 히 대나무 피리를 잘 만들었다.

피리를 불며 좋아할 건우의 얼굴을 떠올리니 벌써 마음이 흐뭇해졌다. 이제 곧 아들과 함께 〈고향의 봄〉을 불어보리라.

스기타의 기차가 평양역에 도착했다. 역에는 순사의 감시 아래 수십 명의 조선인 사내가 서 있었다. 일제의 선전과 회유에 자원해서 군사훈련을 마친 이들도 있었고 강압적으로 차출된 경우도 있었다. 몇몇은 강제로 끌려온 듯 폭행의 흔적이 선명했다. 이마에 피를 뚝뚝 흘리며 겨우 서 있는 사람도 보였다.

스기타는 기차에서 내려 징집병들을 훑어보았다. 공포와 절망에 짓눌린 이들의 눈이 자비를 바라고 있었다. 그는 그 순간을 즐겼다. 지배하는 이가 된 기분에 전율했다.

"다 모인 건가?"

그가 순사에게 물었다.

"그렇습니다."

순사는 허리춤에 찬 일본도를 잡고 깍듯하게 대답했다.

스기타는 순사가 건네준 명단을 보면서 이름을 불러나갔다.

"박준무!"

"네!"

머리가 벗겨진 왜소한 체격의 사내가 대답했다.

"이재학!"

이름이 불린 사내는 심하게 떨면서 손을 들었다. 스기타는 그런 식으로 마흔두 명의 이름을 차례로 불러나갔다. 그리고 서류에 사인을 했다.

"태워."

스기타는 무덤덤하게 순사에게 명령했다.

"하이!"

순사는 부하 둘과 함께 징집병들을 기차의 빈 칸에 태웠다. 징집병들은 마지막까지 스기타에게 자비를 바라는 시선을 떼지 못했다. 스기타가 가장 짜릿해하는 장면이었다.

— 기적은 없어, 이 비천한 것들아. 너희가 어디로 끌려가는지 모르지? 영광스러운 죽음을 맞이해라. 죽는 순간에 조센징이 아니라 황국의 군인으로 죽을 수 있다는 사실에 감사하면서.

스기타는 역의 사무실로 향했다. 덜컹거리는 기차에 너무 오래 타고 있어 머리가 지끈지끈 아팠다. 배도 출출했다. 그는 평양 역사 사무실 의자에 앉아 잠시 휴식을 취했다. 센베(일본 과자)를 집어 먹으며 동경에서 먹던 센베보다 맛이 더 좋다고 생각했다.

사무실 문이 열리고 신식 양복을 입은 초로의 신사가 들어왔다. 꽤 부유한 조선인으로 보였다. 스기타는 자리에서 일어나지 않았다. 당시 군인, 그것도 일본군 장교는 어떤 계급보다도 우월했으니까.

노인은 정중하게 허리를 굽혀 인사했다. 노인은 조선말을 썼다.

"처음 뵙겠습니다."

"누구시오?"

스기타는 일본말로 인사를 받았다.

"죄송합니다. 제가 황국어가 서툴러서."

노인이 다시 굽실거렸다. 스기타는 노인의 태도가 마음에 들었다. 그는 입에 있던 센베를 씹어 넘기고 노인 앞에 섰다. 스기타는 노인을 내려다 보며 눈짓으로 용건을 재촉했다.

노인은 양복 재킷에서 누런 헝겊 주머니를 꺼냈다. 그제야 용건을 알 것 같았다. 스기타에게는 익숙한 일이었다. 노인은 별다른 말없이 고개만 조아렸다. 주머니 안에 하고 싶은 말이 다 있을 테지. 스기타는 고개를 끄덕이며 노인의 어깨를 툭툭 두드려주었다.

"알겠으니 나가 보시오."

스기타는 턱으로 사무실 문을 가리켰다. 노인이 나간 뒤 헝겊 주머니를 열어보았다. 금붙이와 함께 들어 있는 쪽지에는 이름이 적혀 있었다.

— 그렇지. 이게 바로 자비를 구하는 정당한 방식이야. 그저 구걸하는 눈빛으로 나를 본다고 해서 내가 은혜를 베풀어줄 거라고 생각하나? 그런 나태한 사상이 골통에 가득하기 때문에 너희는 어쩔 수 없이 조센징일 수밖에 없어.

그는 사무실 밖으로 나가 정당한 자비를 실천했다. 평양역에서 태운 징집병들이 있는 칸의 문을 열었다. 도축장으로 끌려가는 가축처럼 겁에 질려 있던 사내 모두 스기타를 쳐다보았다.

"강인경! 강인경이 어디 있나!"

아무렇게나 앉아 있던 사람 중에서 얼굴이 하얀 사내 한 명이 일어섰다. 스기타는 손짓으로 그를 불러냈다. 사내가 기차 밖으로 나오자 다시 문을 닫았다. 스기타는 사내를 보며 말했다.

"아버님이 훌륭한 분이시더구만. 집에 가도 좋다, 조센징."

"감사합니다! 감사합니다!"

징집을 면한 사내는 몇 번이고 고맙다는 인사를 했다.

스기타는 다시 기차에 올랐다. 기관사에게 명령했다.

"출발해."

이제 더 이상의 자비는 없다. 열네 살 소년 영수를 비롯해 500여 명의 징집병을 태운 기차는 마지막 역을 향해 속도를 높였다. 그곳에서 다른 일본인 장교에게 병사들을 넘겨주면 임무 완수다.

어깨가 묵직했다. 일을 끝내고 집으로 돌아오는 길에 느껴지는 익숙한 묵직함. 길수는 가볍게 팔을 돌려 어깨 근육을 풀면서 산길을 걸어 올라갔다.

길수의 집은 산기슭에 있었다. 돌과 흙벽으로 골격을 쌓고 판자와 볏짚, 갈대로 지붕을 이은 집이었다. 원래는 산 아래 마을 지주의 집에 방 한 칸을 얻어 살았다. 아이가 크면서 집을 직접 만들었다. 방 한 칸이 있었고 방만 한 크기의 대청마루를 내었다. 그리고 그 옆에 아궁이가 있는 부엌도 만들었다. 그게 전부였다. 마당은 넓었다. 마당에는 길수가 가꾸는 텃밭이 있었고 나무로 만든 평상도 있었다.

며칠째 이어진 맑은 날씨 덕분에 잘 마른 흙길을 밟는 기분이 좋았다. 길 양옆으로는 이름 모를 벌레들이 울었다. 바람이 시원하게 불었다. 바람 속에 들꽃 향기가 묻어 있었다.

모퉁이를 돌자 어김없이 아들의 모습이 보였다.

"아빠!"

얼굴에 장난기가 가득한 건우는 길수를 향해 전속력으로 달려왔다. 온몸을 내맡기듯 길수의 품에 안겼다. 길수는 아들을 번쩍 안아 올렸다. 젖내가 나던 때가 엊그제 같은데 벌써 여덟 살이다. 길수는 아이를 공중에서 몇 바퀴 돌려준 다음 땅에 내려주었다. 아이의 환하게 웃는 얼굴을 보니 뻐근한 피로감이 씻은 듯 사라졌다.

"우리 건우, 오늘은 뭐하고 놀았어?"

"방아깨비를 잡았어요. 이리 와봐요."

건우는 오늘의 포획물을 자랑하기 위해 아빠 손을 잡아끌었다.

마당 한쪽에 있는 광주리 뚜껑을 열자 방아깨비와 메뚜기가 가득했다. 친구들과 함께 산과 들을 누비며 잡은 것이리라. 놈들은 좁은 공간에 갇혀 서로 엉켜 움직이느라 다리가 떨어져 나가기도 하고 진이 빠져 처져 있기도 했다.

"많이도 잡았구나."

"키울 거예요."

"그래? 어떻게 키울 생각인데?"

"풀을 먹여줄 거예요."

"너무 좁다고 생각하지 않니?"

"그런 거 같기도 해요. 하지만 자기들끼리 잘 노는 걸요?"

"놓아주면 어떨까? 갇혀 있으면 오래 살지 못해."

"힘들게 잡았는데요?"

"마음만 먹으면 언제든 잡을 수 있잖니? 그 곤충들도 아빠가 있고 아들이 있을 텐데 여기 갇혀 있으면 슬프지 않을까?"

자신의 포획물을 놓치기 싫어 아까워하던 건우는 그제야 고개를 끄덕이며 수긍했다. 건우는 아빠와 함께 집 뒷마당으로 갔다. 산과 이어져 있는 뒷마당에서 광주리의 곤충들을 쏟아냈다. 메뚜기와 방아깨비들이 기다렸다는 듯 이리저리 뛰어나갔다.

"거 봐라, 얼마나 좋아하는지."

"그런 것 같아요."

"집에 들어가자. 저녁 먹어야지."

저녁이라고 해봤자 찐 옥수수가 전부였다. 당시 조선에서 수확한 쌀의 절반 이상을 일본군의 전장으로 수탈당하던 터라 일반 민중의 식량난은 최악이었다. 무엇으로 배를 채우던 굶지만 않는다면 다행이었다.

건우는 옥수수를 먹고는 금방 잠들어버렸다. 길수가 만든 집에는 전기가 들어오지 않았다. 해가 지고 나면 관솔불(소나무의 송진이 많이 엉긴 부분을 모아 불을 붙인 전등)을 켜야 했다. 그나마도 아끼기 위해 보통은 어둠이 찾아오면 바로 잠자리에 들었다.

길수는 쉽게 잠을 이루지 못했다. 건우는 옆에 누워 새근거리며 잠들었다. 길수는 아이의 잠든 모습을 보며 모로 누워 있었다. 가끔씩 아이의 이마를 손가락으로 쓰다듬었다.

착하고 의젓한 아들이었다. 가난과 외로움이 아이를 강하게 키웠다. 여덟 살의 나이에 밥도 짓고 옥수수를 찔 줄도 알았다. 아파도 아프다는 말없이 혼자 끙끙 앓고 넘겨버리는 아이였다. 아빠를 끔찍이 생각해주는 아들이기도 했다. 미안했다. 가난이 미안했고 둘뿐이라는 사실이 미안했다.

길수는 마당으로 나왔다. 다른 불빛이 없는 시골의 밤하늘에는 달과 별이 유난히 밝았다. 길수는 평상에 앉아서 심호흡을 했다. 멀리 산속에서 늑대의 울음소리가 들렸다.

길수는 마당 구석에 치워둔 나무피리와 칼을 꺼냈다. 아들이 처음으로 아빠에게 부탁한 선물이 완성을 눈앞에 두고 있었다. 길수는 피리를 물고 불어보았다. 소리가 쉽게 났다. 이 정도라면 아이도 쉽게 불 수 있겠지. 다시 늑대가 울었다. 피리 소리에 답을 하는 것 같았다. 길수는 칼끝을 세워 나무 피리에 구멍을 더 뚫었다.

스기타는 심기가 불편했다. 주재소에 앉아 서류를 보고 있는 그의 미간에 깊은 주름이 졌다. 주재소 직원은 모두 그의 눈치를 보며 조용히 서 있었다.

"이런 식으로 하면 재미없어."

스기타의 시선은 둥근 얼굴에 눈이 가늘게 찢어진 면장에게로 향했다.

"죄송합니다. 있는 대로 다 모아봤는데도 그렇습니다."

면장이 머리를 조아렸다. 스기타의 표정에는 변화가 없었다.

"하라면 하는 거지, 무슨 말이 그렇게 많소?"

"그 인원도 겨우겨우 채웠다는 점을 좀 알아주셨으면 합니다."

스기타는 뒤늦게 실수를 깨달았다. 징병자를 너무 많이 빼돌렸다. 마지막 송출이라는 생각에 역을 거칠 때마다 한두 명씩 돈을 받고 징집병을 빼주는 장사를 했던 것이다. 그러다 보니 서류의 징집병 숫자와 실제 수송하는 숫자가 열 명 이상 차이가 났다. 지원병이 많으면 상관이 없으련만 이번에는 지원병도 다른 송출 때보다 훨씬 더 적었다. 병력을 넘겨주면서 뭐라고 변명해야 할지 몰랐다.

"지금도 황국의 병사들이 죽어나가고 있소! 천황에 대한 충성심이 겨우 이 정도란 말이요?"

스기타는 자리에서 벌떡 일어났다. 그리고 허리춤에 차고 있던 일본도를 빼들었다. 그는 허공에 몇 번 칼을 휘둘러 보인 뒤 면장의 턱에 칼끝을 갖다 대었다. 면장은 덜컥 겁에 질렸다.

"지금은 전시요, 알겠소?"

면장이 고개를 끄덕였다. 턱 밑에 일본도의 칼날이 닿았다.

"총동원령이 뭔지 알고 있소? 말 그대로 전쟁에 필요한 인력과 물자, 자금 등을 총동원할 수 있는 법이란 말이요. 똑똑히 들어두시오. 지금 나는 만주국으로 보내야 할 병사가 여럿 더 필요하오. 무슨 수를 써서라도 이 마을에서 충당해야겠소. 협조하겠소? 아니면…."

"협조하겠습니다."

면장이 떨리는 목소리로 말했다. 스기타는 칼을 거두고 순사에게 명령했다.

"트럭을 한 대 준비하게."

주재소에서 준비한 트럭에 스기타와 면장이 탔다. 운전은 주재소 순사가 하고 트럭 짐칸에는 스기타의 부하 두 명이 무장을 하고 올라탔다. 트럭은 읍내를 천천히 돌았다. 스기타는 길에 다니는 젊은 남자를 볼 때마다 면장에게 물었다.

"뭐하는 자인가?"

그러면 면장은 그 자가 '갑자기 사라져도' 뒤탈이 없을지를 판단해주었다. 그렇게 해서 별 볼 일 없는 네 명의 사내가 트럭 뒷자리에 끌려 들어왔다. 완강히 저항하다가 두들겨 맞고 손이 묶인 채 타는 자도 있었고 순순히 올라타는 자도 있었다. 이제 마지막 한 명이 남았다.

트럭은 마을 한복판을 가로지르는 신작로로 나왔다. 하늘이 높았다. 보기만 해도 기분 좋은, 전형적인 조선의 가을 하늘이었다. 탐스러운 구름이 푸른 하늘을 한 귀퉁이 가렸다.

"저 자는 누구인가?"

스기타가 턱짓으로 누군가를 가리켰다. 면장이 가느다란 눈을 치켜뜨고 신원을 확인했다.

"읍내 대장간에서 일하는 김길수라는 사람입니다. 성품이 참 착하고 곧은 사람인데…."

"대장장이라면 공병으로 쓰기 좋겠군. 잠깐 차를 멈춰보게."

주재소 순사가 길수 앞으로 트럭을 세웠다. 트럭 바퀴에서 흙먼지가 일었다. 스기타와 순사, 그리고 스기타의 부하 한 명이 트럭에서 내렸다.

"이봐, 조센징."

스기타가 길수를 불러 세웠다. 길수는 걸음을 멈추고 돌아보았다. 일본군 장교와 순사, 그리고 총검을 든 병사. 길수는 한 걸음 뒤로 물러섰다.

"이 대낮에 일은 안하고 어딜 돌아다니나?"

스기타가 시비를 걸었다.

"일을 마치고 집에 가는 길입니다."

"무슨 일이 벌써 끝났나? 이렇게 한가한 사람이 있다니."

"오늘이 아들의 생일이라서 조금 일찍 나왔습니다."

"아들의 생일이라고? 지금 그걸 말이라고 하나? 빠가야로."

길수의 표정이 굳었다. 스기타는 길수의 가슴을 손가락으로 쿡쿡 찔렀다.

"너 같은 한심한 놈에게 기회를 주고 싶은데, 어떠냐? 위대한 황국의 군인으로 싸울 수 있는 영광을 누려볼 텐가?"

길수는 당황한 표정으로 스기타를 쳐다보았다.

"감사하는 마음으로 기회를 받겠느냐 아니면 개처럼 맞고 끌려갈 텐가? 그것도 아니라면…."

그러면서 스기타는 허리에 찬 권총집에 손을 얹었다. 길수는 굳은 얼굴로 멈춰 섰다. 잠시 침묵이 흘렀다.

"집에 가야 합니다. 어린 아들이 혼자 있습니다."

길수의 말과 동시에 스기타가 순사에게 눈짓을 했다. 순사가 차고 있던 곤봉을 빼서 길수의 머리를 내리쳤다. 길수는 그냥 당하지 않았다. 왼손으로 곤봉을 잡아챘다. 순사의 손에서 곤봉이 떨어졌다. 길수는 뒷걸음질하며 애원했다.

"보내주십시오, 제발."

군인이 길수에게 달려들었다. 길수는 군인을 밀쳐버렸다. 길수의 힘에 군인이 바닥에 나동그라졌다. 스기타는 총을 꺼내 길수의 이마에 총구를 가져갔다. 스기타는 차가운 미소를 지으며 중얼거렸다.

"왜 이렇게 말귀를 못 알아듣나?"

길수는 눈을 똑바로 뜨고 스기타를 노려보았다. 총만 아니면 죽여버리기라도 할 듯이. 스기타는 억누르기 힘든 분노를 느꼈다.

— 벌레 같은 녀석이 감히 정면으로 나를 봐?

스기타는 방아쇠에 얹혀 있는 손가락을 당기고 싶어 죽을 지경이었다. 그러다 생각을 바꿨다.

— 넌 내가 똑똑히 기억해두겠어. 그리고 고통을 안겨주겠어. 지금 죽지 않은 걸 후회하도록.

넘어져 있다가 일어난 순사가 곤봉으로 길수의 뒤통수를 후려갈겼다. 길수가 바닥에 쓰러졌다. 스기타는 군홧발로 길수의 머리를 사정없이 짓밟았다. 분이 풀릴 때까지 발길질을 했다.

"빠가야로. 태워라."

스기타가 흐트러진 군복을 손으로 탁탁 정돈하고는 먼저 트럭에 탔다.

순사와 일본 군인이 길수를 부축해 일으켜 세웠다. 부러지고 찢어진 길수의 코와 귀에서 피가 뚝뚝 흘렀다. 신작로를 걷던 사람들은 그런 광경을 못 본 척 그냥 지나쳤다. 길수가 기를 쓰고 겨우 고개를 들었다. 그는 옆에 서 있던 면장에게 시선을 돌렸다. 면장은 애써 길수의 시선을 피했다.

"면장님… 부탁드립니다."

길수가 힘겹게 입을 열었다. 면장은 외면하고 싶은 표정이었지만 결국 길수의 입에 귀를 가까이 했다. 길수는 겨우 들리는 목소리로 마지막 부탁을 전했다.

트럭이 떠났다. 신작로 위로 트럭 바퀴가 일으킨 흙먼지가 뿌옇게 뭉글거렸다.

건우는 매일 서쪽 하늘이 물들 때쯤이면 어김없이 집 앞으로 나왔다. 하루 종일 기다린 아빠를 마중하기 위해서였다. 아빠는 항상 해지기 전에 집으로 돌아왔다. 건우는 있는 힘껏 아빠에게 달려갔고 그러면 아빠가 머리보다 더 높이 번쩍 들어주었다. 그럴 때마다 기분이 최고였다.

그날은 노을이 짙어질 때까지 아빠가 오지 않았다. 처음 있는 일이었다. 자꾸만 눈물이 나려고 했다. 건우는 작은 주먹을 꼭 쥐고 눈물을 참았다. 해가 거의 질 때쯤 되서야 길 위로 긴 그림자가 나타났다.

"아빠!"

건우가 쏜살같이 달려갔다. 그런데 그림자의 주인공은 아빠가 아니었다. 아빠보다 나이가 훨씬 많은, 마을에서 자주 봐서 얼굴이 익숙한 아저씨, 면장이었다. 면장은 건우 앞에 무릎을 꿇고 앉았다. 말을 잇지 못하고 아이의 손을 잡았다.

"니가 건우니?"

건우는 고개를 끄덕였다.

"니 아버지가 멀리 떠나시게 됐어."

"떠나셨다고요? 저한테는 아무 말씀도 없으셨는데요."

"급하게 떠나게 되어 경황이 없었다."

"어디로 가셨어요?"

"싸우러 가셨어. 전쟁터에."

"전쟁터요?"

건우는 이해가 가지 않는 표정으로 눈을 깜박였다. 건우도 전쟁이라는 단어의 개념은 알고 있었다. 그런데 아빠와 전쟁이 연관되리라고는 상상해보지 못했다.

— 전쟁은 군인들이 총을 쏘는 건데 왜 아빠가 갔지? 대장간에서 만든 물건을 갖다주러 가셨나요?

"그럼 아빠는 내일 오시나요?"

면장은 고개를 내저었다.

"그럼 내일모레 오시나요?"

"아니, 오래 걸릴 거야."

건우는 그제야 아빠에게 무슨 일이 생겼음을 알았다.

— 큰 파도가 오면 아빠가 건우를 어떻게 해주지?

— 번쩍 들어줘요.

— 그래. 큰 파도가 오면 아빠가 널 번쩍 들어줄 거야. 그러니 겁내지 마.

겁이 났다. 아빠도 피할 수 없는 큰 파도가 아빠를 집어 삼켰을지도 모른다. 건우는 떨리는 목소리로 물었다.

"그럼 아빠는 언제 오시나요?"

"모르겠구나. 다만, 꼭 돌아오신다고 약속하셨어. 아저씨한테 그 말을 전해달라고 부탁하셨단다. 미리 말하지 못하고 떠나 정말 미안하다는 말도 전해달라고 하셨어. 아버지는 돌아오실 거다."

그 말은 불안으로 요동치던 건우의 마음에 한 줌의 위안으로 남았다.

— 맞아. 아빠는 약속을 하면 꼭 지키는 사람이잖아. 게다가 아빠는 세상에서 제일 힘이 세잖아. 아무도 아빠를 해칠 수 없을 거야. 닷새쯤 있으면 오시겠지? 아니, 그 전에 돌아오실지도 몰라. 그때까지 얌전히 잘 있어야겠다. 그러면 아빠가 돌아오셔서 칭찬해주시겠지.

"혼자 지낼 수 있겠니?"

면장이 물었다. 건우는 '혼자'라는 말에 가슴이 꾹 눌린 기분이었다. 지금껏 단 한 번도 혼자라는 생각을 해본 적이 없었다.

"아저씨네 집에 가서 밥 먹을래?"

"괜찮아요. 옥수수 찌는 법을 알아요."

"아저씨 집 알고 있니?"

"아니요."

"저 길을 따라 쭉 내려오면 방앗간이 있지? 방앗간 옆에 집이 하나 있단다. 그게 아저씨 집이야. 무슨 일이 있거나 하면 찾아오거라."

건우는 고개를 끄덕였다.

아저씨가 머리에 손을 얹었다. 손이 부르르 떨리는 게 느껴졌다. 그리고 아저씨는 발길을 돌려 길을 내려갔다. 건우는 혼자 남았다.

— 울면 안 돼. 아빠는 우는 걸 싫어하셔. 힘들다고 울면 더 힘

들고 약해진다고 하셨어.

그러나 절로 눈물이 나는 건 어쩔 수 없었다. 건우는 집으로 달려 들어갔다. 방 안에 엎드려 흐느끼며 아빠를 불렀다. 건우에게 아빠는 그냥 아빠가 아니었다. 엄마였고 형이었고 누나였고 선생님이었다. 세상의 전부였던 아빠, 언제나 부름에 응해주던 아빠는 이제 대답이 없다. 공포와 어둠이 건우를 휘감았다.

— 꼭 돌아올 거야.

아빠의 음성을 떠올리려고 애썼다. 건우는 몸을 웅크린 채 울다 지쳐 잠들었다.

피리 부는 사나이가 떠났다. 산에는 더 이상 피리 소리가 들리지 않으리라. 늑대도 울지 않으리.

기차를 타는 사람들

황량한 풍경이 계속되었다. 들판과 낮은 산이 반복해서 이어졌다. 가끔 이름을 알 수 없는 새들이 대열을 지어 하늘을 누볐다. 회색과 황색이 교차하는 단층 바위산도 보였다. 깎아지른 절벽과 불규칙하게 솟은 봉우리들. 말라붙은 듯 보이다가도 어느새 굽이치며 흐르는 강. 그리고 낯선 지평선.

어느 풍경이든 사람의 흔적이 보이지 않는다. 농가도 유목민도 없다. 유일하게 본 사람의 흔적은 멀리 피어오르는 푸른 연기였다. 언제부터인가 조선의 땅은 아닌 듯했다.

길수는 몇 시간을 말없이 그런 풍경을 눈에 담았다. 화물칸에는 창문이 없었지만 길수의 자리는 문 앞이었던 탓에 벌어진 문틈으로 밖이 보였다.

주머니에 들어 있던 단단한 물체가 접혀 있는 길수의 다리를 불편하게 했다. 주머니에 손을 넣어 빼내어보니 피리였다. 아들의 생일선물로 주려고 했던 나무 피리. 길수는 피리를 움켜쥐고 부르르 떨었다.

지금이라도 기차에서 내려주기만 하면 좋겠다. 들판을 달리고 산을 넘고 절벽을 기어오르고 급류를 건너서 가리라. 온몸의 힘을 짜내어 달려가리라. 건우가 있는 집으로.

아이 생각을 하면 숨조차 쉬기 힘들었다. 아무리 씩씩하다고 해도 겨우 여덟 살 아이다. 엄마는커녕 친척조차도 없다. 제대로 살아갈 수 있을까?

— 우리 아기. 건우야. 어떡하니. 아빠가 널 지키지 못했구나. 많이 울지는 않았니? 건우야.

보고 싶었다. 자신을 향해 달려오던 아이의 웃는 얼굴이 생생했다. 여름날의 시원한 물방울처럼 흩어지던 웃음소리를 듣고 싶다. 작고 보드라운 손을 만지고 싶다. 올이 얇고 까만 머리카락에 입을 맞춰주고 싶다.

왜놈들에게 두들겨 맞은 상처도 쓰렸지만 답답한 마음에 비하면 육체의 고통쯤은 아무것도 아니었다.

내가 왜 여기 있는 거지? 악몽은 아닐까? 길수는 아직도 믿어지지 않았다. 그러면서도 마음을 단단하게 풀무질했다. 돌아가야 해. 돌아갈 거야. 백 리 천 리 길이라도.

면장에게 전해달라고 했던 약속을 아이가 들었을지 궁금했다.

— 건우야. 아빠는 돌아갈 거야. 반드시 돌아갈 거야. 제발 살아만 있어다오. 아빠도 그럴 테니.

제발. 제발.

길수는 가슴을 치고 손톱으로 손바닥을 후벼 팠다. 애달픈 심정과 같은 크기로, 마음의 반대편에서 불 같은 증오가 타올랐다. 일제를 향한 복수심이 아니었다. 힘없는 조국에 대한 한탄도 아니었다. 아내에 대한 증오였다.

그에게는 전부였던 사람이었다. 누이였고 친구였고 연인이었고 아내였다. 죽도록 사랑했노라 말하기에 부끄럽지 않은 그녀.

아내가 떠나고 길수는 아들을 지키기 위해 온갖 일을 다 했다. 염치불구하고 동네를 돌아다니며 밥을 구걸했다. 모두가 굶주리던 시절이었다. 아이들이 영양실조나 원인 모를 병으로 죽어나가는 일이 동네 개가 죽는 일만큼 흔했다. 길수는 하루에도 몇 번씩 동네를 돌며 닫힌 대문을 두드렸다. 그러다가 맞기도 하고 침 세례를 받기도 했다. 그런 수모는 개의치 않았다. 밥 한 톨이라도 얻을 수 있다면.

기억도 안 나는 어린 나이에 엄마가 떠났지만 건우는 건강하게 자라났다. 길수는 아이의 얼굴에서 신의 약속을 보았다. 그의 모든 희망, 종교적인 깨달음도 아이 안에 존재했다.

그러나 아내에 대한 증오심이 자꾸만 마음을 괴롭게 했다. 믿었던 만큼 배신감도 컸다. 사랑했던 만큼 미움도 컸다. 견디지 못해 술을 찾기도 했다. 아내의 기억이 남아 있는 마을에서는 도저히 살 수 없었다. 그래서 낯선 마을로 와서 산 지 몇 년이었다. 이제 겨우 둘이서 삶의 터전을 일구었는데 이렇게 끌려와버렸다.

— 모든 것이 당신 때문이야. 당신이 결국 나와 건우마저 갈라 놓은 거야. 당신은 악마야. 당신이 앞에 있다면 죽여버릴 거야.

미워하는 마음이 열로 바뀐 모양이었다. 아니면 무자비한 폭행의 후유증일지도 몰랐다. 아들에 대한 걱정이 세포를 목 조른 것일지도 몰랐다. 길수는 비좁은 화물칸에 처박힌 채 꼬박 하루를 앓았다. 열이 펄펄 끓더니 온몸에 땀이 흥건히 났다. 이대로 죽는가 싶었다. 환각과 환청이 유령처럼 곁을 맴돌았다.

— 왜, 이렇게 해야 하지?

— 당신도 알잖아요.

— 모르겠어. 우리 건우보다 더 중요한 명분을 생각할 수 없어.

— 저에게도 그래요. 만약 당신이 떠난다고 했다면 제가 남았을 거예요. 하지만 당신은 떠나지 못하잖아요.

— 떠나지 못하는 게 아냐. 떠나지 않는 거야.

— 결과는 똑같아요.

— 당신이 떠나도 결과는 똑같아.

— 비관주의는 희망을 좀 먹는 벌레다, 당신이 했던 말 아닌가요?

— 우리 희망을 좀 먹는 건 바로 당신이야.

— 길수 씨. 당신도 알잖아요. 둘 중 하나는 떠나야 한다는 걸.

— 아니 몰라. 떠나지 마. 당신이 우릴 버린다면 우리도 당신을 버릴 거야.

— 그런 말 하지 말아요. 꼭 제 마음을 아프게 해야 하나요?

— 지금 누가 누구 마음을 아프게 하고 있는데?

— 갈게요. 사람들이 기다리고 있어요.

— 당신, 왜 이렇게 변했어?

— 잊으셨나요? 변한 건 당신이에요.

— 정말로 변할 거야. 지금 당신이 이 방을 나간다면 난 당신을 사랑하고 어여뻐했던 기억조차 다 지워버릴 테니까. 당신이 아는 김길수는 더 이상 없을 거야.

— 이러지 말아요, 제발. 그런 협박은 하지 말아요.

— 당신이야말로 지금 애원하는 척하면서 협박을 하고 있어.

— 아니요. 진심으로 애원하고 있어요. 당신 마음도 이해해요.

저도 가슴이 찢어질 듯 아프니까요. 저를 욕해도 좋아요. 하지만 우리 사랑만큼은 해치지 말아요.

— 사랑? 당신이 지금 그런 말 할 자격이 있다고 생각해?

— 사랑해요. 당신도, 건우도 사랑해요.

— 개 같은 년. 가, 가버려. 난 더 이상 당신을 사랑하지 않아.

그리고 암흑.

동북인민항일연군 산하 조선인 부대의 작전 본부는 움막 형태였다. 군 계통에 근거한 정식 명칭은 따로 있었지만 부대장과 부대원 대부분이 조선인이어서 다들 '조선인 부대'라는 표현을 공공연하게 썼다.

전투가 없는 날에는 하루에도 몇 번씩 작전 본부에서 회의가 열렸다. 각자 수십 명씩의 동지를 통솔하는 소대장들이 모였고 부대장인 신백룡이 최종 결론을 내리는 방식이었다. 기지 주변의 나무를 잘라서 만든 작전 테이블에는 넓적한 천에 그린 만주 지도가 테이블보처럼 깔려 있었다. 월화는 소대장의 자격으로 작전 회의에 참석했다.

"지난번 라오링 골짜기에서 치른 전투는 대성공이었습니다. 다들 월화 동지에게 치하의 박수를 보내줍시다."

신백룡 부대장이 월화에게 박수를 모아주었다.

대성공이라는 표현이 어울릴 법한 승리였다. 기습 공격으로 관동군 104사단 소속 일본군 보병 중대를 전멸시켰다. 총 192명 사망에 포로 4명. 우리 측 손실은 사망 7명, 부상 6명에 불과했다.

일본인 포로 중에 장교가 한 명 있었다. 그는 고문 끝에 첩보를 하나 뱉어내었다.

— 기차가 옵니다.

관동군 지원 병력이 며칠 뒤 신징으로 입성한다는 정보였다. 오늘의 작전 회의는 바로 그 첩보를 놓고 어떤 조치를 취하느냐에 초점이 맞춰졌다.

예로부터 중국의 영토였던 만주는 이제 일본의 관동군이 지배하는, 일본의 식민지였다. 일본은 1차세계대전 이전부터 식민지 확장에 대한 욕망에 사로잡혔다. 만성적인 물자 부족으로 인한 갈증과 제국주의의 이데올로기가 결합했다. 석탄과 석유, 사탕수수, 알루미늄 광산, 각종 수산자원 등 식민지를 통해 얻은 풍부한 자원에 맛을 들이자 점점 더 많은 식민지를 욕심냈다. 1차대전 이후 일본은 동남아 지역에 해당하는 남양군도(南洋群島)의 많은 지역을 침략해 점령했다.

중국의 넓은 영토도 예전부터 일본이 욕심을 내던 곳 중 하나였다. 1차대전 당시 잠시 칭다오(靑島)를 점령한 적이 있었다. 그러나 국제 연맹에서 제제를 가하자 잠시 물러났다가 결국 만주사변을 일으켰다.

1931년 일본 관동군은 중국 선양 부근의 류타오후(柳條湖)에서 스스로 만주 철도 선로를 폭파했다. 그리고는 이를 중국 측 소행으로 몰아 군대를 동원했다. 일본군은 만주 철도를 따라 북만주로 달려갔다. 그리고 5일 만에 랴오둥과 지린성의 대부분 지역을 장악하고, 이듬해 만주국을 세웠다.

관동군의 왕국 만주국은 그 뒤로 이어질 일본의 중국 침략 전쟁의 본거지였다. 그 역할을 다하기 위해 일본 본토는 물론 식민지인 조선에서 젊은 청년들을 쉴 없이 실어왔다. 주요 운송 수단은 열차였다.

1899년 경인선을 시작으로 한국에 철도가 개통된 이래 조선 8도를 달린 열차는 모두 일본에서 들여왔다. 가장 유명한 기차 중 하나는 1936년 일본에서 들여온 시속 60킬로미터의 특급기관차 히카리호(光號)였다. 히카리호는 전쟁 물자와 징집병들을 싣고 부산과 만주 구간을 운행했다. 스기타가 책임지고 있던 기차도 히카리호 중 하나였다. 그리고 바로 그 기차가 공격의 타깃이었다.

"정확한 날짜까지 알아낸 이상 그냥 놔둘 수는 없다고 생각합니다."

월화가 먼저 발언했다.

"게다가 위험도 크지 않은 전투입니다. 미리 폭약을 매설하고 있다가 선로를 폭발하고 공격하면 적은 맥을 못 추고 섬멸될 것입니다."

게릴라전에 강한 월화의 주장에 이견을 다는 소대장들은 없었다. 부대원들 간에 분위기도 그랬다. 관동군의 병력이 커짐과 비례해서 항일부대원들 사이에는 복수의 기운이 부풀어 올랐다.

예전부터 관동군의 철도 선로를 폭파하자는 주장이 여러 번 있었다. 그런데 단순히 선로만 끊어놓으면 철도 경비대에 발각되기 십상이었다. 복구도 쉬울 터였고 피해도 많이 입히기 어려웠다. 괜히 경비대를 자극해서 상황만 안 좋게 만들 확률이 더 많았다.

"월화 동지의 의견에 대해 어떻게 생각합니까? 제가 보기에도 좋은 기회입니다. 기차가 지나가는 정확한 시간을 알게 되었으니 공격 효과를 극대화할 수 있겠지요."

신백룡이 월화의 의견을 지원하고 나섰다. 다들 한마디씩 거들거나 고개를 끄덕거리면서 동의하는 의사를 표시했다. 신백룡은 흡족한 표정으로 말했다.

"그럼, 다들 찬성하는 것으로 알겠습니다. 이 작전은 월화 동지가 맡아주시오. 필요한 물자를 알아내어 미리 준비하시오."

"알겠습니다. 차질 없도록 하겠습니다."

월화는 정중하게 허리를 굽혀 신백룡에 대한 충성의 표시를 했다. 월화의 머리에는 이미 시뮬레이션 하듯 장면이 그려졌다.

기차가 들어오는 동시에 선로에 매설한 폭약이 터진다. 기차는 그 충격으로 선로를 이탈하며 심하게 망가질 거다. 안에 탄 일본 군들도 무사할 리가 없다. 폭파와 동시에 객차 당 다섯 명씩의 대원이 기차로 접근하여 확인사살로 적을 궤멸한다.

월화는 승리를 확신하며 천천히 고개를 끄덕였다.

작전 회의는 다음 안건으로 넘어갔다.

보리와 잡곡으로 만든 주먹밥 식사가 주어졌다. 잠은 앉은 자리에서 그대로 자야 했고 용변은 객차 아래로 뚫린 구멍으로 처리했다. 밖에서 잠근 객차 문은 좀처럼 열어주지 않았다. 기차는 기적을 울리며 북쪽을 향해 쉼 없이 질주했다.

만주 땅에 들어서고도 기차는 한참을 더 달렸다. 밤이 찾아왔고 다시 아침이 찾아왔다. 최종 목적지를 얼마 남겨놓지 않은 기차는 한층 더 속도를 높이며 달려가는 중이었다. 짐짝처럼 실린 징집병들은 점점 체력이 고갈되기 시작했다. 답답함에 목이 졸린 사람들은 가끔 역에 내려 식사를 배급받거나 인원 점검을 할 때만 기다렸다. 징집병 중에 한 명이 객차 안에서 원인 모를 병으로 죽었다는 흉흉한 소문도 돌았다.

하루에도 몇 번씩 울던 영수는 이제 조금 진정을 찾았다. 진정이라는 표현보다는 체념이라는 표현이 더 정확했다. 울다 지쳐 더 이상 눈물이 안 나오는 상태에 접어든 것이다. 그러다가 옆에 앉은 길수에게 눈길이 갔다.

— 참으로 이상한 남자다. 도대체 정체가 뭘까?

객차 안의 사내 대부분은 비슷한 군복을 입고 있다. 영수와 같이 용산 27공병대 훈련소에서 온 낯익은 이도 여럿 있었다. 모두 지치고 힘들어 보였지만 길수만큼 잔뜩 폭행당한 사람은 없었다. 게다가 길수는 군복 차림도 아니었다.

영수의 자리는 문 앞이었다. 문틈으로 바람과 소음이 들어오는 탓에 제일 춥고 시끄러운 자리였다. 이 좁은 공간에서도 약육강식의 질서가 있는 법. 원래 앉아 있던 자리와 상관없이 자연스럽게 힘없는 사람들이 문 근처로 밀렸다.

실신 상태의 길수가 영수 옆으로 밀려온 것도 자연스러운 일이었다. 길수는 몇 시간 동안 고개를 숙인 채 정신을 차리지 못했다. 그러더니 꼬박 하루를 고열로 시름했다. 땀을 뻘뻘 흘리다가 혼잣말을 하고 몸을 부르르 떨기도 했다. 영수는 이러다가 시체 치우는 광경을 보겠구나 싶었다. 그러더니 조금씩 열이 내렸다.

기적 소리가 길게 울렸다. 드디어 길수가 눈을 떴다. 엄청난 통증을 느끼는 표정이었다. 퉁퉁 부은 얼굴로 인상을 찌푸렸다. 영수는 생각했다.

— 아프겠지. 이렇게 개처럼 두들겨 맞았는데. 머리카락 안에도

온통 피딱지가 앉았잖아? 코는 안 부러졌나 몰라.

길수가 고개를 돌리면서 영수와 눈이 마주쳤다. 영수는 이상하게도 길수가 무섭지 않았다.

"여기가 어디니?"

길수가 물었다.

"기차 안이요."

"그건 나도 알아. 어디로 가는 기차지?"

"만주로 가요. 그런데 아저씨는 왜 이렇게 다쳤어요? 순사한테 맞았나요?"

길수는 설명해줄 생각이 없는 듯했다.

"좀 괜찮아요?"

"뭐가?"

"엄청 다친데다 하루 종일 앓았잖아요. 전 아저씨가 앓다가 죽어버릴 줄 알았어요. 이런 데서 죽으면 그냥 철로 옆에 버려진다고요."

"난 죽지 않는다."

"그런 사람이 어디 있어요?"

"죽을 수가 없어."

길수는 스스로에게 말하듯 중얼거렸다.

"제 이름은 영수예요. 리영수."

길수는 대답이 없었다.

"아저씨는요?"

"지금 뭐라고 했지?"

길수는 다른 데 정신이 팔려 있는 듯했다.

"아저씨 이름은 뭐냐고요."

"난 길수라고 한다. 김길수."

길수는 또 말이 없었다. 방해받기 싫은가 보다 싶어서 영수도 잠이나 잘까 하고 눈을 감았다.

"넌 몇 살이니?"

길수가 물었다.

"열네 살이에요."

영수는 관심을 반가워하며 대답했다.

"아저씨는요?"

"서른한 살이란다."

"그 정도일 줄 알았어요. 훈련은 어디서 받으셨어요?"

"훈련?"

"입대하기 전에 받는 훈련이요."

"훈련 같은 거 안 받았다."

"그래요? 그럼 여긴 어떻게 온 거예요?"

길수는 대답을 하지 않았다. 영수는 자기 이야기를 털어놓았다.

"사실 저도 훈련을 받지 못했어요. 형아 대신 온 거거든요. 형아는 남원 용성심상소학교에 소집되어 한 달 동안 훈련을 받았대요. 일본 하사관들이 말도 못하게 무서웠나 봐요. 한 달 동안 훈련을 끝내고 온 형아 몸 곳곳이 전부 상처투성이였어요."

"그런데 왜 형이 안 오고 니가 왔니?"

"어차피 한 집에 한 명만 가면 되니까요. 저보다는 형아가 집에 더 필요했거든요. 농사도 지어야 하고 엄마도 돌봐야했으니까. 엄마가 몸이 많이 아프시거든요. 그래서 엄마가 저보고 대신 가라고 했어요. 엄마는 형아만 좋아하고 저는 별로 안 좋아하거든요. 농사일에 도움도 안 되고 놀기만 한다고."

그 말에 길수는 영수를 한참 동안 보았다. 마치 쓰다듬는 듯 따스한 시선에 영수는 마음이 편해졌다. 괜히 씩씩한 척할 필요가 없다는 생각이 들었다. 그러자 또 눈물이 났다. 영수는 고개를 숙이고 뚝뚝 눈물을 흘렸다. 길수가 영수의 어깨에 손을 올렸다. 그리고 어깨를 가볍게 쥐었다가 놓아주었다. 영수는 눈물을 그쳤다. 길수가 중얼거리던 말이 생각났다.

— 난 죽지 않는다.

그래. 나도 죽지 않을 거야. 보란 듯이 살아서 엄마한테 갈 테야. 그럼 엄마가 나를 대단하다고 여길지도 몰라.

같은 시간. 관동군 사령부가 있는 신징에서 200리쯤 떨어진 만주 벌판.

월화는 끝없이 이어진 선로를 바라보며 짧은 한숨을 토해냈다. 피로를 이겨내는 일종의 구호 같은 한숨이었다. 반나절 내내 이어진 작업은 이제 거의 마무리 단계였다. 조금만 더 참으면 된다.

"동지들, 폭약이 흐르고 있잖습니까?"

폭약 더미와 뇌관을 연결하던 월화는 저만치 앞에서 폭약 주머니를 쌓아올리는 동지들에게 소리쳤다. 월화의 말대로 폭약을 담은 포대 한 쪽에 틈이 생기면서 화약 가루가 흐르고 있었다. 주머니를 쌓던 사내들은 난처한 표정으로 어찌할 줄 몰라 했다. 들어온 지 얼마 안 되는 동지들이라 아무래도 작업이 서툴렀다. 월화는 뇌관에 연결하는 전선을 내려놓고 폭약 근처로 달려갔다.

간단한 작전이었다.

철로에 단단하게 폭약을 고정한다. 폭약과 연결된 전선은 땅속으로 묻어 초원의 바위산까지 이어 기폭장치와 연결한다. 기차가 나타나면 기폭장치를 통해 폭약을 터뜨린다. 기차가 폭약에서 백 보쯤 앞서 달려올 때쯤이 제일 적당한 때다. 미리 멈추지 못한 기차는 탈선하고 일본군 병력은 막대한 타격을 입어 우왕좌왕할 것이다. 기회를 놓치지 않고 잠복해 있던 부대원들이 남은 일본군을 소탕한다. 머리로 몇 번이나 재현해본 작전이었다.

"대장님, 여기 이 사람이 정보를 갖고 왔습니다."

부대원 중 한 명이 다른 소대원으로 보이는 사람을 월화 앞에 데리고 왔다. 그녀가 물었다.

"무슨 일입니까?"

나이는 그리 많아 보이지 않지만 대머리가 훤하게 벗겨진 사내는 고개를 주억거리며 말했다.

"이번 작전하고 관련된 정보 때문에 왔습니다. 소대장님한테 말씀드렸더니 빨리 전하라고 하셔서."

"무슨 정보인가요?"

"이번에 올 기차가 관동군 사령부로 병력을 실어가는 기차는 맞는데, 조선인 징집병을 송출하는 기차라고 합니다."

그 말에 월화는 눈을 동그랗게 떴다.

"정확한 정보입니까?"

"신의주 역에서 확인해본 내용인데 정확하다고는 말씀 못 드리겠습니다. 혹시나 해서요."

그의 말대로 이번 기차에 조선인 징집병들이 타고 있을 경우, 동포를 살해하는 꼴이 된다. 그것도 수백 명의 동포를.

월화는 지그시 눈을 감고 심호흡을 했다. 이런 식의 결정에 익숙한 그녀였다.

— 두려움을 버려. 만의 하나 동포들이 희생된다고 해도 어쩔

수 없어. 어차피 일본군이 될 동포들이야. 이 기차를 탄 이상 동포
가 아니라 적이라고.

"잘 알겠습니다. 정보는 고맙지만 작전은 그대로 수행합니다."

월화의 말에 사내는 놀란 표정이었다.

"돌아가서 그렇게 전하시오."

월화는 스스로 마음을 굳히려는 듯 더 단호한 목소리로 말했다.
그제야 사내는 알겠다는 표시로 고개를 끄덕이고는 경례를 붙였
다. 월화는 경례를 받고 다시 폭약이 담긴 포대를 정비했다.

이마에 맺힌 땀방울이 초원의 태양을 머금고 빛났다. 한바탕 모
래바람이 벌판을 쓸고 지나갔다. 월화는 흙먼지를 막기 위해 눈을
꼭 감았다. 흙 알갱이들이 얼굴에 달라붙는 느낌이 생생했다.

단호하게 결정을 내렸어도 마음이 편치는 않았다. 사실 집을 떠
나 만주로 온 이후로 마음이 편했던 날은 하루도 없었다. 의지로
이겨냈을 뿐. 불안도 죄책감도 육체의 한계도 악을 쓰며 넘어섰을
뿐이다.

이런 순간이 올 때마다 월화의 가슴 한구석에 찡한 그리움이
일었다. 그녀는 아직 한 남자의 아내였고 한 아이의 엄마였다.

보고 싶어요. 당신도 우리 아기도.

— 다시 만날 수 있을까요? 저를 용서해주실 건가요? 무엇보다,
잘 지내고 있나요?

영수는 깜빡 잠이 들었다 일어났다. 문틈으로 햇살이 들어오는 걸 보면 아직 오후다. 옆에 앉아 있던 길수는 하염없이 문틈으로 보이는 풍경을 응시하고 있었다. 영수가 잠에서 깨는 모습을 본 길수가 물었다.

"만주로 간다고 했지? 만주 어디로 가지?"

영수가 무덤덤하게 대답했다.

"몰라요."

그때 뒤에 앉아 있던 사내가 대화에 끼어들었다.

"지금 기차는 의주를 지나고 있어요. 곧 중국이요. 강소성(江蘇省)의 서주(徐州)에서 내린다는 말도 있고 포항(浦港)에 도착한다는 말도 있고. 순사 놈도 잘 모르더라고. 그쪽에 워낙 폭격이 심해서 상황을 지켜봐야 할 모양이요."

길수는 말을 한 사내를 돌아보았다. 사내가 악수를 건넸다.

"음악과 예술을 사랑하는 짜즈보이 신경식이라고 하오."

짜즈보이? 영수는 피식 웃음이 나오려는 걸 참았다.

이 사람은 또 뭐야. 영수는 사내의 행색을 살펴보았다.

짧은 머리에 낡은 군복이라는 점은 기본적으로 같았지만 다른 사람들과 뭔가 조금 다른 느낌이 있었다. 일단 입가에 그려진 얄팍한 미소가 그랬다. 객차 안에서 미소 비슷한 표정이라도 짓고 있는 자는 그가 유일했다. 게다가 군복도 단추를 다 잠그지 않고

가슴이 보이게 두 개를 풀었다. 피부도 유독 뽀얀 빛이었다. 스무
살이 갓 넘어 보이는 얼굴에 콧날은 오뚝했고 쌍꺼풀이 진 눈도
큼직하니 미남형이었다.

"아저씨는 경성 사람이에요?"

영수가 물었다.

"그럼. 그중에서도 모던보이지."

짜즈보이가 대답했다.

"모던보이와 짜즈보이 둘의 차이는 무엇인가요?"

"그냥 짜즈보이라고 불러, 임마. 그게 나의 예명이니까."

"예명이요?"

"예명이 뭔지 몰라? 하긴 니가 알 턱이 없지."

그러면서 경식이 픽 웃었다. 영수는 그의 여유로움이 마음에 들
었다. 지금까지 영수를 짓누르던 공포와 엄숙함을 누그러뜨리는
여유였다.

"제 별명은 삽살이예요. 잘 까불고 돌아다닌다고 해서."

"삽살이? 귀여운걸. 형씨도 통성명을 하는 게 어떻소?"

길수는 짜즈보이가 물어보는데도 대답을 하지 않았다. 영수가
대신 말했다.

"이 아저씨 이름은 김길수예요."

"김형은 여기 오는 동안 무슨 일이 있었소? 얼굴 꼴이 말이 아

니구려."

"언제쯤 기차가 멈추는지 알고 있습니까?"

길수가 물었다.

"그걸 어떻게 알겠소? 아니, 그게 뭐가 중요합니까? 설마 빨리 내려서 군사 훈련을 받고 싶은 마음이 굴뚝 같은 거요?"

경식이 농담을 했다.

길수는 짜즈보이에게 시선을 거두고 창밖을 쳐다보았다. 짜즈보이도 어깨를 으쓱 하더니 눈을 감고 잠을 청하는 모습이었다. 영수는 아쉬웠다. 잠깐이었지만 아까 넷이서 이야기를 나눌 때는 마치 한편이 생긴 것 같은 기분이었다. 정체를 알 수 없는 남자도, 짜즈보이도 좋은 어른 같았다.

"나쁜 사람 같지는 않아요."

영수는 길수에게 슬쩍 말을 붙였다.

"누가?"

"짜보 형이요."

"짜보 형이라니?"

"뒤에 앉은 사람, 짜즈보이 말이에요."

짜즈보이 신경식(申慶植)은 기차에서 가장 가벼운 심정으로 여정을 견뎌냈던 인물이었을 것이다. 누구보다도 자발적으로 군대를 지원했으니까. 그가 지원병이 된 데에는 다른 이들과는 조금 다른 이유가 있었다.

1920년대부터 유성기가 조선에 보급되었다. 지금의 기준으로 보자면 손으로 직접 레코드판을 돌려서 나팔 모양의 확성기를 통해 소리를 듣는 단순한 기계에 불과했지만 처음 등장했을 때는 비싼 가격 때문에 웬만한 부자가 아니면 가질 수 없었던 최첨단 기기였다.

1930년대 중반이 되면서 유성기는 30만 대 이상이 팔렸다. 그에 따라 대중음악 시장도 자연스럽게 생겨났다. 유행가 레코드가 쏟아져 나왔고 인기를 얻는 가수들도 나왔다. 그러면서 유성기 시장과 레코드 시장은 서로를 무럭무럭 키웠다.

경식은 유성기를 갖고 있을 만큼 가정형편이 좋지 않았다. 그의 집은 신당리 부근의 토막촌이었다. 토막이란 집 없는 빈민들이 공터에 지어놓은 움막 같은 집을 말한다. 말이 집이지 철조각으로 지붕을 잇고 거적 조각으로 벽을 삼아 비와 바람을 막은 임시 거처 같은 곳이었다. 당시 신당리 부근은 인근 대현산(大峴山)에 있던 경성부 오물처리장에서 풍기는 악취로 제대로 된 주택을 짓고 사는 사람이 별로 없었다. 그 이유로 가장 넓게 토막촌이 형성된 곳 중 하나였다.

바람이 많이 부는 날이면 가족 중 누군가가 손으로 기둥을 붙들어야 했고 누군가는 지붕을 붙들어야 했다. 안 그러면 집이 무너지거나 지붕이 날아가는 경우도 있었다. 그런 집에서 다섯 식구가 살았다.

경식의 아버지는 공장 직공이었는데 매일 이십 전의 품삯을 받아왔다. 조 한 봉지에 비지 한 덩이를 사들고 들어오면 헐벗은 아내와 자식들이 그 음식을 나누어 먹었다. 일이 끊기면 인력거를 끌기도 하고 지게꾼으로 시장을 누비기도 했다. 아버지는 낙천적인 성격이었다. 어쩌면 그런 성격이 경식에게 유전된 것일 수도 있었다. 아버지는 가난을 불평 없이 받아들였다. 큰아들이었던 경식에게 이런 농담도 했다.

"요즘 경성 거리에 이런 말이 유행하는데 들어보았니? 투빈비법이라는 거다. 첫째, 돈 없이 집을 얻어 사는 법. 친분이 있는 사람이 남의 셋방에서 이사를 나가거든 그때 그 사람의 승낙을 얻어서 그 집에 들어가는 거야. 계속 머무르다 보면, 집주인이 착한 경우에는 제발 좀 나가라고 이사비라도 내줄 것이고 성격이 고약한 집주인이라면 재판소에 재판을 걸겠지. 어느 쪽이든 두서너 달은 버틸 수 있지."

"아버지는 그걸 농담이라고 하세요?"

"농담이 아니야. 정말로 유행을 하는 이야기다. 둘째, 돈 없이 전차 타는 법. 이건 경식이 너도 잘 알아두어라. 돈 없이 전차를 타려거든 남보다 먼저 차에서 내리되 그저 손만 번쩍 들어라. 그 러면 차장은 니 뒤에 있는 사람이 차표를 낸다는 의미로 알고 그 냥 통과를 시킬 거다."

"그건 좀 솔깃하네요. 세 번째도 있나요?"

"돈 없이 생선을 얻어먹는 법도 있느니라. 생선 장수가 지나갈 때 불러서 큰 놈으로 고르는 거야. 그걸 집으로 갖고 들어와서는 생선 알만 빼고 그 안에 종이 같은 것을 넣은 후에 다시 달려가서 환불을 하는 거지."

그러나 아버지가 실제로 그런 '투빈비법'을 실행하는 일은 없 었다. 아버지는 그저 우직하게 몸을 혹사해 돈을 버는 삶을 당연 하게 받아들였다. 3남매 중 큰아들이었던 경식도 열 살이 되기 전 부터 아버지를 따라 다니며 일을 도왔다. 그러다 방직 공장에서 허드렛일을 했는데 그곳에서 유성기 소리를 처음 접했다. 사장 방 에 심부름을 갔다가 사장이 틀어놓은 레코드를 들은 것이었다. 그 의 나이 17세 때였다. 제목도 가수도 알 수 없는 노래의 음률은 소 년 경식의 귀를 단숨에 붙잡았다. 경식은 심부름도 잊은 채 방 안 에 멍하니 서 있었다.

"노래가 좋으냐?"

사장이 묻는 소리에 정신을 차렸다.

"이 소리가 대체 어디서 나는 소리입니까?"

경식의 질문에 사장은 껄껄 웃으며 유성기와 레코드의 원리에 대해 설명해주었다. 그리고 경식이 들은 음악이 '재즈송'이라는 사실도 알려주었다. 요즘으로 치자면 레코드 수집가였던 사장은 경식에게 이런저런 이야기들을 들려주었다.

"지금은 이른바 6대 회사 레코드 전(戰) 시대야. 빅타, 콜롬비아, 포리돌, 시에론, 오케, 태평. 이 여섯 개의 음반 회사가 그야말로 각축을 벌이고 있지."

실제로 사장실에는 그런 레코드 회사의 로고가 적힌 음반이 잔뜩 세워져 있었다. 사장은 '윤심덕, 김우진 정사 사건'처럼 귀를 솔깃하게 만드는 연예계 사건도 들려주었다.

"소프라노 윤심덕과 유부남이었던 연극배우 김우진이 이루지 못하는 사랑을 비관해 동반 자살한 사건이지. 둘은 부산과 일본의 시모노세키를 왕복하는 부관연락선을 타고 가다가 함께 바다로 몸을 던졌어. 그런데 그 사건 덕분에, 죽기 전에 윤심덕이 부른 〈사의 찬미〉가 조선에서 센세이션을 일으킨 거야. 그 노래가 수록된 레코드는 엄청난 판매고를 올렸어."

10년 전의 사건이었지만 경식은 둘의 로맨스가 바로 지금 자기 일인 양 대책 없는 감상에 빠져버렸다. 〈사의 찬미〉를 듣고 있으면 눈물이 맺혔다.

그 뒤로 경식은 틈만 나면 사장의 방에 들락거렸다. 인심이 후

했던 사장은 경식이 유성기를 듣는 일에 대해 관대했다. 경식은 사람이 없는 곳에서 노래를 흥얼거려도 보았다. 그렇게 짜릿한 기분은 처음이었다.

노래는 팍팍하고 암울한 현실을 잊게 해주는 마약이었고 별이 없는 밤하늘을 수놓는 유성우였다. 노래를 듣거나 부를 때면 실현 여부와는 상관없이 마음을 들뜨게 해주는, 마치 짝사랑 같은 감정이 생겼다. 왕수복(王壽福), 선우일선(鮮于一扇), 이은파(李銀波) 등이 그가 좋아하던 가수였다.

그리고 그의 운명을 바꿔놓는 계기가 있었다.

잡지 〈별건곤〉 1934년 6월호에 실린 '제5회 신유행소곡(新流行小曲) 현상모집'이라는 광고문이었다.

— 당선작은 즉시 작곡, 레코드에 취입! 상금은 매편 특선 10원, 입선 5원, 기한은 6월 25일까지. 노래의 내용 선택은 작자(作者)의 자유입니다만은 너무 야비한 것은 절대로 피합니다. 그리고 되도록 어려운 문자와 심원한 내용은 피하고 누구나 알아들을 수 있는 쉬운 말과 쉬운 내용으로 쓰십시오.

경식은 작곡가나 가수는 보통 사람은 꿈도 못 꾸는, 그야말로 타고난 계급에서만 가능한 일인 줄로만 알았다. 그 뒤로 그는 틈만 나면 당시의 유행가들을 연습했고 또 머리에서 맴도는 멜로디를 다듬었다. 그런데 그 열정과 음악적 단상을 결과물로 만들 길이 없었다. 그는 보통학교도 못 나온 토막촌의 가난뱅이 소년에 불과했다. 음계도 몰랐고 악보 앞에서도 까막눈이었다.

— 그래. 돈을 벌어야 해. 음악 공부를 해야지. 좋은 옷도 사 입고 가수 선발대회에 출전하는 거야.

그러나 돈을 모으는 일도 쉽지 않았다. 유행가를 흥얼거리며 스스로 '짜즈보이'라는 예명까지 미리 지어놓고 나니 바람이 들었다. 없는 집안 형편에 쥐꼬리만큼이라도 돈이 모이면 옷을 사 입거나 멋을 내는 데 써버렸다. 경식은 어떻게 하면 음악공부를 할 수 있는 돈을 마련할지, 그 생각에만 내내 골몰하며 스무 살을 맞이했다.

그러다가 소문을 들었다. 일본군에 입대해서 2년을 복무하고 나오면 500원이 넘는 돈을 준다는, 조선총독부에서 퍼뜨린 소문이었다.

500원이라니! 당시 은행처럼 돈을 많이 주는 직장에 다니는 월급쟁이들의 연봉이 고작해서 100원이었다. 경식은 바로 일본군 지원을 결심했다.

육군병 지원자 훈련소에서의 고된 생활에서도, 보병 제79연대에 입영해 군영생활을 할 때에도, 이렇게 중국 전선으로 가는 징병 기차 안에서도 그는 장밋빛 희망을 꿈꾸며 행복했다.

눈을 감으면 화려한 무대가 그려졌다. 파란색, 빨간색, 연분홍

휘장이 무대를 감싸고 휘날린다. 예복차림의 반주자들은 가수를 기다리고 있다. 멋들어지게 신식 양복을 입고 콧수염을 잘 말아 올린 사회자가 소개 멘트를 한다.

— 짜즈보이를 소개합니다. 모두 큰 박수로 환영해주십시오!

번쩍이는 조명을 받으며 등장하는 짜즈보이! 입가에는 모던한 미소가 서려있고 손과 발동작은 능숙하게 리듬을 타고 움직인다. 박수가 쏟아진다. 짜즈보이는 직접 만든 〈재즈송〉을 부른다.

— 그렇다. 이게 바로 2년 뒤에 펼쳐질 내 미래다.

짜즈보이는 지옥보다 더한 지옥으로 향하는 기차 속에서 달콤한 꿈을 꾸고 있었다.

역도 없는 곳에서 기차가 갑자기 멈춰 섰다. 어둠이 가신 지 얼마 안 되는 이른 아침이었다. 일본군의 명령에 따라 징집병들은 군장을 하고 열차에서 내렸다. 다들 긴장감으로 얼굴이 굳어 있었다. 길수는 군장도 없는 맨몸이었다. 본능적으로 주위를 살폈다. 초원은 광활했고 견고한 골격의 산들이 지평선을 어지럽혔다. 조선에서는 본 적 없는 큰 새들이 음험한 소리를 흘리면서 공간을 휘젓고 다녔다. 해가 뜬 방향으로 미루어 봤을 때 북쪽 하늘에 금방이라도 비가 올 듯 구름이 짙었다.

열을 맞춰 선 징집병들 앞으로는 총을 멘 일본 군인이 마주 보며 섰다. 조선인만 세면 천여 명이 되지 않을까 싶었다. 스기타가 지휘봉을 휘휘 돌리며 앞으로 나왔다.

"여기서부터 80킬로미터를 더 가면 목적지인 신징(新京, 지금의 장춘으로 만주국의 수도이자 일본 관동군 사령부가 있던 곳)이다. 기차로 가면 두 시간 남짓 더 달리면 도착할 수 있다. 그러나 중국놈들이 철로에 폭약을 매설해놨다는 첩보를 입수했다."

스기타의 목소리는 가늘고 높았다. 신경질적인 음성이었다.

"우리의 목숨은 승리를 위해 바쳐야지, 비겁한 중국놈들의 폭약에 개죽음을 당해서는 안 된다. 기차를 버리고 걸어간다."

스기타의 말에 사람들이 술렁거렸다. 이백 리 길. 이틀을 꼬박 걸어야 할 거리다.

"무슨 문제라도 있나?"

스기타가 소리를 높였다. 순간 사람들이 조용해졌다.

"자, 그럼 열을 맞춰 걷는다. 내가 쉬라고 할 때까지 멈춰선 안 된다. 행군 중에 열을 이탈하거나 명령에 불복종하는 자는 즉시 총살한다."

길수 옆에 서 있던 작달막한 사내가 떨리는 목소리로 말했다.

"몸이 너무 안 좋아서 십 리도 못 걸을 것만 같은데…"

그는 심하게 아픈 듯 서 있기만 해도 식은땀을 흘렸다. 그러나 그 사람도 알고 있었을 거다. 지금 이 상황에서는 열외를 할 수도 약을 받을 수도 없다.

행군이 시작되었다. 제대로 군화를 신고 걸어도 발을 잡아끄는 땅이었다. 길수의 고무신은 행군에 있어서는 최악의 조건이었다. 남들처럼 군장이 없어서 짊어져야 할 무게는 덜했지만 또 물통이 없어서 갈증은 고스란히 참아야 했다.

길수는 신기했다. 온통 건우 걱정밖에 없는 줄 알았던 마음에 길에 대한 걱정, 갈증에 대한 두려움이 흘러 들어오다니.

초가을 한낮의 태양이 징글징글했다. 바싹 마른 땅은 이방인의 침입에 흙먼지로 응수했다. 행렬 전체가 누런 흙먼지에 뒤덮여 움직였다. 곳곳에서 기침 소리가 터져 나왔다.

몇 시간을 그렇게 걸었을까. 길수는 목 전체에 흙이 낀 기분이었다. 눈도 따끔거렸고 코도 막혀 있었다. 고무신은 얼마나 더 버틸지 걱정이었다.

시간이 흐르자 배고픔이 찾아왔다. 고된 행군의 발걸음은 텅 빈 속을 쥐어짜듯 괴롭혔다. 몇몇 병사가 헛구역질을 하는 소리가 들려왔다. 길수는 건우에게 걱정이 미쳤다.

— 끼니는 해결하고 있을까? 신신당부를 했으니 면장님이 돌봐 주시겠지?

아이 생각을 하니 생리적인 고통도 잊혀졌다. 고통으로 고통을 치료하는 이통치통(以痛治痛).

"정지!"

스기타의 명을 받은 일본군들이 행렬을 멈춰 세웠다. 초원과 사막의 중간쯤 되는 땅 위에 수백 명의 징집병이 정적을 지키고 서 있었다. 앞에는 바위산이 있어 그늘이 크게 졌다.

"잠시 쉬어간다. 모두 그 자리에 앉아서 쉬도록."

스기타의 목소리가 들렸다. 다들 군장을 내려놓고 자리에 퍼져 앉았다. 운 좋게 그늘에 들어가 앉게 된 자들은 상대적인 행복감에 웃는 얼굴이었다.

"좀 마셔요."

고개를 돌려보니 영수가 군용 물통을 내밀고 있었다.

"아직은 참을만하다. 너 마시기도 모자랄 거야."

"괜찮아요. 반이 넘게 남았어요."

영수가 물통을 더 가까이 들이밀었다. 눈이 선한 아이다. 영수의 말간 뺨을 보고 있자니 다시 아들 생각이 났다. 길수는 어금니를 꽉 다물고 심호흡을 했다.

"고맙다."

길수는 흙먼지가 가득한 입에 물을 한 모금 머금었다. 흙이 씹힌다. 뱉어내고 싶지만 그럴 여유가 없다. 그대로 삼키고 만다.

"생각보다 시원하구나."

"얼마나 걸릴까요?"

"이백 리가 넘는 거리니까 내일모레까지는 걸어야 할 거야."

"으악. 정말 머네요."

영수가 고개를 가로저으며 한숨 쉬었다. 영수의 발 앞에는 자기 상체만 한 크기의 군장이 놓여 있었다.

"이렇게 하자. 물을 나눠 마시는 대신 짐도 나눠 드는 거야."

"어, 그거 좋은 생각인데요?"

영수가 환하게 웃었다.

"배고프지?"

"밥을 주려고 쉬는 거겠죠?"

"그럴 거 같구나."

"배고파서 풀이라도 뜯어먹을 수 있을 것 같아요."

"나도 그렇단다."

"전혀 안 그래 보여요."

"영수라고 했니?"

"이름을 기억하시네요."

"며칠 동안 기억할 거라고는 그것밖에 없었잖니."

"아저씨 이름은 김길수. 저도 기억해요."

"그래 맞다."

"아저씨 부인 이름은 월화. 맞죠?"

길수는 정신이 번쩍 들었다. 한참 동안 영수를 보았다. 영수는 왜 그렇게 보냐는 식으로 길수와 마주 보고 있었다.

"니가 그 이름을 어떻게 알지?"

"아저씨가 얘기해줬잖아요."

"나는 그런 적이 없는데?"

"에이. 어제 끙끙 앓으면서 계속 그 이름을 불렀단 말이에요."

길수는 말없이 가만히 있었다. 영수는 길수의 눈치를 보다가 뭔가를 말하려고 했다. 그때 스기타의 목소리가 들렸다.

"제군들은 이제부터 비겁한 조센징이 아니라 자랑스러운 천황의 군인이다! 두려움은 천황 폐하 앞에 죄를 짓는 것이다."

스기타는 무슨 일을 벌이려는지 쉬고 있는 대열 앞에 나섰다.

"저 사람 아까부터 영 마음에 안 들어요."

영수가 작은 목소리로 투덜댔다. 길수가 검지를 입술에 대고 조심하라는 눈치를 줬다.

"황국 군대의 대위인 나 스기타에게 임무가 주어졌다. 너희를 황국 군대의 일원으로 정신적, 육체적 무장을 시키는 쉽지 않은 임무다."

스기타는 징집병들의 얼굴을 보며 천천히 걸어 다녔다.

"나는 반드시 만들어낼 것이다. 개돼지와도 같은 너희 조센징들을 훈련시켜 용감무쌍한 천황의 군인으로 만들 것이다."

스기타는 그러다가 탁 발소리를 내며 멈춰 섰다.

"시마 도쿠조!"

그가 누군가를 불렀다.

"하이!"

대답을 하며 스기타의 앞에 선 사람은 거구에 얼굴이 검게 그을린 일본군 하사관이었다. 보통 사람보다 두 배는 두꺼운 것 같은 팔뚝과 장딴지가 군복을 팽팽하게 만들었다.

"휴식시간을 이용해서 재미있는 대련을 해볼까 한다. 여기 앞에 선 이 용맹스러운 전사는 시마 도쿠조다. 너희 수백 명 중에서 시마를 이길 사람이 한 명은 있겠지?"

순간 대열에 술렁임이 일었다.

"방식은 맨손으로 붙어서 싸우는 1대 1 대련이다. 세 명이 도전할 수 있는 기회를 주겠다. 시마 하사관을 이겨야만 식량 배급을 해준다. 만약 세 번의 기회 안에 시마를 꺾지 못하면 행군이 끝날 때까지 식량 배급은 없다."

사람들이 탄식했다. 스기타는 자기가 낸 아이디어에 흡족해하는 표정이었다. 그런데 시간이 지나도 나서는 이가 없었다.

"겁쟁이 녀석들. 앞으로 30분 동안 시마를 쓰러뜨리지 못하면 조센징들에게 줄 배식은 없다."

그때 대열 속에서 누군가가 걸어 나왔다. 주근깨와 점이 많은 얼굴에 키가 훤칠한 사내였다. 머리는 아예 짧게 깎아버려서 학생

같아 보이기도 했는데 자세히 보면 서른을 훨씬 넘긴 나이였다.

"좋다. 규칙은 따로 없다. 시간제한도 없다. 둘 중 한 명이 죽거나 항복하면 끝난다."

그 말과 동시에 시마라는 일본군 병사가 조선인 사내에게 달려들었다. 사내는 날쌘 동작으로 피했고 시마는 바닥에 엎어졌다. 사내가 달려가 뒤에서 시마의 목을 졸랐다. 보고 있던 사람들 사이에서 함성이 터져 나왔다. 스기타의 얼굴이 일그러졌다.

생각보다 승부가 일찍 가려지나 싶었는데 갑자기 시마가 벌떡 일어났다. 사내는 여전히 뒤에서 목을 조르고 있었는데 시마가 허리를 굽혀 엎어치기를 하듯 사내를 넘겨버렸다. 괴력이었다. 사내는 맥없이 고꾸라졌다. 스기타가 박수를 치며 환호했다.

시마는 망설이지 않고 쓰러진 사내의 팔을 잡고는 자신의 양다리 사이에 끼웠다. 그리고 사내가 항복할 틈도 주지 않고 팔을 꺾어버렸다. 사내가 항복한다며 소리를 질렀지만 시마는 못 들은 척 계속 팔을 꺾었다. 그러다 아예 작정한 듯 완전히 팔을 부러뜨렸다. 팔꿈치 양쪽 피부가 찢어지면서 뼈가 튀어나왔다. 사내는 피가 철철 흐르는 팔을 잡고 고통으로 울부짖었다.

황량한 초원 한가운데 인간이 아닌 동물의 절규가 메아리쳤다. 멀지 않은 곳에서 그 광경을 지켜보던 길수는 영수의 눈을 가리고 귀를 막았다. 영수는 길수의 품속에서도 공포에 몸을 벌벌 떨었다.

스기타는 흡족한 표정을 띠고 사내에게 천천히 다가갔다. 피를 뿌리며 바닥을 뒹굴던 사내는 자비를 바라는 눈으로 스기타를 쳐다보았다.

"진 주제에 왜 이렇게 시끄럽나?"

스기타의 권총이 불을 뿜었다. 이국의 공기를 뒤흔든 총성이 사라지고 정적이 남았다. 모두 숨소리조차 제대로 내지 못하고 있었다. 시마는 주인을 찾아가는 사냥견처럼 다시 스기타 옆에 와서 섰다. 스기타는 뿌듯한 표정으로 시마의 어깨에 손을 올렸다.

"자, 또 나설 사람 없나? 다들 배가 안 고픈가 보군. 좋다."

그때 대열에서 또 한 명의 사내가 일어났다. 키는 그리 크지 않았지만 어깨가 딱 벌어진 체격이 다부지게 보였다. 스기타의 입꼬리가 살짝 올라갔다. 사내는 조금의 주저함도 없이 시마 앞에 가서 섰다. 시마는 경멸적인 시선으로 사내를 대했다. 사내의 시선에는 어떤 감정도 없었다.

"저 아저씨 또 팔이 부러지면 어떡하죠?"

영수가 걱정스러운 표정으로 중얼거렸다.

"그러지 않기를 기도해보자."

"왜 저런 싸움을 벌이죠?"

"알 수 없단다. 우리가 왜 여기 끌려오게 됐는지 알 길이 없는 것처럼."

싸움이 벌어졌다. 아까와는 양상이 달랐다. 처음부터 뒤엉켜 누가 누가 위에 있는지 알 수 없는 개싸움이었다. 흙바닥에 먼지가 피어올랐고 힘을 짜내는 괴성과 고통을 참는 신음이 난무했다. 시간이 지나면서 승부가 갈렸다.

사내는 시마를 올라탄 채 주먹으로 시마의 얼굴을 뭉개기 시작했다. 코가 부러지고 입술이 터지고 눈가가 찢어졌다. 시마는 정신을 잃은 듯 저항조차 하지 못했다.

그때 사내의 관자놀이에 스기타의 총구가 닿았다.

"멈춰라."

사내는 기계처럼 동작을 멈췄다. 그리고 시마 위에서 일어나 섰다. 사내의 몸도 상처투성이였다. 근성으로 이긴 싸움이었다.

"다행이다. 저 아저씨 정말 잘 싸우는데요?"

영수가 길수를 보며 안도의 한숨을 내쉬었다.

"그렇구나. 하지만 꼭 명심해라. 잘 싸우는 사람보다는 안 싸우는 사람이 더 오래 살아남는다."

길수는 그렇게 말하면서도 영수가 의미를 제대로 알아들었는지 의문이었다.

스기타는 곤죽이 된 시마의 얼굴을 내려다보며 미간을 찌푸렸다. 그리고 사내를 돌아보았다.

"이름이 뭐냐?"

사내는 대답을 하지 않았다. 스기타가 조선말로 다시 물었다.

"이름이 뭐냐고 물었다, 조센징."

"박정대입니다."

그제야 사내가 대답했다. 스기타가 또 조선말로 물었다.

"황국어를 안 배웠나?"

"잘 모릅니다. 학교를 안 다녀서."

"학교를 안 다녔다고 황국어를 모른다는 게 말이 되나?"

사내는 대답이 없었다.

"좋다. 박정대. 늦었지만 부지런히 황국어를 배우도록 해라. 전
쟁터에서 말이 안 통하면 죽기 십상이니까. 너같이 쓸만한 병사는
오래 살아남아야지."

스기타는 정대의 어깨와 손을 만져보았다. 정대의 팔은 바위처
럼 단단하고 두툼했다. 스기타는 흡족한 얼굴로 취사병들에게 소
리쳤다.

"배식을 시작해라!"

정대는 수원성 안 정미소의 일꾼이었다. 트럭으로 쌀을 배달해
주기도 했고 정미소에서 가까운 읍내의 주택에는 수레를 끌고 쌀
을 배달했다. 그 당시 돈을 주고 쌀을 사먹을 형편의 사람은 무척

잘 사는 축에 속했다. 그가 주로 쌀을 배달해주는 집도 대부분 부자가 모여 사는 번듯한 문화주택촌에 있었다.

그중에서도 제일 좋은 문화주택은 양조장을 하는 윤광수 어른의 집이었다. 정대에게 그 집은 성역이었다. 윤광수 어른의 딸 명선(明善) 아씨가 사는 곳이었으니까.

우연히 마주친 아씨는 총각의 마음을 단박에 빼앗아버렸다. 그녀는 항상 고운 양장치마를 입었다. 살짝 분을 바른 얼굴은 동리(洞里)에서 제일 하얗게 빛이 났다. 손목은 가늘었고 반짝이는 시계를 차고 다녔다. 앵두 같은 입술은 감히 훔쳐보기도 가슴이 떨렸다.

깊은 밤, 이불 속에서 뒤척이며 아씨 생각에 잠 못 이루는 날이 많았다. 양조장 막내딸과 무지랭이 청년의 사랑이 이루어질 전망은 아예 없었지만 아씨를 향한 감정은 좀처럼 사라지지 않았다.

그날 아침에도 정대는 허름한 집 처마 아래 마루에 걸터앉아 아씨를 생각하고 있었다. 며칠째 비가 거세게 내렸다. 정미소는 아예 문을 열지 않아서 일을 나가지 않았다.

"무슨 놈의 비가 이렇게 오냐."

어머니가 부엌에서 나오며 투덜거렸다.

"아버지는 언제 나가셨어요?"

정대가 물었다.

"노친네가 아침잠도 없이 새벽같이 나갔다. 있어보거라!"

어머니는 부엌에서 뭔가를 주섬주섬 찾더니 보자기에 싼 음식을 정대에게 건네주었다.

"영길이네 잔치하고 떡 해왔더라. 아부지 아침도 제대로 안 자시고 나갔으니까, 이걸로 새참이나 하시라고 하여라."

"예, 어머니. 어디 나가지 마시고 집에 계세요. 물이 금방 불겠어요."

정대는 어머니에게 건네받은 보자기를 들고 일어났다. 아버지가 일하는 포목점은 읍내에 있었다. 정대의 집은 마을 외곽의 산기슭이었다. 읍내로 나가려면 마을을 가로지르는 개울을 건너야 했다. 산에서 내려가는 길은 곳곳이 진창이었다. 정대는 미끄러지지 않도록 발끝에 힘을 주어 걸었다.

개울물이 많이 불었다. 난간 없이 시멘트로 만들어놓은 다리가 있었는데 종아리께까지 물이 출렁거렸다. 정대는 다리를 건널 수 있을까 망설여졌다. 물이 더 불기 전에 아버지를 모시고 집으로 와야겠다고 생각했다. 그때 외마디 비명이 들렸다.

"살려주세요!"

빗소리와 물 흐르는 소리에 묻혀 잘 들리지 않았지만 분명이 사람의 목소리였다. 정대는 소리가 들리는 쪽으로 걸음을 옮겼다. 다리에서 좀 내려온 쪽에 어떤 여자가 개울물에 빠져 있었다. 강가에 늘어진 나뭇가지를 위태롭게 잡은 여자는 점점 거세지는 물살을 겨우 버텨내고 있었다. 명선 아씨였다.

"아씨!"

정대가 개울 건너편에서 소리쳤다.

"살려주세요!"

명선은 정대를 발견하고 더 크게 소리쳤다.

정대는 들고 있던 우산과 보따리를 바닥에 내려놓고 바로 개울로 들어갔다. 보통 때는 기껏해야 허벅지에도 못 미치던 개울물이 가슴께까지 출렁이는 깊이였다. 물살도 무척 셌다. 정대는 푹푹 빠지는 개울 바닥이 불안했다. 그래도 차분하게 한 걸음씩 명선을 향해 다가갔다. 겨우 명선이 있는 곳에 도착했다. 그녀는 이미 힘이 다 빠져 기진맥진했다.

"아씨, 꼭 잡으셔야 돼요."

정대는 명선을 업고 다시 개울을 건넜다. 그러다 중간에 발이 훅 빠져버렸다. 정대는 한순간에 머리까지 물에 잠겨버렸다. 그러나 그 와중에도 명선을 업은 팔에는 힘이 풀리지 않았다. 정대는 숨을 참고 명선을 더 높이 치켜들었다. 그리고 있는 힘을 다해 개울에서 빠져 나왔다.

물가에 도착한 정대는 명선을 땅에 눕혔다. 의식이 없는 그녀의 하얀 얼굴 위로 빗줄기가 쏟아졌다.

"아씨, 괜찮아요? 정신 차려 보세요!"

정대는 명선을 흔들며 소리쳤다.

명선은 숨을 제대로 못 쉬는 듯했다. 정대는 명선의 저고리를 젖혔다. 뽀얀 젖가슴이 드러났다. 정대의 숨도 잠시 멎는 것 같았다. 그는 가슴골을 찾아 왼손바닥을 대고 그 위에 오른손을 얹었다. 두 손에 힘을 모아 눌렀다. 한 번 두 번 세 번, 힘주어 누르며 그녀를 불렀다.

"아씨! 아씨!"

몇 번을 그렇게 해도 명선은 의식이 돌아오지 않았다. 정대는 명선의 입술에 자기 입술을 포갰다. 있는 힘껏 숨을 모아 명선에게 전해주었다. 같은 과정을 한참 반복했다. 그러자 쿨럭 기침을 하듯 명선이 입으로 물을 뱉어냈다.

"아씨!"

정대가 다시 명선의 가슴께에 손을 대고 눌렀다. 명선은 몇 번 더 물을 뱉어냈다. 그리고 눈을 떴다.

"괜찮으세요, 아씨?"

정대의 얼굴을 본 그녀는 다시 눈을 감고 고개를 옆으로 떨어뜨렸다.

정대는 명선을 업고 집으로 향했다. 탈진한 명선은 꼬박 하루 밤낮을 누워서 끙끙 앓았다. 정대가 옆을 지켰다. 어머니가 죽을

끓여왔지만 의식이 가물가물한 명선은 조금도 먹지 못했다.

"언제쯤 깨려고 그러나? 비가 와서 사람을 부를 수도 없는데 여기서 초상 치는 건 아닌지 모르겠다."

"어머니는 부정 타는 말씀 좀 마세요!"

정대는 문을 닫고 어머니를 내보냈다.

정대는 초조해하면서도 고요히 누워 있는 명선의 얼굴을 볼 때면 알 수 없는 감정에 행복했다. 그런 자신을 탓했지만 어쩔 수 없었다.

긴 속눈썹 아래로 감은 눈, 그 사이로 이어진 얇은 콧날. 그리고 그가 분명히 입을 맞추었던 입술.

그때 명선이 눈을 번쩍 떴다. 그녀의 얼굴을 들여다보고 있던 정대와 눈이 마주쳤다.

짝―.

소리와 함께 정대는 뺨이 얼얼했다. 명선이 뺨을 때린 것이다. 명선은 황급히 몸을 일으키고는 이불로 가슴께를 가리고 벽에 등을 기댔다.

"누구세요! 여긴 어디예요?"

명선은 공포에 질려 있었다.

"정신이 좀 드세요?"

정대가 물었다. 정대의 부드러운 목소리에 명선은 공포가 조금 누그러지는 듯 보였다. 둘은 한참 동안 서로의 시선 속에 앉아 있었다. 정대는 자초지종을 이야기해주었다. 차분하게 그의 말을 들은 명선은 고개를 숙였다.

"죄송합니다. 정말 결례가 이만저만이 아니었네요. 신세를 어떻게 갚아야 할지 모르겠네요."

"아니에요. 전 그냥 보고만 있어도 영광이었습니다."

정대의 말에 명선이 픽 웃었다.

"영광이라니요. 그 단어가 무슨 뜻인지 알고 쓰신 거예요?"

제대로 글을 배운 적이 없는 정대는 사전적인 의미를 설명할 수는 없었다. 다만 그는 진심으로 '영광'이라는 단어를 썼다.

저녁쯤이 되자 비가 그쳤다. 정대는 혼자 나가서 양조장 어른댁을 찾아갔다. 읍내는 물난리로 엉망이었다. 그 와중에 막내딸까지 이틀째 행방을 감춘 터라 윤대감의 집은 그야말로 초상집이었다. 정대가 찾아와 명선의 소식을 전하자 윤대감은 당장 하인을 보내 명선을 데려오게 했다.

"정말 고맙네. 충분한 사례는 되지 않겠네만."

윤 씨는 정대에게는 사례의 의미로 돈을 건네주려고 했으나 정대는 한사코 돈을 받지 않았다.

정대가 명선을 다시 만나게 된 건 물난리가 어느 정도 수습되었을 무렵이었다. 정미소에서 쌀포대를 정리하고 있는데 뒤에서 목소리가 들렸다.

"정대 씨?"

태어나서 지금까지 그를 '정대 씨'라고 불러주는 사람은 아무도 없었다. 그리고 그렇게 예쁜 목소리를 가진 사람도 여태까지 없었다.

아씨는 정대를 데리고 읍내의 찻집으로 향했다. 명선은 난생 처음 맛보는 커피를 시켜주었다. 정대는 자기도 모르게 주변을 자꾸만 둘러보았다.

"뭘 그렇게 보셔요?"

"찻집엔 처음 와봐요."

"사실 저도 이곳은 처음이에요. 경성에서 학교 다닐 때나 차를 마셨지, 여기에도 신식 찻집이 있을 줄은 몰랐어요."

잠시 침묵이 흘렀다. 정대는 커피 향에 취해버릴 것만 같았다. 명선이 조곤조곤하게 말했다.

"지난번은 고마웠어요. 고맙단 말씀도 못 드리고 죄송해요. 저도 너무 경황이 없었던지라."

"아니에요. 그런데 그때 산마을까지 왜 올라오신 거예요?"

"제가 학교에서 아이들을 가르치거든요. 한 아이의 집이 그쪽 마을에 있어서요. 비가 너무 많이 오기에 데려다주고 돌아가던 길이었어요."

"그랬군요. 건강은 쾌차하셨지요?"

"말짱해요. 더 건강해진 거 같습니다."

그러면서 명선은 들고 온 짐을 테이블 위에 올려놓았다.

"감사의 선물이에요. 생명의 은인인데, 뭘 드려야할지 몰라서."

정대는 얼떨떨한 표정으로 보고 있을 뿐 손을 대지 못했다.

"열어보세요. 서양에선 선물을 받으면 바로 열어보는 게 에티켓이랍니다."

정대는 떨리는 손으로 짐을 풀어보았다. 양복과 와이셔츠가 들어 있었다.

"치수가 맞으려나 모르겠네. 여기엔 양장점이 없어서 경성에 있는 오빠에게 부탁했거든요. 얼핏 오빠 체격하고 비슷한 거 같아서요."

정대는 입을 벌린 채 아무 말도 하지 못했다. 명선은 그런 모습을 보면서 키득키득 웃었다.

찻집을 나와서 신작로를 걸었다. 멀리서 자동차 한 대가 먼지를 일으키며 달려와 멈췄다. 차에서 내린 사람은 요시다(吉田) 대위였다. 일본 고베 출신으로 도쿄 헌병대 사령부 도이하라(土肥原) 대령의 아들이었다. 군관학교를 졸업하고 조선총독부를 감시하는 감찰 장교로 배치되어 근무 중이었다. 이제 갓 서른이 넘은 그의 권력은 그야말로 막강했다. 차에서 내린 요시다는 서양식으로 명선의 손등에 입을 맞추며 인사했다.

"반갑습니다, 명선 씨. 어디 가시는 길입니까?"

"잠깐 볼일이 있어서요."

"지난번 파티에선 너무 급하게 가버리셔서 인사도 제대로 못 나눴습니다."

요시다 대위는 정대를 투명인간 취급하면서 시선도 주지 않고 명선에게 말했다.

"몸이 좀 안 좋았어요. 머리도 어지럽고. 참, 인사하세요. 이쪽은 박정대 상이에요."

요시다는 썩 유쾌하지 않은 표정으로 정대에게 악수를 건넸다.

"자네는 뭘 하는 자인가?"

"정미소에서 일을 합니다."

요시다는 고개를 끄덕이고는 다시 명선에게 시선을 돌렸다.

"잠깐 차나 들면서 이야기하시죠?"

"오늘은 노땡큐예요. 정대 씨하고 이미 차를 마시고 나오는 길이거든요. 그럼, 반가웠어요. 요시다 상."

명선은 깍듯하게 인사하고 돌아섰다. 정대도 얼떨결에 꾸벅 허리를 굽혀 인사하고 명선을 따라 나섰다. 둘은 모르고 있었다. 그들의 뒷모습을 노려보는 요시다의 시선이 얼마나 맹렬한지를.

그 시선을 미리 눈치 챘다면 정대의 운명은 달라졌을까? 이국의 초원에서 배식을 받기 위해 목숨 건 결투를 하는 일은 없었을 수도 있다. 혹은 그럼에도 불구하고, 곧 시작될 위험한 연정(戀情)을 멈추지 못했을는지도 모른다.

배식이라고 해야 옥수수 죽 한 그릇이 전부였다. 5분도 걸리지 않는 식사를 마치고 징집병들은 다시 행군을 시작했다. 목적지도 가는 길도 지금 위치도 몰랐다. 인솔하는 몇몇 일본군만이 그런 정보를 알고 있었다. 징집병들은 가축 떼처럼 시키는 대로 걸어갈 뿐이었다.

행군을 시작한 지 얼마 되지 않아 중국군 폭격기가 하늘에 모습을 드러냈다. 높이 비행하던 폭격기는 지상에서 보기에는 새와 같은 크기로 보였다. 항공기 엔진 소리는 순식간에 넓은 초원 위로 죽음의 공포를 흩뿌렸다.

"엎드려! 움직이면 안 돼!"

스기타가 명령했다. 모두 쭈그려 앉은 채 눈과 귀를 막았다. 줄지어 나타난 폭격기들은 징집병 행렬을 발견하지 못했는지 아니면 다른 급한 임무가 있는지 그들 위를 날아 사라졌다.

스기타는 등골이 서늘했다. 후방에서 병사들만 실어 나르던 때와는 달랐다. 이제 전쟁의 소용돌이 한복판으로 들어왔음이 실감

났다. 발 딛는 곳곳에 죽음이 어른거린다. 철로에 폭약이 설치되어 있다는 첩보를 입수 못했다면 이미 다 죽은 목숨이었을 터. 사실 스기타가 병사들끼리 싸움을 붙인 이유도 잔인하게 행동함으로써 죽음의 공포를 쫓기 위해서였다.

스기타는 한참 동안 하늘을 살폈다. 폭격기들이 다시 돌아올까? 새로운 편대가 나타나지는 않을까? 이렇게 시간을 끄느니 부지런히 걸어가는 게 낫다. 아니다. 자칫하다가는 목적지에 도착하기 전에 폭격을 당할지도 모른다.

스기타는 작전을 바꿨다. 낮에는 쉬고 밤에는 걷는다. 가장 가까운 곳에 보이는 야산에 숨어 있다가 어둠을 틈타 행군을 하기로 했다. 지칠 대로 지친 병사들은 일단 쉬게 해준다는 말에 몹시 좋아하는 눈치였다. 다들 구겨진 자세로 잠에 빠졌다.

휴식은 길지 않았다. 짧은 오후가 지나가고 헐벗은 초원에 짙은 어둠이 내렸다. 다시 행군 시작. 낯선 땅의 달과 별이 밤하늘에 빛났다. 추운 계절이 아니었지만 밤은 몹시 쌀쌀했다. 이름 모를 들짐승이 울었고 바람 소리는 살아 있는 동물의 숨소리처럼 스멀거렸다. 이따금 검은 구름이 달 주변으로 몰려들었다 사라졌다.

낮에 한 줌씩 받아 먹었던 옥수수 죽은 몸에서 흔적도 없이 사라져버린 지 오래였다. 지쳐 쓰러지는 이들이 나왔다. 졸면서 걷다가 대열에서 이탈하는 이들도 생겼다. 한번 멀어진 대열을 따라

잡는 일은 쉽지 않았다. 낙오자를 일으켜 세울 여유는 아무도 갖고 있지 않았다. 열외는 곧 죽음이었다.

어디서 나타났는지 모를 까마귀와 독수리들이 먹잇감이 될지도 모를 고깃덩이 위를 맴돌았다. 대열 군데군데 흐느끼는 소리가 들렸다. 길수는 한 가지 생각만 하고 걸었다.

— 잠들지 말자.

입대를 따로 하지 않고 중간에 끌려온 탓에 군장이 없었던 길수는 영수의 군장을 대신 메고 걸었다. 길수가 아니었다면 영수는 군장의 무게를 이기지 못하고 낙오되었을 운명이었다.

"졸려요."

영수가 말했다.

"참아야 해. 큰일 날 수도 있어."

길수는 영수가 조는 기색을 보일 때마다 등을 툭툭 쳐주었다. 길수에게도 행군은 고통이었다. 아직 몸 상태가 회복이 안 되었다. 기침이 다시 심해졌다. 열병에 걸린 듯 목이 마르고 몸 곳곳이 허물어지는 기분이었다. 발아래 물집이 잡혔다. 물집이 터진 껍질이 짓이겨지면서 뾰족한 고통이 전해졌다. 그러나 모든 고통 위에 피곤함이 있었다.

같은 시간. 30리쯤 남쪽에 있는 어느 바위산. 월화는 무표정한 얼굴로 주위를 둘러보았다. 부대원 중에는 지쳐 잠든 이도 있었다. 이미 어둠이 내린 탓에 꼼꼼하게 매복을 할 필요도 없었다. 그런 것들은 중요하지 않았다. 큰 문제가 생겼다.

기차가 오지 않았다. 그러니 폭약을 터뜨릴 일도 없었고 확인사살을 할 필요도 없었다. 작전 자체가 실패였다.

"대장님, 이미 날이 어두워졌습니다. 계속 기다립니까?"

월화의 심복인 불곰이 물었다.

동지들이 조바심을 낼 법했다. 기차가 도착하기로 한 시간에서 이미 열 시간이 지났다. 이렇게까지 시간이 오래 걸릴 줄 몰랐기에 식량도 충분히 챙겨오지 않았다. 대원들은 저녁도 제대로 먹지 못했다.

월화는 잠시 생각하다가 말했다.

"열 명만 남기고 나머지는 기지로 철수해."

"네?"

"지금 폭약을 회수할 수가 없잖아. 그렇다고 놔두고 가도 안 돼. 내가 최소한의 인원만 데리고 남아서 조금 더 기다려볼 테니까 넌 나머지 대원들을 데리고 기지로 철수해."

"대장님, 그냥 같이 들어가시죠?"

"그러다가 기차가 들어오면? 그 기회를 놓칠 거야?"

"한 자리에 너무 오래 있다가 관동군 철도 경비대에 들킬 수도 있습니다. 그러면 끝장입니다."

"경비대는 야간에는 움직이지 않아. 날이 밝기 전에 나도 철수
할 테니까 그런 걱정은 할 필요 없다."

불곰은 할 말이 없는지 가벼운 한숨을 토해냈다. 그녀를 당할
수가 없었다. 결국 불곰은 열 명의 병력만 남기고 나머지 대원들
을 데리고 산을 떠났다.

가끔씩 고개를 들어 밤하늘을 쳐다보던 길수는 어느 순간부터
고개를 숙인 채 걸었다. 결국 길수도 졸음을 이기지 못했다. 늦은
새벽, 어둠의 무게가 극에 달했을 때였다. 졸면서 얼마나 걸었는
지 몰랐다. 돌부리에 발이 걸려 휘청하면서 정신이 들었다. 다행
히 대열에서 멀리 떨어지지 않은 곳에서 정신을 차렸다. 그런데
영수가 보이지 않았다.

— 대열 안에 있는 걸까?

그것보다는 열외 했을 가능성이 더 높았다. 정신을 차리고 있었
다면 길수가 졸며 대열을 이탈할 때 깨워줬겠지.

"영수야!"

길수는 이름을 부르며 사람들 틈을 누볐다. 아무도 돌아보지 않
았다. 다들 유령처럼 걷기만 했다. 길수는 남은 힘을 짜내어 영수
를 찾아 헤맸다. 대열을 떠나 행군 방향과는 반대로 향했다. 두려

움이 길수의 발길을 막았다.

— 이러다가 나까지 낙오할지도 몰라. 지쳐 쓰러져 짐승들의 밥이 될 거야.

길수는 애써 두려움을 떨치며 암흑 속을 헤맸다. 어깨를 짓누르던 군장을 벗어 던졌다. 어둠 속에서 그나마 밝은 달이 그의 길을 비쳐주었다. 딱딱한 흙바닥 위에 불규칙하게 널려 있는 돌을 피하지 못하고 자꾸 발이 걸려 넘어졌다. 길수는 사막의 모래바람으로 말라버린 목청을 겨우 열었다.

"영수야. 영수야."

길수는 어느 방향으로 걸음을 옮겨야 할지를 몰랐다. 이러다 금방이라도 주저앉아 다신 못 일어날 것 같았다. 주문을 걸듯 되뇌었다.

— 이렇게 끝날 수는 없어. 안 돼.

주머니에 들어 있던 피리를 꺼내 입에 물었다. 길수는 처연한 음률로 피리를 불었다. 고요함 속으로 피리 소리가 스몄다. 만물이 숨죽인 시공간에서 길수가 부는 슬픈 가락은 멀리 멀리 퍼져나갔다.

바위산에 매복해 있던 월화는 문득 피리 소리를 들었다. 오래전부터 알고 있던 음률이었다. 정신이 번쩍 들었다. 몸을 일으켜 산 아래를 둘러보았다. 어둠뿐이다. 뭔가를 보려고 했던 시도가 어리석었다.

— 헛것이 들리는 걸까?

월화는 눈을 감고 소리에 집중했다. 명주실처럼 가늘긴 했지만 분명히 소리가 들렸다.

"무슨 소리 들리지 않아?"

월화가 옆에 있던 대원을 돌아보며 물었다. 졸고 있던 대원이 눈을 뜨며 미간을 찌푸렸다.

"무슨 소리 말씀입니까?"

"잘 들어봐. 피리 소리가 들리잖아."

대원은 잠시 귀를 기울이더니 고개를 내저었다.

"아무 소리도 안 들리는데요?"

— 결국 환청이었나.

월화는 고개를 들어 밤하늘을 쳐다보았다. 검은 융단에 쏟아진 보석처럼 무수한 별이 제각기 조금씩 다른 빛으로 빛났다.

— 조선에서도 같은 밤하늘이 보이겠지?

피리 소리가 애써 억누르고 있던 그리움을 일깨웠다. 생각이 난다. 그녀가 사랑했던 단 한 남자가. 그리고 그와 함께 탄생시킨 사랑스러운 아이가.

달콤한 밀어를 주고받던 연애 시절의 한순간이 떠올랐다. 길수와 월화는 지금처럼 깊고 푸른 밤, 마을 어귀의 언덕에 나란히 앉아 있었다. 길수가 월화의 눈을 보며 말했다.

— 당신 눈망울은 별빛을 닮았어. 밤하늘을 볼 때마다 당신 생각을 해.

월화가 대답하기 전에 길수의 입술이 그녀의 입술 위로 포개졌다. 월화는 요동치는 가슴 속으로 속삭였다.

— 당신의 눈도 그래요.

그 말을 해주지 못했던 게 이렇게 후회될 줄이야.

길수는 피리를 주머니에 넣었다. 다시 걸음을 옮겼다. 위험한 정령들과 대화하며 어딘가로 계속 움직였다. 멀리 하늘 끝이 푸른 빛으로 밝아왔다. 아침 태양이 머리를 내밀었다. 주위를 둘러보며 징집병 행렬을 찾아보았다. 며칠째 핏발 선 눈은 뜨고 있는 것만으로도 고통을 동반했다. 크고 작은 바위산과 덤불들이 침침한 시야를 가렸다. 그 틈으로 행렬 끄트머리가 멀리 보이는 것 같기도 하고 도무지 아무것도 확신할 수가 없다. 짐작하고 판단해야 할 정신도 없다.

그러다가 문득 멈춰 섰다. 피리 소리에 화답하듯 한 줄기 흐느낌이 들려왔다. 길수는 소리를 따라갔다.

붉은빛을 띠는 바위 뒤에 영수가 등을 기대고 앉아 있었다. 길수를 발견한 영수가 달려와 안겼다. 길수는 영수를 꽉 끌어안고 바닥에 쓰러졌다. 긴장이 풀리면서 비로소 기력이 다 한 것이다. 길수는 그렇게 잠에 빠져들었다.

몇 시간을 잤을까. 길수는 꿈을 꾸었다. 아내의 꿈이었다.

— 일어나요. 이렇게 있으면 안 되잖아요.

아내는 입을 맞췄다. 그녀의 입술은 달고 촉촉했다.

길수는 눈을 떴다. 그를 지키고 앉아 있던 영수가 안도의 한숨을 쉬었다.

"죽은 줄 알았어요. 아무리 깨워도 안 일어나서요."

"나도 니가 죽은 줄 알았다."

영수는 수통을 건네주었다. 겨우 두세 모금쯤 남았음직한 무게였다. 길수는 살짝 입만 축이고 물을 아꼈다. 그리고 자리에서 일어났다.

"어디 가시려고요?"

"사람들을 찾아봐야지."

"뭐라고요? 그러지 마요. 우리 다시 조선으로 돌아가요."

길수는 대답을 하지 않았다. 둘을 둘러싼 광활한 공간이 오랫동안 침묵했다. 짙은 색의 깃털을 가진 새 한 마리가 머리 위로 날아올랐을 때 길수가 입을 열었다.

"그래야지. 조선으로 돌아가야지. 그런데 지금은 못 돌아간다."

"왜요?"

"너무 멀어. 기력도 없고. 하루도 못 걷고 사막에 쓰러져 죽게
될 거야."

"어차피 전쟁터에 가도 죽어요."

"그래도 지금으로선 그쪽이 살아남을 가능성이 조금이라도 더
있어. 그럼 그렇게 하는 거야."

길수는 한결 밝아진 시선으로 주변을 살폈다. 전날 낮에 기억하
던 풍광을 떠올리려고 애썼다. 시간과 태양의 위치를 가늠해 따져
보니 대충 어느 방향으로 걸어야 하는지 감은 잡혔다. 늦으면 늦
을수록 위험하다.

길수는 일단 판단이 서자 망설임 없이 걸음을 옮겼다. 싫다고
떼를 쓰던 영수도 결국 따라왔다. 둘은 말없이 한참을 걸었다.

한낮의 태양이 지배자의 위용을 자랑하듯 맹렬하게 타올랐다.

그래. 이때쯤 기차에서 내려 행군을 시작했지. 태양이 정면에서
조금 비껴 있었어.

방향은 짐작 가능했다. 몸의 기력이 다하기 전에 밤새 놓쳤던
대열을 따라잡을 수 있을지가 의문이었다. 그런 조바심이 길수의
발걸음을 재촉했다. 몇 시간을 걸었는지 몰랐다.

"고마워요. 아저씨 아니었으면 전 아마 죽었을 거예요. 늑대 밥
이 되었을지도 몰라요."

영수가 뒤늦은 감사의 말을 전했다. 길수는 못 들은 척 계속 길을 걸었다. 흙바닥처럼 말라 있던 입술이 터져 피가 흘렀다. 수통의 물도 다 떨어졌다. 영수는 쉬고 싶어 했지만 길수는 멈추지 않았다. 오후가 되면서 바람이 불기 시작했다. 흙먼지 속을 뚫고 가야 했다.

"더 못 걷겠어요. 목이 불에 타는 것 같아요."

영수가 주저앉아버렸다. 그제야 길수가 걸음을 멈추었다. 열네 살 아이는 탈진 상태였다. 길수는 아이의 신발을 벗겨보았다. 연약한 발바닥은 전체가 물집이 잡혔다가 통째로 떨어져 나갔다. 속살이 찢어지면서 피가 흥건했다. 길수의 발도 마찬가지이긴 했다.

"저는 끝났어요. 먼저 가세요. 이렇게 있으면 같이 죽어요. 저는 정말 더 이상 못 하겠어요."

영수는 흙이 잔뜩 껴서 갈라진 목소리로 애원했다. 죽음의 그림자가 아이의 작은 몸을 휘감고 있었다. 독수리 몇 마리가 그리 높지 않은 곳에서 빙빙 돌았다. 길수는 영수를 들쳐 업었다. 그리고 또 앞으로 나아갔다.

아이는 그대로 정신을 잃은 듯했다. 상태를 확인해볼 여유가 없었다. 길수는 걷는 기계처럼 묵묵히 걷기만 했다. 다행히 등에서 아이의 배가 부풀었다 꺼지는 움직임이 느껴졌다.

— 아직 살아 있구나. 조금만 더 버텨봐라. 가려거든 같이 가자.

나도 이제 얼마 남지 않았으니까.

걸음을 옮길 때마다 절망의 손이 다리를 움켜잡았다. 한 시간쯤 더 걷고 길수는 멈춰서고 말았다. 하늘을 바라보았다.

— 여기가 끝입니까?

대답 대신 아들의 얼굴이 그려졌다. 아니라는 대답이었다.

다시 고독한 행군이 이어졌다.

초원의 노을은 장관이었다. 문득 고개를 돌려보니 그랬다. 마치 호수에 핏덩이가 떨어지는 모습이었다. 굵은 태양은 지평선 너머로 넘어가면서 온통 붉은빛을 흩뿌렸다. 바위산과 덤불마저 진홍색을 뒤집어쓰고 빛났다. 반대편 하늘의 나머지 푸른 부분은 원숙한 남색으로 천천히 변해갔다. 비현실적으로 커다란 달이 떠올랐다. 하늘의 지배자가 바뀌는 순간, 일종의 교대식이었다.

서둘러야 해. 어둠이 내릴 테니 이제 곧 병사들이 움직일 거다.

길수의 급한 마음과 달리 걸음은 점점 더 느려졌다. 여전히 축 늘어져 있는 영수의 몸은 한층 더 무겁게 느껴졌다.

그때였다. 멀리 앞을 가로막고 있던 헐벗은 산에서 개미떼처럼 군인들이 줄지어 나오는 모습이 보였다.

— 헛것이 보이나보다. 유령일까? 굶주림과 피로와 상처와 열병이 겹쳐져 정신이 나갔나보다.

길수는 흙먼지로 뻑뻑해진 눈을 비볐다. 시야가 흐려졌다가 다

시 조금씩 앞이 보였다. 초저녁의 코발트빛 어둠 속에 분명히 사
람들이 있었다. 길수가 쉰 목소리로 영수를 불렀다.

"영수야."

영수는 대답이 없었다. 길수가 말했다.

"살았다."

노몬한의 가을

길수를 비롯한 조선인 징집병들은 관동군 사령부가 있는 신징으로 이동했다. 그들은 사령부 산하의 훈련소 중 한 곳에서 머무르며 부상을 치료받고 총과 군복 등을 지급받았다. 비교적 물자가 풍족했던 그곳은 기차 안이나 초원에 비하면 천국이었다. 탈진 상태였던 병사들도 원기를 회복했다.

병영은 시내에서 멀지 않았다. 가끔 시내로 나갈 때면 낯선 도시 풍경이 조선인들의 시선을 빼앗곤 했다.

만주국의 수도 신징은 일본인들이 중국 땅에 만든 일본 도시였다. 시내에는 일본식 주택이 즐비했다. 일본식 성(城)도 있었다. 모서리가 뾰족하게 치솟은 푸른 지붕 위로 만주의 바람이 불고 새가 날고 해와 달이 뜨고 졌다.

만주국(滿洲國)이라는 말에서 알 수 있듯이 독립적인 국가처럼 어엿한 정부 부처도 갖춰져 있었다. 군사부, 사법부, 경제부, 교통부, 문교부 등등 8개에 달하는 부처가 각기 다른 건물에서 업무를 봤다. 군사 요충지답게 지하 요새도 발달하여 정부 관청 건물은 기차역과 지하로 연결되었다. 이른바 일본식 바로크 풍의 건물이 모여 있는 중심가의 모습은 위압적이라고 할만했다. 그중 가장 으뜸이자 핵심은 관동군 사령부였다.

관동군은 대륙침략정책의 확대와 대 중국전, 대 소련전에 대비하여 병력과 물자를 늘려가는 중이었다. 1933년쯤 10만 명에 이르렀던 병력은 1937년에는 50만 명에 육박하는 수준에 이르렀다. 관동군 사령관은 주만(駐滿) 특명전권대사, 관동장관을 겸했고 실질적으로 만주를 지배하는 왕이었다.

초대 관동군 사령관은 제19사단장, 제5단장을 거쳐 후에 육군 대장이 된 다치바나 고이치로(立花小一郎)였다. 그 뒤로 1934년 관동군 사령관을 맡았던 이는 창씨개명, 강제징용, 신사 참배 등 우리 역사에 수많은 흉터를 남긴 미나미 지로(南次郎)였다. 두 사람의 예에서 보듯 관동군 사령관은 일본 본토에서도 최고의 무관만이 차지하는 자리였다.

사령관뿐 아니라 그 이하 직급이라 해도 관동군의 경력은 고위 무관으로 진급하기 위한 중요한 커리어였다. 스기타 또한 관동군의 일원이 되기를 꿈꾸던 젊은 야심가 중 한 명이었다. 원래 계획대로였다면 신징 역에서 병력을 인계하고 다시 조선으로 돌아가야 할 터였지만 철로 폭약 매설 사건으로 그는 본의 아니게 관동군의 중심부로 들어왔다.

긴 기차 여행과 초원의 행군 과정에서 수십 명의 전력 손실이 있었다. 그럼에도 불구하고 스기타는 칭찬을 받았다. 철로에 매설되어 있던 중국군의 폭탄을 피해 병력을 인솔해온 공로를 인정받은 결과였다.

어느 날 관동군 사령부의 작전 참모 쓰지 마사노부(辻政信) 중좌(中佐, 당시 좌관의 둘째 계급. 지금의 중령)가 직접 스기타를 불렀다. 유럽풍의 고급스러운 가구로 채워진 중좌 직무실에서 스기타는 부동자세로 섰다. 마사노부는 그에게 자기 옆 소파에 앉을 것을 권했고 영국산 홍차를 대접했다. 중좌는 바로 본론을 꺼냈다.

"자네에게 새로운 임무를 하나 제안하고 싶네만."

스기타는 정신이 번쩍 들었다. 그는 입에 머금고 있던 홍차를 꿀꺽 삼키고 마사노부 중좌를 바라보았다.

"말씀하십시오, 중좌님!"

"나와 같이 관동군 23사단으로 가지 않겠나?"

스기타는 기쁜 마음을 누르느라 애썼다. 하마터면 소리를 지를 뻔했다. 그는 최대한 진중하고 겸손한 목소리로 대답했다.

"영광입니다, 중좌님."

"그럼 내 제안을 받아들인 걸로 알겠네. 조선의 소속 부대에는 내가 직접 연락을 취하지. 한 달 뒤 떠날 예정이니 혹시 짐을 챙겨 오거나 정리할 일이 있다면 그 사이에 다녀오도록 하게."

"아닙니다, 중좌님. 조선에는 갈 일이 없습니다. 허락해주신다면 중좌님 곁에서 더 배우고 훈련하고 준비를 하고 싶습니다."

마사노부 중좌는 매처럼 찢어진 눈을 치켜떴다. 스기타가 알기로 마사노부는 군인으로서 엘리트 코스만을 밟아온 장교였다. 머리가 명석하고 판단력이 빨라 작전 장교로서는 적격이라는 평이 돌았다.

"소련이 말썽이야. 녀석들은 도무지 말이 통하질 않아. 아무래도 멀지 않아 큰일이 벌어질지도 몰라."

스기타는 집중해서 마사노부 중좌의 설명을 들었다.

당시 일본과 소련은 국경 문제로 시비가 끊이질 않았다. 1937년 7월에도 이른바 '장고봉 사건'이 있었다.

장고봉(張鼓峰)이란 곳은 만주의 동남단이 한국 동북부에 길게 뻗어 나온 지점으로서 소련령 포세트만과 두만강 사이의 구릉지대다. 기껏해야 높이 150미터에 지나지 않는 곳이지만 그 꼭대기에 올라가면 조선의 국경철도가 한눈에 들어오며 나진항도 시야에 들어와 전술적 요지로 여겨졌다.

이 부근의 국경은 원래 그 경계가 애매했다. 만주사변 이후 이 지대에는 소련과 일본의 국경경비대가 각각 배치되었다. 일본 관동군은 6개 사단, 소련 극동군의 20개 사단이 각을 세우는 상황이었다. 그런데 7월 13일, 일본정부는 이 지역방위책임자인 조선군 사령관 나카무라(中村)로부터 장고봉 산 위에 약 40명의 소련군이 올라와 진지를 구축하고 있다는 보고를 받았다.

처음에는 무력 없이 외교적으로 해결하려 했으나 결국 쌍방 간에 총격전이 벌어졌다. 일본이 입은 사상자 수는 전사 526명, 부상 914명에 달했고 소련군은 전사 236명, 부상자 611명의 피해를 입었다. 일본군의 패배였다. 장고봉은 소련이 점령하게 되었고 이 사건은 일본군에게 수치스러운 상처로 남았다.

"제2의 장고봉 사건이 있으면 안 되네. 애당초 준비 없이 야습을 감행한 일 자체가 잘못이었어. 급하게 덤비는 놈이 지는 법. 전쟁이란 기세만 갖고 이길 수가 없거든."

"명심하겠습니다."

마사노부 중좌는 콧수염을 손으로 쓰다듬으며 고개를 끄덕였다. 스기타는 마사노부 중좌가 자신의 태도 하나하나를 예리하게 살피고 있음을 알았다. 일종의 면접을 보는 자리랄까. 그는 흐트러지지 않은 자세를 유지하면서 남아 있는 차를 모두 마셨다.

"자네에게 임무를 주겠네."

"네, 중좌님. 뭐든지 맡겨주십시오."

"자네가 데리고 온 조선인들을 훈련시키게. 23사단으로 데려갈 테니."

"알겠습니다, 중좌님!"

"용건은 끝났네. 만나서 반가웠네. 스기타 대위."

마사노부가 일어서서 악수를 건넸다. 스기타도 벌떡 일어나 악수를 받았다.

"실망시키지 않겠습니다."

스기타는 두 발을 모으고 쩌렁쩌렁하게 경례를 붙이고 집무실을 나왔다. 가슴이 요동치고 있었다. 맹수가 사냥감을 낚아챌 순간을 감지하듯 그 역시 기회가 왔음을 알았다.

─ 이제 전쟁터로 간다.

스기타의 마지막 송출 열차에 탔던 징집병들이 23사단으로 합류한 때는 11월이 되어서였다. 조선인 지원군은 원래 23사단이 아니라 남만주에 주둔하는 104사단에 보내질 예정이었는데 스기타의 운명이 바뀌면서 그들의 운명도 바뀐 셈이었다. 어차피 그들은 앞날에 대해서는 아무것도 몰랐고 어찌할 힘도 없었지만.

사단장 고마쓰바라(小松原) 중장의 지휘 아래 하이라얼(海拉爾)

에 주둔하고 있던 23사단의 기지는 굴곡이 거의 없는 넓은 벌판에 세워져 있었다. 정방형으로 생긴 넓은 영내에는 64, 71보병연대 병력을 모두 합해 만 명이 넘는 병력이 주둔했다.

스기타는 본인이 데리고 온 조선인들로 이루어진 부대를 맡았다. 병에 걸렸거나 행군 과정에서 부상을 심하게 당한 자는 신징에 남겨두고 300여 명을 데리고 부대를 편성했다. 마음에 들지 않는 시작이긴 했지만 그래도 예상보다 빨리 전선에 투입된 것만으로도 감사해야 할 일이었다. 이제 마사노부 중좌의 기대를 저버리지 않도록 노력해야 했다. 스기타는 새로 휘하에 들어온 초급 장교와 하사관들과 함께 강도 높은 훈련 계획을 짜느라 바빴다.

병사 중에는 신징의 시설 좋은 훈련소 막사를 그리워하는 이가 많았다. 한 달을 조금 넘게 머물러 있으면서 넉넉한 물자와 보급품 그리고 안정된 분위기에 익숙해진 자들이었다. 23사단의 기지가 아무리 크다고 해도 어디까지나 야전기지였다. 관동군 사령부가 있던 도시에 비할 바는 아니었다.

23사단 기지에 도착한 며칠 동안은 훈련도 사역도 없었다. 하루 종일 내무반에 대기하는 날도 있었다.

길수의 옆 자리는 영수였고 다른 쪽 옆 자리는 정대였다. 맞은편 침상에 짜즈보이가 있었다. 소대원들끼리 통성명을 하고 서로 간단한 이야기를 나누었다. 길수는 별 말을 하지 않았다. 정대도 말이 없기는 마찬가지였다. 내무반에서 가장 말이 많은 이는 짜즈보이 경식이었다. 다들 그를 '짜보'라고 불렀다.

짜보는 말솜씨가 좋았다. 실제보다 더 흥미롭고 대단하게 들리게 하는 재주랄까. 물론 진실성의 측면에서 보면 그리 충실한 편은 아니었다. 토막촌에서 살았던 짜보의 과거는 유명 가수들과 함께 순회공연을 다닌 과거로 둔갑했고 아직 여자를 한 번도 품어본 적이 없었으면서도 여염집 규수는 물론이고 기생들과의 연애질 이야기를 그럴 듯하게 꾸며냈다.

"연화 고년이 말이야, 귓등에 속삭이는 노래 소리가 아주 그만이거든. 이부자리에 나란히 누워서 노래를 듣고 있노라면 마음이 눈처럼 녹아내리는 것 같지. 그러다 또 서로의 몸을 찾는 거야. 사랑을 나누고 또 나눠. 속살은 갓 지은 쌀밥처럼 찰지고 따뜻하지. 심성은 목화송이처럼 곱고 말이야. 내가 훈련소에 들어갈 때 연화가 얼마나 울었는지 몰라. 노래를 불러주더군. 이런 노래를 말이야. 바람처럼 제 가슴을 휩쓸고 간 당신이여. 이제 당신 없는 인생은 떠올리기조차 끔찍해요."

짜보는 종종 자신의 믿음을 사람들에게 말하곤 했다. 마치 그렇게 되풀이함으로써 그 믿음을 더 공고히 하려는 것처럼.

"일본군에서 2년을 복무하고 나오면 500원이 넘는 돈을 받는다는 말이지. 조선총독부에서 분명히 그렇게 공고를 냈어. 보라구,

경성에서 최고로 좋은 직장에 다니는 월급쟁이의 급료가 100원이야. 2년만 참으면 돼. 그러면 나도 경성으로 돌아가서 음악 공부도 더 할 수 있어. 문화주택도 사야지. 명색이 경성 짜즈보이가 그 정도는 갖춰야 하니까."

짜보는 내무반장으로 뽑혔다. 다들 이견이 없었다.

모두가 다 짜보처럼 꿈을 품고 있지는 않았다. 대부분의 병사는 공포로 움츠러든 상태였다. 예상치 못했던 행군을 하면서 이미 죽음의 냄새를 흠뻑 맡아봤다. 영수도 그랬다. 길수의 도움으로 겨우 목숨을 건진 영수는 가뜩이나 겁에 질려 있던 눈빛이 한층 더 불안해졌다. 그는 길수의 곁을 떠나지 않으려고 했다. 화장실에 갈 때도 길수에게 같이 가 달라고 부탁할 정도였다. 궁금한 것도 많았다.

"일본놈들이 왜 이렇게 우리를 가만히 놔두는 걸까요?"

"글쎄다. 다 생각이 있겠지."

"여기서는 얼마나 있을까요?"

"특별한 일이 없으면 계속 있지 않을까?"

"특별한 일이요?"

길수는 대답을 해주지 않았다. 그 역시 이 전쟁이 어떻게 펼쳐질지 몰랐으니까.

"아무 일도 일어나지 않았으면 좋겠어요."

"나도 그랬으면 좋겠구나."

"빨리 집으로 돌아가고 싶어요. 엄만 저를 기다리고 있을까요?"

"그럼. 그러니까 건강하게 지내야 해. 그래야 집에 갔을 때 엄마가 좋아하시겠지. 니가 다쳐서 가 봐. 얼마나 슬퍼하시겠니?"

"아니요. 엄마는 저를 별로 안 좋아해요. 형 대신 저를 여기 보낸 것만 봐도 알 수 있잖아요."

영수는 기차에서부터 같은 이야기를 되풀이했다. 그렇지 않다고 확인받고 싶은 심리임을 길수는 알았다.

"아니다. 너를 좋아하지 않아서가 아니야. 자식은 다 똑같은 자식이란다. 둘 중 한 명을 꼭 보내야 하다 보니 어쩔 수 없는 선택이었겠지. 길을 모를 때 오른쪽 왼쪽 갈림길이 나오면 어느 쪽이든 가야 하는 거잖아."

"아저씨가 어떻게 그렇게 잘 알아요?"

"나도 아들이 있으니까."

"정말요?"

"그럼. 여덟 살이란다."

"그런데 왜 아들을 두고 여기 왔어요?"

"오고 싶어서 온 게 아니야. 끌려온 거지."

"아들은 어떡하고요?"

"온다고 얘기를 할 시간이 없었어."

"그럼 자기를 버렸다고 생각할지도 모르잖아요? 큰일이네. 아저씨 아들은 아저씨를 미워하지 않아야 할 텐데."

"상관없다. 나를 원망해도 좋아. 건강하게만 있다면 뭐든 상관없다."

길수는 건우를 생각할 때면 혀뿌리에서부터 시작해 목 전체가 굳어버리는 느낌이 들었다.

— 잘 지내는 거지? 밥은 굶지 않니?

좋은 쪽으로만 생각하려고 애썼다. 면장님이 도와주시겠지. 내가 끌려온 사실이 동네에 알려졌다면 대장간 장 씨 아저씨가 영수를 거둬줬을지도 몰라. 그러고도 남을 자상한 사람이야. 건우야, 그렇지?

길수는 쓰린 가슴을 움켜쥐고 누웠다. 그러다 정대라는 이름의 사내와 눈이 마주쳤다. 그는 조선인 병사들 사이에서 경외의 대상이었다. 모두가 보는 앞에서 스기타의 심복 시마를 박살내버렸으니까. 통쾌하면서도 어딘가 찜찜한 사건이었다. 길수는 바로 옆자리를 쓰면서도 정대와 대화를 많이 하지 않았다. 그래도 길수는 볼 수 있었다. 정대의 눈빛이 자신과 닮아 있음을.

당장 자기 처지를 걱정하는 눈빛이 아닌, 멀리 두고 온 누군가를 걱정하고 그리워하는 눈빛. 같은 마음을 가진 사람이라면 알아차릴 수 있는.

밤이 찾아오면 막사 지붕 위로 초원의 별과 달이 비를 내리듯 신비한 빛을 흩뿌렸다. 날씨는 부쩍 추워져서 몸을 최대한 웅크리지 않으면 팔이 덜덜 떨릴 지경이었다. 이름을 알 수 없는 들짐승 울음소리가 꿈결처럼 멀리 들렸다. 내무반은 코고는 소리와 기침 소리, 몸살을 앓는 소리로 시끄러웠다. 그 속에서 길수는 끝없이 기도했다.

— 신이시어. 아이를 지켜주소서.

한가로운 생활은 채 일주일도 이어지지 않았다. 참모진과 함께 부대의 규율과 훈련 계획을 완성한 스기타는 부대원을 막사 앞 공터에 집합시켰다. 일본군 장교와 하사관까지 합치면 300명이 넘는 숫자였다.

아침부터 바람이 많이 불었다. 아직 겨울 군복을 지급받지 못한 병사들은 턱을 딱딱 부딪치며 추위를 참아냈다.

"오늘부터 훈련을 시작한다. 먼저 매일 아침 부대 한 바퀴를 달린다. 열외는 없다. 아프면 아픈 대로, 힘들면 힘든 대로, 걸어서라도 기어서라도 무조건 한 바퀴를 돈다. 낙오한 놈들은 아침 식사가 없다."

제일 무서운 말이었다. 차라리 맞거나 사역을 하더라도 밥을 먹는 편이 나았다. 병영에서 굶주림은 최악의 벌이었다.

스기타의 명령에 따라 줄을 맞춰 뛰기 시작했다. 시마 하사관이 옆에서 구령을 붙이며 뛰었다. 막사에만 있어서 잘 몰랐는데 기지는 무척이나 넓었다. 무기고와 차량 정비소, 막사 건물, 여러 개의 연병장, 병원과 편의시설도 있었다. 곳곳에서 일장기와 욱일승천기가 하늘 높이 나부꼈다. 아침 구보를 하는 부대가 여럿 있어서 마주치거나 서로 지나쳐 가기도 했다. 이른 아침부터 총검 훈련을 하는 부대도 있었고 부대에서 멀지 않은 사격장에서 총소리도 들렸다.

"얼마나 뛰어야 해요?"

아직 10분도 뛰지 않았는데 영수가 힘든 표정으로 물었다.

"한참 남았을 거야. 지금부터 힘 빠지면 안 된다. 뒤따라오는 게 더 힘들 테니까 내 앞으로 와서 뛰어."

길수는 영수를 앞서 뛰게 했다. 옆에서 뛰던 짜보가 물었다.

"형씨는 저 아이와 친척지간이우?"

"아닙니다."

"말씀 편하게 해요. 저보다는 한참 형님뻘이신 것 같은데."

길수는 고개를 끄덕였다. 달리면서 이야기를 나누면 호흡에 방해가 된다. 아직 얼마나 더 뛰어야 할지 모르는데 최대한 체력을 아껴야 한다. 짜보는 왜 이리 말이 많을까?

"배가 고파 죽을 것 같습니다. 기지를 한 바퀴 다 돌아야 밥을 준다니 이런 망할. 음식이 맛있는 것도 아니고. 신징에 있을 때가 정말 좋았어요. 여긴 취사병들 솜씨가 별루네요. 형님은 고향이 어딥니까?"

"이야기는 나중에 막사에 들어가서 하지. 그러다 숨이 부쳐 낙오라도 하면 어쩌려고."

결국 길수가 짜보를 막아섰다. 짜보는 어디서 배웠는지 한쪽 눈을 찡긋 윙크하는 걸로 대답을 대신했다.

30분을 넘게 달렸는데도 길은 끝나지 않았다. 여전히 처음 보는 부대 건물과 연병장 무기 창고가 모습을 드러냈다. 그러다 낯선 풍경이 눈에 들어왔다. 나무로 만든 막사 형태의 건물이었는데 여자들이 주변에 보였다.

여자? 그렇다. 분명히 여자였다.

달리던 대열 곳곳에서 웅성거림이 있었다. 신징 시내에서 민간인 여자들을 본 후로 처음이었다. 그것도 야전기지 안에 여자가 있다니?

점점 가까워지면서 그 모습이 제대로 보였다. 돼지우리처럼 보이기도 하는 건물은 함석지붕을 이고 작은 창문이 하나씩 달린 모양이었다. 주변에서 음식 준비를 하는 듯 물을 긷고 뭔가를 나르는 처녀들은 10대 후반에서 20대 초반 정도로 보였다. 아직 여자라고 보기도 힘든 계집아이도 있었다. 공통점이라면 하나같이 얼굴에 표정이 없었다.

"정신대 위안부들이에요."

물어보지도 않았는데 짜보가 말해주었다.

"정신대라니?"

"조선 처녀들에게 일자리를 주겠다고 꼬여 내서는 이런 데로 데리고 온다고 하네요. 저도 기차에서 들은 이야기예요. 일본 기지에 가면 정신대가 있다고. 군표를 끊으면 우리도 품을 수 있어요. 언젠가는 가게 해주지 않을까요?"

순간 길수는 뜨거운 불길이 가슴에 붙은 기분이었다.

— 조선의 처녀들이 저 방에 하루 종일 갇혀서 일본군의 노리개로 뜯어 먹히는구나. 여기뿐만이 아니겠지. 수많은 일본군 기지에 저런 여자가 대체 얼마나 더 있는 걸까? 앞으로 얼마나 더 많은 여자가 끌려오게 될까?

위안소를 막 지나칠 때쯤 앞에서 뛰던 영수가 휘청거렸다. 지친 기색이 역력했다.

"영수야, 힘내라."

영수가 흔들릴 때마다 길수는 소리쳐 기운을 북돋았다. 옆에서 달리던 정대가 영수의 등을 소리 나게 툭툭 쳤다. 자극이 되었는지 영수는 조금 더 힘을 내어 달렸다. 그러나 오래가지 못했다. 영수는 결국 걸음을 멈추고 주저앉고 말았다. 길수도 영수 옆에 남왔다. 대열은 그들을 남기고 순식간에 가버렸다. 영수가 가쁜 숨을 내쉬며 말했다.

"아저씨, 먼저 가세요."

"같이 가자. 조금만 더 달리면 돼."

"도저히 못 뛰겠어요. 다리가 안 움직여요."

"내일도 모레도 매일 달려야 하는데, 이렇게 포기하면 안 돼. 매일 아침을 굶을 셈이야?"

"둘이 같이 굶는 것보다는 낫잖아요. 아저씨 빨리 가요. 전 조금만 있다가 걸어서 갈게요."

영수의 말이 맞았다. 길수는 영수의 어깨를 가볍게 쥐었다가 놓아주고는 저만치 앞서 달려가고 있는 대열을 향해 뛰어갔다.

출발했던 연병장에 도착했을 때는 다들 말을 하기 힘든 상태였다. 추운 날씨에 땀이 식으면서 병사들의 등에서 김이 모락모락 피어났다. 대략 한 시간 가까이 걸리는 거리였다. 낙오한 이도 많았다. 그들에게는 아침 배식이 없었다.

막사에서 조금 떨어진 식당 건물에서 배식이 이루어졌다. 죽과 떡이었다. 배불리 먹을 양은 아니었다. 남기는 사람은 아무도 없었다. 길수는 죽은 먹고 떡은 군복 주머니에 챙겨 넣었다.

"이렇게 힘들게 뛰게 해놓고 겨우 요만큼을 먹인단 말입니까? 이건 영 아니올시다입니다."

짜보는 불평이 대단했다.

길수가 막사로 돌아오니 영수가 무릎 사이에 고개를 파묻은 채 웅크리고 있었다.

"이거라도 좀 먹어라."

영수에게 챙겨온 음식을 건넸다. 그래봤자 떡 세 조각이었다. 영수는 길수를 물끄러미 바라보았다. 그러더니 갑자기 길수에게 버럭 안겨 울기 시작했다. 길수는 천천히 영수의 등을 쓰다듬어 주었다. 아무 말도 없이 손길로 위로를 전했다. 영수는 천천히 울음을 멈추더니 길수에게 말했다.

"고마워요."

그리고 영수는 눈 깜짝 할 사이에 떡 세 조각을 집어 삼켰다. 물도 없이 꾸역꾸역 떡을 먹은 영수는 그제야 조금 편안해진 얼굴이었다.

"양이 부족하지?"

"굶는 것보다는 낫잖아요."

양이 부족하긴 길수 쪽도 마찬가지였다. 혼자 다 먹어도 모자랄 양을 영수와 나눠 먹다 보니 밥을 먹은 지 한 시간도 안 지났는데 허기가 느껴졌다.

"내일부터는 어떻게 해서든 아침밥을 먹어야 할 텐데. 달리는 게 많이 힘들었니?"

"도저히 다 못 뛰겠어요."

"그래도 뛰어야 한다. 먹지 못하면 힘을 낼 수가 없어."

"한번 해볼게요."

길수는 영수의 어깨를 두드려 주었다. 그때 짜보가 내무반으로 뛰어 들어왔다. 그는 상기된 얼굴로 소리쳤다.

"집합이요, 집합! 서둘러요!"

내무반 건물에 있던 사람이 연병장에 모두 모였다. 스기타는 소위 한 명과 하사관 두 명을 대동하고 대열 앞에 서서 간단히 훈시를 했다.

"오늘부터 매일 이 시간이면 여기 집합하도록 한다. 아침 구보와 마찬가지로 역시 열외는 없다. 훈련에서 낙오하면 점심, 저녁은 없다. 굶어 죽지 않으려면 죽을힘을 다해 뛰도록. 자, 1소대부터 뛰어서 이동한다. 앞으로 갓!"

기지 안에 마련된 훈련장으로 이동했다. 처음부터 고된 코스였다. 5인 1조가 되어 육중한 통나무를 들고 머리 위로 올렸다 어깨로 내렸다 반복하는 체력 훈련을 한 시간이나 했다. 잠시 숨을 돌리고 나서는 바로 나무로 만든 벽을 기어올랐다가 뛰어내리는 코스로 이동했다. 몸에 힘이 풀린 사람들은 잘못 착지해서 발목이 부러지기도 했다.

"다쳐도 밥을 굶는다. 다 자기 책임이니까 자기 몸은 자기가 챙기도록. 전쟁에서는 아무도 남을 도와줄 여유가 없다."

스기타는 부상당한 사람들에 대해서도 냉혹했다. 의무반으로 옮겨진 사람은 전부 점심을 굶었다.

훈련장 근처의 취사반에서 간단하게 점심을 먹고 나서 총검술 훈련을 시작했다. 일본군 조교들이 시범을 보였다. 총검술은 모의 사격 훈련으로 이어졌다. 그나마 제일 편한 훈련이었다.

그리고 기지 밖의 야산으로 이동했다. 산악 이동 훈련이었다. 스기타는 숨이 턱에 차는 속도로 병사들을 다그쳤다. 인적 없는 초원의 산은 곳곳이 함정이었다. 사람들은 돌부리에 걸려 넘어지기도 했고 급한 경사에 미끄러져 몸 곳곳이 까지기도 했다.

"이렇게 꾸물대다간 다 죽는다, 이놈들아! 얼른 일어서지 못해?"

스기타는 쓰러진 이들의 얼굴과 어깨를 군홧발로 짓밟았다. 닥치는 대로 휘두르는 그의 발길질에 이가 부러지고 코가 내려앉았다. 구토를 하는 이들도 있었다. 평화롭던 산속은 지옥도로 변해 갔다.

겨우 산 정상에 오른 이들에게 또 하나의 시험대가 기다리고 있었다. 산 정상은 발아래로 사람 키보다 몇 곱절이 되는 바위였는데 건너편 바위와 틈이 벌어져 있었다. 어른 걸음으로 서너 걸음쯤 되는 틈이었다. 얼핏 봐서는 건너 뛸만해 보이기도 했는데 지칠 대로 지친 이들에게는 무리였다. 스기타가 명령했다.

"한 명씩 뛰어서 건넌다. 꾸물거리는 놈들은 발로 차버릴 테니까 알아서 해."

앞에 선 사람들부터 바위틈을 건너뛰기 시작했다. 힘에 부친 이들은 뒤로 몇 걸음 갔다가 달려서 뛰어넘기도 했다. 그러다가 한 명이 반대편 절벽 바위까지 뛰지 못하고 틈에 빠져버렸다. 고통에 찬 비명이 메아리쳤다. 뒤편에 서 있던 길수가 아래를 내려다 보았다. 저만치 아래에 쓰러져 있는 사내는 바닥의 돌에 부딪혀 종아리뼈가 부러졌다. 부러진 한쪽 뼈가 살갗을 뚫고 툭 튀어나온 모습이 선명히 보였다. 어쩔 줄 몰라 하며 다리를 붙잡고 있는 사내의 눈은 절망으로 가득했다.

"뭐하나? 계속 안 뛰어넘고!"

시마 하사관이 그다음 차례로 서 있던 사내를 발로 걷어차 버렸다. 그 역시 앞의 사내처럼 바위 아래로 맥없이 떨어졌다. 그러자 자동으로 뒤에 있던 사람들이 바위를 건너뛰기 시작했다. 아래에서는 처절한 울부짖음이 계속 이어졌다.

길수의 차례가 왔다. 그는 영수를 돌아보았다.

"아저씨, 무서워요. 전 못 뛸 거예요. 몸에 힘도 하나도 없어요."

"뛰어야 돼. 잘 봐. 뒤로 갔다가 달려오면서 발을 구르는 거야."

길수는 영수의 손을 꼭 잡아주고는 도움닫기를 한 뒤 넓이뛰기

하듯 뛰었다. 여유 있게 틈을 넘었다. 영수는 바들바들 떨었다. 길수는 건너편에서 손을 뻗으며 빨리 하라는 눈짓을 했다. 영수가 몇 걸음 뒤로 물러섰다가 뛰어올랐다. 잠깐 위로 솟구친 영수의 몸은 채 맞은편 바위에 닿지 못했다. 영수의 가냘픈 손이 바위 끝에 걸쳤을 때 길수가 영수의 손을 잡아 올렸다. 영수의 눈은 공포에 질려 있었다.

"꽉 잡아!"

영수는 있는 힘을 다해 길수의 손을 잡았다. 길수는 기중기처럼 영수를 끌어올렸다. 건너편 바위에 서 있던 스기타가 그런 모습을 눈에 담고 있었다.

기지로 돌아왔을 때는 서서히 날이 어두워졌다. 스기타는 바로 기지로 들어가지 않고 옆을 흐르는 강으로 부대원들을 데려갔다. 천천히 노을이 내려앉는 저녁 하늘이 강물 표면에 비쳐 어른거렸다. 하루 종일 정신없이 뛰느라 못 느끼고 있던 추위가 사람들을 움츠리게 만들었다. 곧 겨울이었다.

스기타는 사람들을 강가에 쭉 세운 뒤 말했다.

"이런 훈련은 매일 반복된다. 부족한 녀석들은 자연스럽게 솎아질 것이다! 천황의 군인이 될 자격이 있는 놈만 남게 된다."

스기타는 금방 쓰러질 것 같은 영수 앞에 멈춰 섰다. 영수는 저 승사자를 만난 얼굴로 침을 꿀꺽 삼키며 고개를 숙였다. 스기타는 덜덜 떨고 있는 영수의 목덜미를 움켜쥐었다가 풀어주었다.

"약해 빠진 조센징 수십 명보다는 황국의 병사 한 명이 더 낫다! 훈련을 통해 다시 태어나도록! 알겠나?"

"네, 알겠습니다!"

모두 소리 높여 복창했다. 스기타는 흡족한 얼굴로 고개를 끄덕였다.

"훈련의 마지막 코스다. 전원 탈의한다. 몸을 씻도록!"

사람들은 서로를 돌아보았다. 이런 추위에 강에 들어간다고?

"차가운 물은 몸과 정신을 강하게 만든다. 강물이 얼지 않은 이상 매일 냉수 목욕으로 훈련을 마무리한다. 알겠나?"

"네, 알겠습니다!"

대답을 복창한 사람들은 하나둘씩 옷을 벗기 시작했다. 순식간에 알몸의 사내 수백 명이 강가에 늘어섰다. 짜보가 먼저 강에 풍덩 뛰어들었다.

"워, 시원하다! 뭣들 합니까? 안 들어오고?"

짜보는 과장된 목소리로 외쳤다. 사람들이 하나둘씩 강으로 뛰어들었다. 길수가 영수에게 말했다.

"춥다고 생각하지 마. 물속에서 떨면 감기 걸리기 쉬우니까. 여름이라고 생각하고 견뎌. 알겠지?"

둘은 같이 강에 들어갔다. 11월 만주의 강물은 피를 얼게 할 것처럼 차가웠다. 영수는 으으 신음을 내며 괴로워했다.

대부분의 부대원이 강에 들어갔다. 그런데 스기타의 눈살이 찌푸려졌다. 그의 시선은 막 옷을 벗고 강에 들어가려는 한 병사를 보고 있었다. 왜소한 체격의 그는 부끄러운 듯 한 손으로 아랫도리를 감싸고 다른 한 손으로는 가슴께를 감싼 채 강물로 들어갔다. 스기타는 그쪽으로 걸어갔다.

"어이!"

스기타가 그 병사를 불렀다. 병사는 흠칫 놀라며 스기타를 돌아보았다.

"물 밖으로 나와라."

잠시 버티던 병사는 바들바들 떨며 강에서 나왔다. 여전히 가슴과 아래 부분을 손으로 가린 채였다.

"손 치워라."

갑자기 병사가 울음을 터뜨렸다. 스기타의 군홧발이 날아들었다. 떨고 있던 병사가 나동그라졌다.

그는 남자가 아니었다. 젖가슴과 음부를 가진 여자였다. 아직 스무 살이 채 안 되어 보이는 소녀. 강변에 서 있던 하사관이 하나둘씩 모여들었고 물속에 있던 부대원들도 그 모습을 보며 웅성이기 시작했다.

알몸으로 바닥에 쓰러졌던 여자는 스기타 앞에 꿇어 앉아 싹싹

빌었다. 추위와 공포에 퍼렇게 변한 입술이 쉴 새 없이 떨렸다. 사내처럼 보이려고 머리를 짧게 깎았어도 자세히 보면 앳된 얼굴이 영락없이 여자였다.

"계집년이 왜 여기 와 있나?"

"오빠가 징집이 나왔는데 아들이 하나뿐이라 어머니가 오빠 이름으로 절 보냈어요. 용서해주세요. 잘못했습니다. 제발 살려주세요."

"쥐새끼 같은 년. 용케 지금까지 숨어 있었구나."

스기타가 피식 웃으며 소녀 앞에 쪼그리고 앉았다. 그는 젖가슴을 가린 소녀의 손을 치워냈다.

"일어서라."

소녀는 얼어붙은 것처럼 꼼짝도 하지 못했다. 스기타가 허리에 차고 있던 일본도를 움켜쥐었다. 그제야 소녀가 일어섰다.

"차렷."

소녀는 일어서서 차렷 자세를 취했다. 눈을 꼭 감고 온몸을 바들바들 떨었다. 스기타는 느긋하게 소녀의 몸을 훑어보았다. 어린데다 야윈 편이었으나 막 여자의 굴곡을 갖춘 상태였다. 그는 미소를 지으며 말했다.

"어머니가 아주 좋은 선물을 보내셨구나."

이름 모를 들짐승이 구슬프게 울던 대륙의 밤이었다.

23사단 기지는 불빛과 소리가 차단된 채 고요함 속에 묻혀 있었다. 병영을 지키는 보초들과 불침번들만 경계를 서고 나머지 병력은 잠들었다. 점호시간이 지난 다음에는 장교라도 꼭 필요한 용무가 아니면 이동이 제한되었는데도 불구하고 스기타는 자신의 막사에서 빠져나왔다. 혼자가 아니었다. 그의 곁에는 소녀가 있었다. 누가 보면 평범한 사병으로 볼 군복차림이었다.

"꾸물대면 단칼에 목을 베어버리겠다!"

도살장에 끌려가는 소처럼 움직이지 않으려는 소녀에게 스기타가 낮은 목소리로 말했다. 그 뒤로 소녀는 스기타의 뒤에 바싹 붙어 따라왔다.

그가 도착한 곳은 마사노부 중좌의 막사였다. 막사 건물 앞을 지키는 병사가 신원을 확인했다. 스기타는 대위 신분을 밝혔다.

"마사노부 중좌님에게 급한 용무가 있다."

"성함과 소속을 적어주십시오."

그는 막사 건물 입구에 있는 방명록에 자기 이름을 적었다. 그리고 고개를 푹 숙인 소녀를 데리고 마사노부 중좌의 방으로 향했다. 대좌급 대접을 받는 그는 독채로 분리된 방을 썼다. 창문 밖으로 불빛이 새어나왔다. 마사노부 중좌는 아직 잠들지 않았다.

방문 앞에 서서 노크를 했다. 예상 못한 노크 소리에 조금 놀란 목소리가 이어졌다.

"누구냐?"

"스기타 대위입니다."

문이 열렸다. 마사노부는 스기타와 옆에 선 병사를 보고는 대체 무슨 일이냐는 표정이었다.

"잠깐 안에 들어가도 되겠습니까?"

"무슨 일이냐? 이 늦은 시간에."

"중좌님께 좋은 선물이 있어 실례를 무릅쓰고 찾아왔습니다."

그때까지도 중좌는 스기타 옆에 있는 병사가 여자라고는 상상도 하지 못하는 눈치였다. 중좌는 문을 닫고 스기타와 소녀를 안으로 들였다.

"점호시간이 끝난 시간인데 얼마나 급한 용무이기에 침소를 찾은 거냐?"

"한번 보시지요."

스기타는 소녀를 보며 눈짓을 했다. 고개를 푹 숙인 소녀는 맹수 앞의 먹잇감처럼 얼어 있었다.

"벗어라!"

스기타가 무서운 음성으로 명령했다. 소녀는 흔들리는 손길로 군복을 벗어 내렸다. 속옷을 입지 않은 소녀의 알몸이 드러났다. 마사노부는 나직한 숨소리를 토해냈다. 그는 소녀 앞으로 다가갔다. 가슴과 아래를 가리고 있는 손을 치우고 몸 곳곳을 손가락으로 쓰다듬었다. 소녀는 울음을 터뜨렸다. 스기타가 고개를 꾸벅 숙이며 마사노부에게 인사했다.

"저는 이만 물러가 보겠습니다."

"어떻게 된 일인지는 연유를 밝혀야 하지 않겠나? 조선인 위안 부인가?"

스기타는 소녀가 만주 벌판의 일본국 병영까지 흘러들어오게 된 과정을 보고하듯 설명했다. 중좌는 고개를 끄덕였다. 스기타가 덧붙였다.

"조선인들 외에는 이 여자의 존재를 모릅니다. 일주일이든 한 달이든 원하시는 만큼 숙소에 데리고 계신 다음 처리하고 싶으실 때 저에게 알려주십시오. 뒤탈 없이 처리하도록 하겠습니다."

"자넨 머리 회전이 빠른 친구로구만."

"중좌님 같은 전략가가 되고 싶습니다. 아직 많이 부족하지만 가르침을 주신다면 있는 힘을 다해 배워보겠습니다."

마사노부는 한 손으로는 소녀의 목덜미를 쓰다듬으면서 시선은 스기타를 향했다. 이 시선은 몇 번 경험한 적 있다. 매의 눈으로 사람을 살피는 시선이다. 스기타는 몸에 더 힘을 주고 차렷 자세를 유지했다.

묘한 풍경이었다. 일본인 중좌와 조선인 출신의 일본군 대위,

그리고 둘 사이에 알몸으로 서서 떨고 있는 조선인 소녀.

"자네가 오늘 나에게 보인 충성심은 높이 사겠네. 필시 자네는 이 여자를 범하지 않았겠지?"

"그럴 리가 있겠습니까? 여자의 말에 따르면 아직 남자에게 안겨본 적이 없는 처녀라고 합니다. 중좌님이 첫 남자입니다. 점령해주시면 이 천한 계집에게도 크나큰 영광일 것입니다."

"위안소도 있는데 굳이 번거롭게 여기까지 여자를 데려온 이유도 같은 맥락에서인가?"

"그렇습니다. 위안소 여자들은 벌써 이놈 저놈의 손을 탄 더러운 여자입니다. 제가 존경하는 중좌님께서 그곳에 드나드신다는 건 안 될 일입니다. 이 여자는 안팎 모두 깨끗하니 중좌님의 은혜를 입을 자격이 있다고 생각되었습니다."

마사노부는 고개를 끄덕였다. 그리고는 두툼한 손으로 소녀의 음부 근처를 주물렀다. 보드라운 속살이 그의 손에 이리저리 뒤틀렸다. 여자는 울음을 터뜨렸다.

"좋다, 대위. 의도는 아주 좋았어. 그러나 자네가 모르고 있는 사실이 하나 있네."

중좌는 소녀를 괴롭히던 손을 떼고 담배를 한 대 빼물었다.

"만주에 있으면서 일본 본토에 있을 때와는 다른 사람으로 변했어. 나는 원래 무난한 사람이었네. 그런데 수많은 전투를 치르면서 오히려 취향이 점점 더 까다롭게 변했지. 뭐라고 하면 좋을까? 역설적이랄까? 요즘 나는 담배도 좋아하는 품종을 꼭 구해서 피우고 차를 마실 때도 가장 좋은 품질의 차를 가려 마신다네. 이런 병영에서는 매우 힘든 일임에도 불구하고 고집을 하지."

스기타는 언뜻 이해가 가지 않았다. 마사노부는 스스로 하는 말에 취한 분위기였다. 눈을 살짝 감고 이야기를 계속했다.

"극한 상황은 잠자고 있던 인간의 본성을 일깨우게 해. 어쩌면 극단적으로 변한 나의 기호와 취향도 그런 면에서 이해될지도 몰라. 사실 군인이 되기 전까지 나는 매우 평화를 사랑하는 사람이었네. 그런데 전쟁이 내 마음 깊숙이 눌려 있던, 아마 전쟁이 아니었다면 모습조차 드러내지 않았을 잔혹성을 일깨웠지. 그러면서 나는 심리적인 대혼란을 겪었다네. 앞에서도 말한 것처럼 나는 그전과는 다른 사람이 되었어. 남에게 털어놓기 쉽지 않은 이야기라서 꺼내기가 힘들군."

그러면서 마사노부는 묘한 시선으로 소녀의 몸을 훑어보았다. 이미 공포심에 사로잡힌 소녀는 괴기스럽게 흐느꼈다. 스기타는 마사노부 앞으로 한 발 더 나섰다.

"중좌님! 무슨 말씀이든 좋으니 저를 믿어주십시오."

"그래도 되겠나?"

마사노부는 비릿한 미소를 띠며 스기타를 보고 있었다. 방 천장에 매달린 전등 불빛이 반쯤 벗겨진 중좌의 이마에 어른거렸다.

　마사노부 중좌의 방에서 나온 스기타가 소녀를 데리고 간 곳은 그의 막사가 아니었다. 초급 장교인 탓에 여러 개의 방이 붙어 있는 막사를 썼는데 옆방을 쓰는 다른 대위에게 들킬 염려가 있었다. 스기타가 적당한 장소로 고른 곳은 막사에서 멀리 떨어져 있지 않은 창고였다. 사역에 필요한 각종 장비와 쓰다 남은 건축 자재 등등을 쌓아놓은 창고 주변은 밤이면 사람이 지나다닐 일이 없었다.

　창고 안에 들어간 스기타는 문을 잠그고 불을 켜 캄캄한 어둠을 몰아냈다. 창문이 없으니 불빛이 밖으로 새나갈 일도 없었다.

　"자, 여기 누워라."

　스기타는 구석에 잔뜩 쌓여 있던 모포를 여러 장 겹쳐 바닥에 깔고 소녀를 눕혔다. 소녀는 눈을 꼭 감고 누웠다. 스기타는 여유로운 손길로 소녀의 몸에서 군복을 벗겨냈다. 그리고 완전히 알몸이 된 소녀의 몸을 감상했다.

　"살려주세요."

　소녀가 잔뜩 억눌린 목소리로 말했다.

　"걱정 말아. 죽이지 않아. 아프긴 하겠지."

　스기타는 일어선 채로 군복 바지를 풀어내렸다. 어린 암컷의 냄새를 맡은 아랫도리는 이미 잔뜩 흥분해서 빳빳하게 일어났다. 그는 무릎을 굽히고 양말 한쪽을 벗어 소녀의 입을 틀어막았다. 빛은 벽을 뚫지 못해도 소리는 벽을 뚫으니까. 소녀는 눈을 감았다. 스기타는 전희의 과정 없이 바로 소녀의 몸을 뚫었다.

스기타는 신이 났다. 오래오래 몇 번이고 되풀이해서 소녀를 범했다. 눈물 같은 처녀 혈이 시멘트 바닥에 뚝뚝 떨어졌다. 듣는 이 없는 울부짖음이 여린 몸 안으로 파고들었다. 그녀는 정신을 잃었다가 다시 깨어나기도 했다. 여전히 악몽은 계속되고 있었다.

그날 밤에 끝날 일이 아니었다.

스기타는 소녀의 손발을 묶고 입을 틀어막아 놓은 채 자기 방에 가두어놓았다. 굶어 죽지 않을 만큼 밥을 먹여주었다. 점호가 끝나는 시간이면 창고로 데리고 와서 유린했다. 무자비한 폭행과 비인간적인 행위를 강요하면서 강렬한 쾌감을 느꼈다. 일주일쯤 마음껏 욕정을 해소한 그는 조선의 속담을 떠올렸다.

— 꼬리가 길면 밟힌다.

어느 햇살 좋던 날. 스기타는 기지 밖으로 훈련을 나가는 길에 소녀를 데리고 나갔다. 군복 차림의 소녀는 그동안의 무자비한 폭력에 정신이 나간 상태였다. 말도 하지 못했고 제대로 듣지도 못했다. 부대원들은 무슨 일이 있었는지 감지했으나 어떻게 할 도리가 없었다.

스기타는 부대원들에게 야산 행군 훈련을 시킨 다음 소녀를 산 중턱의 동굴로 데리고 들어갔다.

"너는 발각되었을 당시 바로 죽였다 해도 할 말이 없는 목숨이야. 며칠 동안 덤으로 살았던 거라고. 나에게 즐거움을 주었으니 태어난 보람은 있는 셈이지."

소녀는 눈만 껌벅거릴 뿐 제대로 대답을 하지 못했다. 스기타는 마지막으로 소녀를 실컷 욕보였다. 성기와 주먹과 군홧발이 소녀의 아랫도리로 날아들었다. 하고 싶었던 짓을 다 해본 뒤에야 스기타는 몸을 일으켰다. 그는 콧노래로 일본 군가를 부르며 바지를 추슬렀다. 소녀는 피와 정액으로 범벅이 된 아래를 드러낸 채 축 늘어져 있었다.

"일어나."

소녀는 꼼짝도 하지 못했다. 다만 스러지는 목소리로 말했다.

"살려주세요."

스기타는 다리에 힘이 풀려 제대로 걷지 못하는 소녀를 억지로 끌고 동굴을 나왔다. 잠시 뒤 산에서 내려온 부대원이 모두 모였다. 스기타는 부대원들 앞에 소녀를 알몸으로 무릎 꿇렸다. 입을 여는 이가 없었다. 산 아래 벌판에 찬바람만 몹시 불었다.

"잘 봐둬라. 이 스기타 님을 속인 대가가 어떤 것인지."

스기타는 일본도를 높이 빼들었다. 잘 갈린 칼날에 햇빛이 반사되어 사람들의 눈을 부시게 했다. 쉭 소리와 함께 휘둘러진 칼이 소녀의 배를 갈랐다. 소녀는 쏟아져 내리는 창자를 붙들고 괴성을 질렀다. 그러다가 발에 밟힌 지렁이처럼 데굴데굴 구르고 꿈틀거리며 바닥을 기었다. 지켜보던 사람 중 몇몇은 고개를 돌리기도 했고 구토를 하기도 했다.

발아래 쓰러진 소녀를 내려다 보는 스기타는 종교 의식을 성공적으로 끝낸 사제와도 같은 흡족한 표정이었다. 소녀의 숨은 오래 붙어 있지 못했다. 불규칙적인 경련이 이어지던 몸은 곧 완전히 동작을 멈추었다. 시체가 있는 자리에 피가 흥건하게 고였다. 멀리서 냄새를 맡은 검은 깃털의 새들이 원을 그리며 접근해 왔다.

"자, 구경은 이제 끝났다. 부대로 돌아간다."

스기타는 앞장서서 걸었다. 아쉽기도 했다.

— 재미있는 노리개였는데. 며칠 더 놔둘 걸 그랬나?

스기타는 애써 여운을 지우고 걸음을 빨리 했다.

그 일이 있고 나서 며칠 동안 부대원들의 분위기는 사뭇 침울했다. 까불거리던 짜보조차 말이 별로 없었다. 그들의 눈에는 아직도 선했다. 참혹하게 죽어간 소녀의 모습이. 그녀는 고향에 두고 온 누이와 다를 게 없는 계집아이였다. 빨래터에서 재잘거리는 모습이 어울리는 평범한 조선의 처녀.

스기타의 칼이 가른 것은 소녀의 배뿐이 아니었다. 그 광경을 목도한 부대원들의 영혼도 칼끝에 찢어졌다. 쉽게 회복되지 않을 터였다. 하나는 분명했다. 스기타의 말에 절대 복종해야한다. 개죽음을 당하기 싫다면.

영수는 다른 날보다 유난히 더 길수 곁에 찰싹 붙어서 떨어지지 않았다.

"자꾸 속이 메슥거려요."

"떠올리지 마. 그냥 잊어버려."

"생각나는데 어떡해요? 아저씨는 아무렇지도 않아요?"

"자꾸 되새기지 않으려고 애써야 한다."

"누나가 너무 불쌍하잖아요. 누나도 저처럼 대신 왔는데."

"운명이야."

"운명이라니요? 그게 뭔데요?"

"우리가 받아들여야 하는, 계속 가야만 하는 길."

그렇다면 운명은 영수에게 너무 가혹했다. 열네 살 아이의 몸으로 스기타의 훈련을 따라잡기란 불가능한 일이었다. 여전히 매일 아침 구보에 낙오해서 아침밥을 제대로 못 먹었고 다른 훈련에서도 낙오해 벌칙으로 끼니를 잃어버리곤 했다. 자기 몫의 식량을 나눠주느라 길수 역시 만성적인 허기에 시달렸다.

영수를 제외하면, 매일 이어지는 훈련에 이제 다들 어느 정도 적응이 되었다. 부대원들은 기지의 일상 흐름에 많이 익숙해졌다. 일주일에 6일은 매일 비슷한 훈련이 이어졌지만 일요일 하루는 개인 정비를 하고 휴식을 하며 자유시간을 가졌다. 훈련이 없는 시간에는 대부분 잠을 잤다. 그즈음 지급받은 첫 월급으로 노름을 하는 이도 있었다.

길수는 달랐다. 그는 틈만 나면 몸을 단련했다. 체육관에서 역기를 들고 집요하게 철봉에 매달리곤 했다. 살아남기 위해서는 강해져야 하니까.

어느 일요일 아침이었다. 부대원들은 예정에 없던 집합 명령에 연병장에 모였다. 스기타가 대열 앞에 모습을 드러냈다.

"오늘은 제군들에게 특별한 선물을 주려고 한다. 정확히 말하자면 천황 폐하께서 주시는 은혜다. 전쟁터 어디를 가도 병사들의 외로움을 달래줄 여자가 준비되어 있는 부대는 없다. 오직 황국 군대만 누리는 전쟁터의 사치이기도 하다. 조선에서 데리고 온 계집들을 마음껏 점령하도록 해주겠다."

사람들 사이에 묘한 분위기가 감돌았다. 정욕을 해소할 수 있다는 기대감에 반색하는 이가 많은 가운데 지각이 있는 몇몇 이는 표정이 굳었다. 스기타 또한 그런 분위기를 눈치 챘다.

"군대에서 예외는 없다. 모두 차례로 일을 치르도록 한다. 좌측 1열부터 앞으로 갓!"

대열이 줄지어 향한 곳은 구보할 때마다 지나치는 위안소였다. 나무와 시멘트로 만든 우리 같은 집이 죽 이어져 있었다. 그 칸칸마다 조선에서 끌려온 소녀가 누워 있었다.

기록에 따라 차이는 있지만 2차세계대전 당시 중국 전역에는 3만 명이 넘는 조선인 위안부가 있었다고 알려진다. 일본군에게 위안소는 여러 가지 역할을 했다. 1차적으로는 병사들의 성적 욕구와 불안감을 해소시키고 병영 생활에 즐거움을 주는 기능을 했다. 게다가 전력 손실을 막는 차원에서도 도움을 주었다. 성병 때문이었다.

실제로 1917년부터 1922년까지 시베리아에 주둔하던 일본군은 전투로 인한 전사자보다 현지 여성들을 윤간하면서 퍼진 성병으로 생긴 병력 손실이 더 많았다. 위안부들이 성병으로부터 완전히 자유로운 건 아니었어도 최소한의 통제는 가능하다는 측면에서 전력 유지에 도움이 되는 것은 분명했다.

그런 순기능들은 철저하게 일본군의 입장에서였다. 위안부 여성은 인간 이하의 존재로 유린될 뿐이었다. 매일 수십 명의 군인에게 짓밟혔다. 변태적인 행위를 강요당했고 폭행을 당하거나 잔혹한 고문을 당하기도 일쑤였다. 성병에 걸린 위안부는 총검으로 죽임을 당하기도 했고 임신을 하면 강제로 낙태를 하고 바로 손님을 받아야 했다. 급하게 기지를 옮길 때는 그냥 전장에 버려지곤 했다.

일본군에게 위안부 여성들은 여자가 아니었다. 배고픔을 채워 주는 돼지나 닭과 다를 바 없었다. 한번에 죽임을 당하는 것이 아니라 오랫동안 서서히 뜯어 먹힌다는 점이 다를 뿐.

"똑바로 줄을 서라. 떠들지 말고. 너무 오래 시간을 끌면 안 된다. 들어가기 전 문에 붙은 종이를 꼭 읽어보도록. 위안소 이용 규칙이 적혀 있다. 최대 이용 시간은 한 번에 30분이다. 사정을 한 다음엔 더 이상 머무르면 안 된다."

위안소를 관리하는 병사가 따로 있었다. 그는 무료한 목소리로 부대원들에게 소리쳤다.

스기타는 천천히 걸어 다니며 부대원들의 움직임을 관찰했다. 그의 목표는 분명했다. 당당한 일본군 장교가 되려면 조선인 부대가 아닌 일본인 부대를 지휘하는 날이 와야 한다. 그러려면 하루 빨리 지금 부대원들을 훈련시켜야 한다. 아직 조선의 기질이 남아있는 부대원들을 일본인 병사와 똑같이 만들어야 한다. 행동과 마음가짐 모두 똑같아져야 한다. 그다음, 여러 부대로 자연스럽게 흡수시켜야 한다.

그런 목표를 위해서는 위안소 출입도 꼭 필요한 절차였다. 부대원들이 어느 정도 병영 생활에 적응할 때까지 제한을 두고 있었을 뿐이었다. 기지에 온 다음 혹독하게 채찍질을 했으니 슬슬 당근을 줄 차례였다. 이제 계집 맛을 보게 되면 아직 불안하고 위태로운 부대의 분위기도 더 차분하게 안정될 테다. 그는 확신했다.

위안소는 모두 17칸이었다. 두 칸은 장교용이었고 15칸이 사병용이었다. 당장만 해도 300여명의 부대원이 한꺼번에 위안소를 찾았으니 위안부 한 명당 쉬지 않고 20명의 군인을 받아내야 하는 꼴이었다. 그걸로 끝이 아니었다. 그 뒤에는 다른 부대의 병사도 위안소를 찾았으니 줄잡아 위안부 한 명당 서른 명 이상을 상대해야 했다.

"이용 규칙에 따라 용무를 보도록. 일이 끝난 부대원들은 각자 막사로 돌아가서 휴식을 취한다."

스기타는 잠시 위안소 입구에 서서 드나드는 부대원들을 지켜보았다. 위안소에 들어가기 전에는 콘돔을 착용해야 했다. 일회용이 아니라 물로 씻어서 쓰는 재활용 콘돔이었다. 일을 치른 다음에는 위안소 밖에 마련되어 있는 소독액으로 성기를 닦아야 했다.

길게 늘어선 줄이 점점 줄어들었다. 보통 한 사람이 10분을 채넘기지 못했다. 긴장한 탓에 사정 시간이 짧았던 이유도 있는데다어느 정도 시간이 지나면 문 앞에 서서 다음 차례를 기다리는 사람이 재촉하는 소리를 지르곤 했으니까.

이런 속도라면 저녁을 먹기 전까지는 전원이 위안소를 이용할 수 있겠다 싶었다. 스기타는 함께 따라온 일본인 하사관 둘에게 명령했다.

"자네들은 부대원들이 빠짐없이 위안소를 이용하도록 감시하게. 열외가 있어서는 안 돼. 알겠나?"

"네, 대위님."

"나도 온 김에 볼 일을 보고 가도록 하지. 자네들은 부대원이 다 끝난 다음에 이용하도록 해."

"알겠습니다."

스기타는 장교용 위안소를 힐끗 보았다. 기다리는 사람이 없었다. 그는 하사관들의 어깨를 툭툭 쳐준 뒤에 위안소 안으로 들어갔다. 하사관들은 담배를 꺼내 불을 붙이고 길게 늘어선 줄을 지켜보았다.

들어가는 사람이 바뀔 때마다 여자들의 우는 소리와 신음이 밖으로 고스란히 새어나왔다. 슬프게도 만들고 자극을 느끼게 하는 소리이기도 했다. 어떤 사람은 나오면서 들뜬 웃음을 지었고 어떤 이는 부끄러운 듯 고개를 숙였다. 들어갈 때보다 더 긴장한 표정으로 나오는 사람도 있었다.

길수와 영수는 줄의 제일 끝쪽에 서 있었다. 그들이 선 줄은 첫 번째 방인 1호실 앞으로 이어졌다.

"저는 어떡하면 좋죠?"

영수는 길수 뒤에 서서 불안에 떨었다.

"저 안에서 무슨 일이 벌어지고 있나요?"

길수는 영수의 질문에 쉽게 대답하지 못했다. 전쟁이 뭔지도 모르는 열네 살 아이가 이해할 차원의 상황이 아니었다. 그 역시 이해하지 못하는 상황. 그러나 엄연히 눈앞에서 벌어지고 있는 현실.

그렇게 불편한 시간이 얼마나 지났을까. 어느덧 길수의 차례가 가까워졌다. 안에서 용을 쓰던 사람은 몇 분 되지 않아서 바지춤을 추어올리며 위안소를 나왔다. 길수의 바로 앞에 있던 사내가 잔뜩 기대하는 얼굴로 위안소에 들어갔다. 길수는 문에 적힌 위안소 이용 수칙을 마주하고는 참담한 기분에 고개를 돌렸다.

"아저씨! 어떻게 하면 되느냐고요."

길수 뒤에 서 있던 영수가 다급한 목소리로 보챘다. 길수는 영수를 먼저 앞세웠다. 그가 베풀 수 있는 유일한 배려였다.

"안에 들어가면 어떤 누나가 있을 거야. 누나는 많이 다치고 겁에 질려 있어. 그러니 가만히 안아줘."

"안아주라고요? 제가 어떻게 안아줘요?"

영수의 말이 맞았다. 영수는 누구를 안아주기에는 아직 너무 작고 어렸다.

"힘들 때 내가 널 안아줬잖아. 기억하지? 그렇게 안아주면 돼."

"안 들어가면 안 돼요? 무서워요."

영수는 금방이라도 울음을 터뜨릴 기세였다. 길수는 주위를 둘러보았다. 멀리 뚱뚱한 일본인 하사관이 그들을 보고 있었다.

"안 돼. 들어가야 돼. 오래 있을 필요는 없어. 1부터 100까지만 세고 나와."

"아저씨."

영수의 목소리는 애처로웠다. 길수는 더 해줄 말이 없었다. 위안소 문이 열리고 안에 있던 사내가 나왔다. 그는 흠흠 헛기침을 하며 얼른 자리를 비켰다. 영수는 쉽게 들어가지 못했다. 길수가 영수의 등을 떠밀어 위안소에 넣었다.

괴로운 시간이 흘렀다. 안에서는 아무 소리도 들리지 않았다. 길수는 주먹을 꼭 쥐고 숫자를 세기 시작했다. 90을 막 세었을 때 문이 열리고 영수가 나왔다. 영수는 파랗게 얼굴이 질려 있었다.

"괜찮니?"

"아저씨 어떡해요? 누나가 죽을 거 같아요."

"잠깐만 줄 뒤에서 기다리렴."

길수가 위안소로 들어갔다. 좁은 방 안은 잔뜩 쌓여 있던 사내들이 흘리고 간 정액 냄새와 땀 냄새가 뒤섞여 머리가 아플 지경이었다.

여자가 알몸으로 누워 있었다. 아랫도리는 얇은 홑이불로 대충

덮여 있었는데 선명한 피가 내비쳤다. 그제야 방 한쪽 구석에 구겨져 있는 헝겊 더미가 보였다. 피를 닦은 수건들이었다.

매일 수십 명의 사내가 마구잡이로 헤집으니 찢어진 상처가 아물 날이 없겠지. 결국 아래를 못 쓰게 될 텐데. 얼마나 버텨낼까?

길수는 팔에 소름이 돋았다.

"괜찮은 거요?"

길수가 물었다. 여자는 대답도 없고 움직임도 없었다. 가만히 지켜보니 젖가슴이 오르내리는 모습이 보였다. 숨은 쉬고 있구나.

조용히 여자 옆에 누웠다. 여자는 감고 있던 눈을 떴다. 스무 살쯤 되었을까? 얼마나 울었는지 눈 아래쪽 피부가 벌겋게 부었다.

길수는 오른팔로 여자의 머리를 받히고 안아주었다. 여자는 몸에 힘이 하나도 없었다. 말없이 그렇게 숫자를 세었다. 하나 둘 셋 넷 다섯 여섯 일곱 여덟…. 어느덧 백을 세었다. 길수가 팔을 빼고 일어나려고 했다.

"조금만 더요."

여자가 입을 열었다. 목소리는 소학교에 다니는 아이처럼 어린 음성이었다.

"그렇게 조금만 더 계셔주면 안 돼요?"

여자가 떨리는 눈으로 부탁했다. 길수는 길게 한숨을 내쉬고 다시 여자를 안아주었다. 그는 다시 숫자를 세기 시작했다.

"고마워요."

어느 순간 여자가 말했다. 길수는 문득 자신이 부끄러워졌다.

그날 저녁 내무반은 위안소를 다녀온 이야기로 시끄러웠다. 실제 경험담보다 과장된 무용담을 늘어놓는 이도 있었고 민족의 참담한 현실에 울분을 토하는 이도 있었다. 어쨌든 취침 점호를 남겨두고 다들 난로 주위에 모여 떠드는 분위기가 된 것만으로도 스기타의 의도는 절반 이상 달성된 셈이었다.

기껏해야 위안소가 15칸밖에 되지 않았기에 부대원들은 서로 품평회를 하듯 위안부의 생김과 특징을 공유하기도 했다. 몇몇은 위안부에게 강한 애정을 느꼈다. 전쟁이란 극한 상황에서는 손톱만 한 불씨가 가슴을 다 태워버리기도 하니까. 짜보도 그중 하나였다. 그는 2번 위안소에서 일을 치렀다. 그리고 2번 위안부가 그를 특별하게 대했다고 믿고 있었다.

"내가 돌격을 하는 내내 노래를 하듯 신음을 흘리더라고. 정말 좋아하는 눈치였어. 결국은 또 자기를 찾아와줄 거냐는 눈빛으로 나를 하염없이 바라보더군."

짜보는 의기양양하게 말했다.

"아니 그래서 뭐라고 말했는가?"

옆에서 듣고 있던 키 작은 사내가 물었다.

"그러겠노라고 약조했지."

"뭐할라꼬 그런 약조를 하노? 내는 이제부터 차례로 1번부터 15번까지 다 돌아볼 셈이다. 피 같은 돈이다카이. 한 여자한테 줄 필요가 없다."

억세게 생긴 경상도 사내가 고개를 내저었다. 짜보는 모르는 소리 말라는 식으로 손가락을 휘휘 저었다.

"자네는 로맨스의 기쁨을 몰라서 그래. 전장에도 꽃은 핀다는 말, 들어본 적 있나? 물론 없겠지. 하루코와 나는 로맨스의 꽃을 피울 거야."

짜보는 설렘을 담은 눈을 지그시 감으며 시를 읊듯 말했다.

곧 점호시간이 돌아왔다. 다들 정렬한 가운데 스기타가 내무반에 들어왔다.

"오늘 다들 즐거움을 많이 누렸나?"

"네, 대위님! 감사합니다!"

내무반장인 짜보가 큰 소리로 외쳤다. 스기타는 뿌듯한 얼굴로 고개를 끄덕였다. 짜보뿐만이 아니었다. 인간의 심리란 얄팍하고 간사하기 이를 데 없다. 그동안 끊임없이 무섭게 옥죄어만 오던 스기타가 갑자기 태도를 바꾸어 위안소까지 데려가주니 부대원 대부분은 스기타에게 감사하는 마음을 먹게 되었다.

"내일부터 또 훈련이 있으니 오늘 푹 자도록. 이제 일요일이 아니더라도 일과시간 이외에는 위안소를 가도록 허락한다. 가고 싶은 사람이 있으면 내무반장에게 보고하고 가도록. 알겠나?"

"네! 알겠습니다, 대위님!"

이번에는 내무반 대부분의 사내가 입을 모아 외쳤다. 길수는 입을 떼지 않았다.

스기타가 나가고 바로 소등을 했다. 내무반은 어둠에 잠겼다. 하나둘씩 코 고는 소리가 겹쳐졌다. 길수는 좀처럼 잠을 이루기가 힘들었다. 오후에 안았던 1번 위안부 소녀의 느낌이 팔과 가슴에 생생히 남아 있었다. 눈물 젖은 얼굴과 파르르 떨리는 속눈썹도. 결국 자정이 될 때까지 잠이 들지 못했다.

한잠도 못 자고 막사 보초를 서야 할 시간이 다가왔다. 막사 건물을 지키는 보초는 정문과 뒷문에 각각 두 명씩 모두 네 명이었다. 대략 일주일에 한 번씩 보초 순번이 돌아왔다.

밤 11시부터 자정까지 보초를 섰던 병사가 길수를 깨웠다.

"어이, 일어나게."

이미 깨어 있던 길수는 금방 몸을 일으켜 군복을 입고 총을 받았다. 그리고 건물 복도 끝에서 함께 보초를 설 새 짝을 기다렸다.

원래 길수와 같이 보초를 서던 충청도 사내가 있었는데 며칠 전에 탈영을 시도하다가 죽었다. 기지에서 얼마 벗어나지 못한 곳에서 경비대에게 잡혔고 그 자리에서 총살을 당했다. 워낙 기지 생활이 배고프고 힘들었기에 탈영은 다른 부대에서도 가끔 발생하곤 했다. 스기타가 온건정책을 병행하기로 한 데에도 그 사건이 적잖이 영향을 주었다.

누군가 같은 내무반에서 천천히 걸어 나오는가 싶었는데 정대였다. 호랑이처럼 형형한 그의 눈빛이 어둠 속에서도 빛났다.

"반갑습니다."

길수가 먼저 인사를 건넸다. 길수도 말이 없는 편이었고 정대 또한 워낙 말이 없었기에 둘은 아직도 서로 터놓고 이야기를 나눠본 적이 없었다.

"날이 많이 추워진 모양입니다."

정대가 인사를 받으며 말했다. 둘은 총을 메고 막사 건물 앞에 섰다. 이제 한 시간 동안 그렇게 보초를 서야 한다.

고개 들어 본 밤하늘에는 파도가 하얗게 부서지는 모습처럼 별이 흩뿌려져 있었다. 은하수라는 표현이 실감이 났다. 길수는 자신이 처한 현실과 너무나도 어울리지 않는 대륙의 아름다운 별빛이 비현실적으로 느껴졌다. 하늘을 날고 싶었다. 날개만 있다면 당장 아들에게 돌아가리라.

"무슨 생각을 그렇게 합니까?"

정대가 물었다.

"별거 아닙니다."

길수가 얼버무렸다. 정대가 다시 물었다.

"그나저나 형씨는 나이가 어떻게 되시오?"

"올해 서른한 살입니다."

"그러면 말씀 낮추시지요. 저는 이제 겨우 스물여섯이니까요."

길수는 그러겠노라고 하며 말을 편하게 텄다. 잠깐 대화를 나눠 보니 정대는 매우 서글서글한 성품의 소유자였다. 오히려 적극적으로 이야기를 하는 쪽도 정대였다.

"형님은 어쩌다가 지원을 하게 되셨습니까?"

"지원은 아니었어. 끌려온 거지."

정대는 믿음이 가는 사람이었다. 길수는 그가 여기로 오게 된 사정을 간단하게 들려주었다. 고향에 남겨진 아들 이야기를 할 때 길수는 목이 메었다. 정대 또한 눈이 젖었다. 낮게 떠 있는 초승달도 날카로운 턱 아래로 처연한 빛을 뚝뚝 흘렸다.

"저도 사랑하는 사람을 두고 떠났습니다. 형님처럼 백주대낮에 신작로에서 끌려오지는 않았어도 결국 끌려온 거나 매한가지였지요."

길수는 정대의 말에 귀를 기울였다. 정대는 낮은 목소리로 남겨 두고 온 추억에 대해 말했다.

사랑의 열병이었다. 정대는 하루 종일 명선 아씨 생각만 했다.

167

다른 것들은 아무래도 좋았다. 오직 명선을 만날 일에만 골몰했다. 둘이 만날 기회는 좀처럼 생기지 않았다. 그로서는 감히 먼저 데이트를 신청할 엄두가 나지 않았다. 다행히도 가끔 명선이 정미소에 들렀다. 그러나 같이 차를 마시거나 오랫동안 시간을 보내거나 하는 일은 더 이상 없었다.

명선을 못 본 지 열흘이 지났을 무렵, 정대는 그녀가 선물해준 양복을 입고 나섰다. 정미소 주인은 미친 놈 보듯 정대를 대했다.

"그건 대체 어디서 난 양복이냐? 트럭을 몰고 수레를 끌어야 할 놈이 어울리지 않게."

정대는 이런저런 설명을 하지 않았다. 다른 곳에 배달을 다녀오는 길에 양조장 댁을 들렀다. 하인이 나와서 그를 맞았다. 하인 역시 그의 모습에 화들짝 놀랐다.

"아니, 이 차림으로 어쩐 일이시오?"

정대는 대문 안을 의식하며 큰 소리로 헛기침을 몇 번 했다.

"아, 저희 당숙 어른 회갑 잔치가 있어서 한 며칠 영덕에 가게 됐습니다. 그래서 혹시 급하게 필요한 쌀이 있으면 미리 갖다드리겠습니다."

하인은 어리둥절했다. 정대는 엉뚱한 얘기를 계속했다.

"오늘 날씨가 아주 좋습니다! 바람도 좋구요!"

"뭐 별 볼일은 없는 것 같은데. 괜찮으니까 가보슈."

대문은 매정하게 닫혀버렸다. 정대는 잠시 멈춰 서 있다가 힘없이 수레를 끌고 돌아섰다. 한참 신작로를 걷는데 누군가가 뒤에서 따라와 발걸음을 나란히 했다. 명선 아씨였다. 고운 얼굴에 살짝 칠해진 달달한 분가루 냄새가 정대를 정신 못 차리게 만들었다. 그런 그를 보는 명선의 얼굴은 환하게 웃고 있었다. 미소가 아니라, 정말 웃겨서 웃는 얼굴이었다.

"제 모습이 좀 우스꽝스럽습니까?"

당황한 정대가 물었다.

"아니요. 양복은 잘 어울려요. 그런데….'"

명선은 정대의 모습을 몇 번 더 훑어보고는 아예 소리를 내어 웃었다.

"아이구 참 나. 아니 양복에 고무신을 신으면 어떡해요?"

정대는 머쓱한 표정으로 머리를 긁적일 뿐이었다. 명선이 오히려 미안해하며 말했다.

"미안해요, 정대 씨. 제가 신발까지 생각을 못 했네요. 다음에 급료를 받으면 정대 씨 신발부터 구입해야겠어요.'"

"아뇨. 제 돈으로 살 테니 시장에서 물건을 골라주십시오.'"

"그래요. 그럼 그러지요.'"

"아씨는 어디 가시는 길이십니까?"

"정대 씨 목소리가 들리기에 반가워서 나와봤어요.'"

정대는 얼굴이 붉어졌다. 그녀는 맹랑한 말투로 이어 물었다.

"저 보고 싶어서 일부러 큰 소리를 냈죠?"

"네?"

"뭘요! 우리 강 씨 아저씨가 그러던 걸. 정미소 총각이 일도 없이 양장을 입고 와서 싱거운 소릴 한다고."

정대는 창피해서 수레를 끌고 도망이라도 가고 싶었다.

"괜찮아요. 자유연애 하는 사람들은 감정을 표현하는 게 정상이에요."

— 자유? 연애?

정대는 가슴이 쿵쾅거리는 소리가 밖으로 새어나가지 않을까 걱정이었다.

"하늘은 어찌 이래 맑누? 이런 날엔 나들이 가면 참 좋겠다."

명선은 하늘을 보며 푸른색을 손끝에 묻히려는 듯 손을 뻗었다.

잠시 뒤, 그들은 산길을 올랐다. 주위에 사람은 아무도 없이, 온전히 둘뿐이었다. 정대는 수레를 끌고 명선은 수레에 탔다. 산길에는 이름 모를 벌레들이 울었다. 수레를 끄는 정대는 힘이 불끈불끈 솟았다. 명선이 타고 있다면 수레를 끌고 팔도 유람이라도 할 수 있을 것 같았다. 태어나서 가장 행복한 기분이었다.

정대는 산을 잘 알았다. 어릴 때부터 놀이터 삼아 뛰어다니던 곳이다. 어느 정도 길을 올라가자 더 이상 수레가 다니기 힘들 정도로 길이 좁아졌다. 명선은 수레에서 가볍게 내리면서 말했다.

"여기서부터는 걸어가야겠네요."

정대는 명선이 신고 있는 고운 양장 신발에 시선이 갔다. 흙길을 걷다가는 더럽혀질 판이었다.

"아씨, 길이 험합니다. 다시 내려갈까요?"

"왜요? 신발이 더러워질까 봐요? 이깟 신발이 뭐 대수람."

명선은 괜히 흙바닥을 발로 툭툭 차서 신발에 먼지를 묻혔다. 그리고는 훌쩍 앞서서 걸어갔다. 정대는 서둘러 명선을 따라갔다. 명선이 들뜬 목소리로 물었다.

"이러다가 길을 잃으면 어떡하죠?"

"걱정 마십시오. 전 이 산을 마을길보다 더 잘 알고 있습니다."

"그럼 이 산에서 제일 예쁜 곳으로 안내해보세요."

"조금 멀 텐데 괜찮으시겠습니까?"

"이런 날씨라면 천릿길도 좋아요!"

둘은 이런저런 이야기를 나누며 산길을 걸었다. 살아온 환경도 처한 상황도 너무나도 다른 둘이었다. 정대는 정미소 배달꾼이었고 명선은 마을 최고 부자인 윤대감의 막내딸이자 소학교 선생이었다. 주로 명선이 말을 많이 했다. 가르치고 있는 아이들, 같이 근무하는 선생들에 대해서.

정대는 명선의 목소리가 너무나도 간지러워 안에 담긴 뜻을 제

171

대로 듣지 못했다. 새가 우는 소리마냥 그저 듣기 좋기만 했다.

그러다 둘이 다다른 곳은 산중턱에 숨겨진 아담한 꽃밭이었다. 마치 누가 신경 써서 가꾼 것처럼 꽃과 잔디가 잘 어우러져 있었다. 이름 모를 수십 가지 야생화가 저만의 향기를 내뿜고 솜만큼 보드라운 잔디는 녹색 이불로 깔렸다. 그 위로 나비가 날고 그 위로 하얀 구름이 머물고 그 위로 파란 하늘이 세상만물을 감쌌다.

"아름다워요."

명선은 뭔가에 홀린 표정으로 말했다. 정대는 반질반질한 명선의 눈동자에 미끄러져 빠져버릴 것만 같았다. 둘은 비밀의 정원을 말없이 거닐었다. 그러다 잔디 위에 나란히 앉았다. 명선은 미소를 띤 얼굴로 노래를 흥얼거렸다.

"옛날에 금잔디 동산에 메기같이 앉아서 놀던 곳. 물레방아 소리 들린다, 메기야 희미한 옛 생각. 동산 수풀은 우거지고 장미화는 피어 만발 하였다. 물레방아 소리 그쳤다, 메기 내 사랑하는 메기야."

"그게 무슨 노래입니까?"

"〈메기의 추억〉. 미국 노래예요."

"미국이요?"

"미국 몰라요? 바다 건너 멀리 멀리 있는 나라예요."

"일본보다 더 멀리 있습니까?"

"그럼요. 태평양을 건너야 하는 걸요."

정대는 태평양이 뭔지도 몰랐다. 학교도 제대로 못 다니고 어릴 때부터 힘쓰는 일만 하고 살면서 까막눈만 겨우 면한 처지였다. 미국이니 태평양이니 하는 말은 들어본 적이 없었다.

"노래가 좋네요."

"한 번 더 불러볼까요?"

명선은 조금 더 큰 목소리로 노래를 불렀다. 나긋나긋한 목소리에 취하는 기분이었다. 박자를 맞추듯 나비가 명선 주변을 떠돌며 한가롭게 날갯짓했다.

"제가 제일 좋아하는 노래예요."

노래를 다 부른 명선이 말했다.

"실상은 슬픈 사연이 얽혀 있어요. 메기는 캐나다에서 태어난 여자였는데 조지라는 시인과 사랑에 빠졌어요. 둘은 열렬히 연애했고 결혼까지 약속했지요. 그런데 메기는 폐결핵에 걸려요. 조지는 사랑하는 여자의 병간호를 하면서 시를 썼죠. 결국 둘은 결혼을 하는데 바로 이듬해 메기는 병을 이기지 못하고 죽어요. 슬픔에 빠진 조지는 미국에 사는 작곡가 친구에게 메기를 그리며 쓴 시를 보냈고 그 친구가 멜로디를 붙였지요. 그렇게 해서 나온 노래가 바로 〈메기의 추억〉이에요."

슬픔이라는 감정이 뭔지도 모르고 살았던 정대의 가슴이 울컥

젖었다. 명선이 새침하게 덧붙였다.

"그런 슬픈 사랑은 싫어요. 하지만 이 노래는 자꾸 제 마음을 당기는 걸요."

명선은 엉덩이를 툭툭 털고 자리에서 일어났다. 유유자적한 걸음으로 꽃들 사이를 누비고 다녔다. 정대는 괜히 명선을 따라다니기도 어색하고 해서 옆에 있는 꽃을 꺾었다. 꽃반지, 꽃목걸이, 꽃왕관을 만들었다.

"세상에."

어느새 옆에 와 있던 명선이 놀라며 정대가 엮은 야생화 작품들을 들어보았다. 왕관을 쓰고 목걸이를 걸고 반지를 손가락에 끼웠다. 그 모습을 본 정대는 숨이 막혔다. 명선이 중얼거렸다.

"시들지 않는다면 평생 간직하고 싶네요."

정대가 말을 받았다.

"시들면 또 만들어 드리겠습니다."

정대는 보았다. 명선의 눈에 눈물이 글썽이는 모습을. 정대는 가슴이 방망이질쳤다.

— 왜일까? 이 슬픈 얼굴은?

명선이 애써 눈물을 막으려는 듯 밝은 표정으로 주변을 둘러보았다.

"여긴 정말 천국이네요. 우리 여기에 이름을 붙여줘요."

"이름이요?"

"금잔디 동산 어때요?"

"네, 좋습니다."

잠시 침묵이 흘렀다. 명선이 불쑥 말했다.

"아버지가 요시다 상과 결혼하래요."

정대는 아무 말도 하지 못했다. 누군가 갑자기 목을 콱 조르는 기분이었다. 요시다 상이라면 얼마 전에 신작로에서 마주친 일본군 장교다.

"동경으로 유학을 가고 싶었는데, 허락해주는 조건이 결혼이었어요. 내키진 않았는데 아버지 청으로 소개를 받았어요. 지금 경성 총독부에 근무하는 일본군 대위고 큰아버지가 조선 총독이래요. 대단한 권세가의 막내아들이죠."

둘 다 말이 없었다. 정대는 망설이다가 물었다.

"그 사람이 마음에 드십니까?"

명선이 눈을 동그랗게 뜨고 반문했다.

"그 일본 남자가요? 절 어떻게 보시구. 저는 한국의 독립을 간절히 원하고 있는 조선의 처녀예요. 조선의 사내에게 시집을 갈 거예요. 게다가…."

잠시 머뭇거리던 명선은 손에 낀 꽃반지를 보며 말을 이었다.

"제 마음을 뺏으려면 꽃으로 반지랑 목걸이도 만들 줄 알아야 돼요."

정대의 얼굴이 벌겋게 달아올랐다. 명선은 장난기 가득한 눈으로 그런 그를 쳐다보았다.

"정대 씨가 그렇게 힘이 세다면서요? 제가 듣기론 작년 단오 때는 동네 씨름 대회에서 황소 한 마릴 타셨다는데. 정말 그렇게 힘이 세요?"

정대는 머쓱해져서 다른 곳으로 시선을 돌렸다. 사실 정대가 남보다 내세울 수 있는 건 딱 하나 힘밖에 없었다. 그는 자신의 힘이 오히려 부끄러웠다.

"그럼 저도 들 수 있어요?"

"명선 씨야 워낙 가벼워 보이시는데요?"

"한 팔로도 들어요?"

"글쎄요. 그런 일은 해본 적이 없어서."

"그럼 해봐요."

명선은 정대를 일으켜 세우고 그의 오른팔에 매달려보았다. 나무 등걸처럼 단단한 팔은 꿈쩍도 하지 않았다.

"우와, 정말 대단해요!"

명선은 땅에서 떨어진 발을 동동 구르며 소리 내어 웃었다. 그러다 불쑥 말했다.

"우리 다음에 또 데이트 해요."

"트럭을 타고 수원성 주변을 한 바퀴 돌아볼까요?"

"트럭이요?"

"네. 제가 일하는 정미소에 트럭이 있어요."

"트럭을 몰 줄 안다고요? 정대 씨가?"

"그럼요. 쌀을 배달하는 제 일인 걸요. 읍내 집집마다 다닐 때는 수레를 끌지만 쌀집에 배달할 때는 트럭을 타고 가지요. 동양공업 주식회사에서 만든 마쯔다 3륜 트럭이에요."

"대단해요. 제가 아는 사람 중에 운전을 할 줄 아는 사람은 정대 씨가 처음이에요."

정대는 배달일로 이렇게 자랑스러운 순간이 올 줄은 몰랐다.

"꼭 태워주세요. 정대 씨가 모는 트럭을 타면 하늘로 날아가는 기분일 테죠."

명선은 손가락을 걸고 약조를 받아냈다. 참 좋은 날이었다.

집에 돌아간 정대는 저녁 내내 헤벌쭉 웃는 얼굴로 지냈다. 밥을 먹고 나서도 마당에 있는 평상에 드러누워 멍하니 하늘만 보고 있었다. 평소에는 아무 느낌이 없던 것이 전부 눈물겹고 다정하게 느껴졌다. 흙길도, 풀도, 하늘도, 구름도, 별들도.

"이놈의 새끼가 잠 안 자고 뭐하는 거여?"

얼굴을 씻으러 잠깐 마당에 나왔던 아버지가 정대의 배를 찰싹

때리며 말했다.

"싸게 들어가, 이눔아!"

"밤하늘에 별이 이렇게 많은 줄 몰랐네요."

정대는 한참 이완된 표정으로 중얼거렸다.

"이놈이 미쳤냐? 뭔가를 잘못 먹었나 보다."

아버지는 혀를 끌끌 차며 정대를 떠났다. 정대는 콧노래로 〈메기의 추억〉을 흥얼거렸다. 눈을 감으면 금잔디 동산에 가득 피어 있던 꽃들이 생각났다. 각기 다르지만 한데 모여 풋풋하게 뭉그러지던 향기도 생생했다. 그 속에서 팔짝팔짝 뛰어다니던 명선 아씨의 모습은 상상만 해도 즐거웠다.

— 보고 싶다.

기분 좋은 그리움이 가슴 안쪽을 간지럽게 파고들었다.

정대의 연애담을 듣고 있느라 길수는 시간 가는 줄 몰랐다. 한 시간이 금방 지나가고 보초 임무가 끝났다. 새벽 1시 늦가을 공기가 쌩하게 정신을 깨웠다. 이야기를 마친 정대는 금잔디 동산에서 놀던 때로 돌아간 표정으로 아련한 감상에 젖어 있었다.

"그래서 명선 아씨하고는 어떻게 됐는데?"

길수가 물었다. 정대는 빙긋이 웃으면서 말했다.

"다음에 기회가 되면 찬찬히 얘기해 드리겠습니다. 대신, 형님

연애하던 이야기도 해주셔야 합니다.”

다음 당번에게 보초를 넘긴 그들은 내무반으로 돌아왔다. 여기저기서 코 고는 소리, 이 가는 소리, 끙끙 앓는 소리가 경쟁하듯 들렸다. 길수와 정대는 쾌쾌한 냄새가 깊이 베인 모포를 덮고 나란히 누웠다. 길수가 말했다.

“명선 아씨를 꼭 다시 만나게 되기를 빌어줄게.”

정대가 답했다.

“형님도 아드님 꼭 다시 만나게 되기를 빌어 드리겠습니다.”

— 그래. 우리 꼭 살아남자. 고향으로 돌아가야지.

노몬한의 겨울

매운 계절의 채찍에 갈겨
마침내 북방으로 휩쓸려 오다.

하늘도 그만 지쳐 끝난 고원
서릿발 칼날진 그 위에 서다.

어디다 무릎을 꿇어야 하나
한 발 재겨 디딜 곳조차 없다.

이러매 눈 감아 생각해 볼밖에
겨울은 강철로 된 무지갠가 보다.
　　 — 이육사 〈절정〉 전문.

대륙의 겨울은 가혹했다. 12월로 넘어가면서 기지 전체가 얼어붙었다. 동상을 우려해 야외 훈련도 대폭 축소했다. 심상치 않은 소문도 돌았다. 겨울이 지나면 소련군과 전면전으로 붙을 계획이라는 소문이 기지 내에 퍼져 있었다. 다들 궁금해했지만 일본군 장교들은 근거 없는 소리라며 일축할 뿐이었다. 그러나 시간이 흐를수록 기지 안에 감도는 긴장감의 밀도는 높아져 갔다. 장교들의 표정부터가 달랐다.

눈도 많이 내렸다. 폭설이 한 번 휩쓸고 지나가면 부대원들은 며칠 동안 눈 치우는 사역에 동원되었다. 영하 10도 아래에서 맴도는 날씨 때문에 눈은 금방 단단하게 얼었다. 얼음이나 다름없는 눈 더미를 깨가며 치우는 일은 여간 고역이 아니었다.

난방용 땔감을 마련하기 위해 산에서 나무를 해오는 일도 중요한 사역 중 하나였다. 산길 곳곳에 얼음이 많이 얼어 있었다. 까딱하면 미끄러지곤 해서 땔감 사역을 하러 나갔다가 큰 부상을 입는 경우가 적지 않았다.

추위 때문에 야간 활동이 위축되며 내무반에 머무는 시간이 많아졌다. 부대원들은 서로를 많이 알아갔다. 친구처럼 지내는 이도 늘어갔고 반대로 갈등으로 대립하는 부대원도 있었다. 모두에게 미움을 받는 사람도 여럿 있었다. 내무반장 짜보가 그랬다.

— 일본놈 앞잡이 새끼.

사람들은 짜보를 그렇게 욕했다. 실제로 짜보는 스기타를 비롯한 장교들에게 알랑거리며 비위를 맞춰주었다. 보고라는 명목으로 고자질을 하기도 했고 군기가 빠졌다는 이유를 들어 같은 사병끼리 혼을 내기도 했다.

부대원들 사이에서도 약육강식의 법칙은 유효했다. 그 법칙에 따르면 아직 어린 아이였던 영수는 먹이사슬의 제일 아래, 괴롭힘의 대상이었다. 그러나 영수에게는 형들이 있었다. 길수와 정대, 그리고 영수는 삼총사처럼 어울렸다. 나이로 보면 둘 다 삼촌뻘이었다. 둘은 영수를 아들처럼 아끼고 챙겨주었다. 내무반장 짜보도 영수를 함부로 대하지 못했다.

이런 일도 있었다. 일과가 없던 일요일에 스기타가 부대원들을 체육관으로 집합시켰다. 체육관 한가운데는 탁자가 놓여 있고 그 옆에는 커다란 냄비에 삶은 고기가 푸짐하게 담겨 있었다. 항상 굶주린 상태였던 부대원들은 절로 침이 나왔다.

"고기 냄새예요. 저 고기를 먹을 수 있다면 얼마나 좋을까?"

영수는 눈을 반짝이며 길수에게 말했다. 길수는 이게 무슨 상황일까, 조심스럽게 살폈다. 스기타가 사람들 앞으로 나섰다.

"너희를 위해 재미있는 대회를 준비했다. 팔씨름을 겨뤄서 이긴 녀석에게 고기를 실컷 먹게 해주겠다."

와아, 하는 환호성이 일었다.

"방식은 간단하다. 너희 중에 가장 팔 힘이 좋은 병사를 대표로 한 명 뽑아라. 그리고 시마와 승부를 가리게 된다. 시마를 이기면 고기를 맘껏 먹게 해주겠다."

시마가 스기타 옆에 차렷 자세로 서 있었다. 기차에서 내려 행군할 때 죽음의 결투를 벌였던 괴물 하사관 시마였다. 사람들은 저절로 정대에게 시선을 돌렸다. 모두 똑똑히 기억했다. 정대가 시마를 흠씬 두들겨 패던 광경을. 시마의 오른쪽 눈언저리는 길게 찢어진 상처가 흉터로 남아서 그때의 기억을 절로 상기시켰다.

말하자면 설욕전인 셈이었다. 그동안 독을 품고 운동을 했는지 원래 거구였던 시마의 몸은 울퉁불퉁한 근육으로 꽉 찬 상태였다. 그때의 결투에서도 정대가 시마보다 체격 조건이 유리했던 건 아니었다. 재빠른 몸놀림과 물러서지 않는 근성이 승리에 큰 도움을 주었다. 그런데 팔씨름은 달랐다.

부대원들은 이견 없이 정대를 추천했다. 겉보기에도 정대가 가장 힘이 세보였다. 결국 정대가 대표로 나섰다. 탁자를 사이에 놓고 정대와 시마가 마주 보며 손을 잡았다. 시마는 비릿하게 웃으며 얼굴을 실룩거렸다. 정대의 주먹에 찢어져 생긴 흉터가 따라 웃는 것 같았다. 정대는 무표정한 얼굴로 꽉 쥔 손가락에 힘을 주었다. 푸른 정맥이 불끈 솟아올랐다.

"자, 그럼 준비. 시작!"

스기타의 구령에 맞춰 두 전사는 용을 쓰기 시작했다. 결과는 지난번과 달랐다. 초반부터 밀리기 시작하던 정대는 한 번도 승부를 엎지 못하고 그대로 팔이 넘어가고 말았다. 시마는 쾅 소리가 나도록 정대의 주먹을 내리찧고는 괴성을 질렀다. 스기타는 빙긋이 웃으며 고개를 끄덕였다.

"자, 모두 보았지? 시마에게 도전할 용사는 없나? 딱 한 명에게 더 기회를 주겠다. 도전자가 없으면 고기는 하사관들이 나눠 먹도록 하겠다."

그때 길수가 말없이 탁자 앞으로 나섰다. 스기타는 길수를 잘 알고 있었다. 신작로에서 강제로 끌고 온 녀석이다. 좀처럼 말이 없고 눈에 띄지 않던 녀석인데 왜 갑자기 나섰을까? 스기타가 보기에 길수는 그리 힘이 세어 보이지 않았다. 살집이 별로 없는 체구였다. 팔다리가 굵고 배도 불룩하게 나온 시마와 비교하면 많이 마른 편이었다.

"자네가 해보겠다고?"

스기타가 코를 찡긋하며 물었다.

"네."

길수는 스기타의 시선을 슬쩍 피해 눈을 내리깔고 대답했다.

"고기가 탐나서인가?"

"그렇습니다."

스기타가 부대원들을 보며 물었다.

"마지막 기회야. 다들 이견이 없는 건가?"

그러자 몸집이 멧돼지처럼 굵은 사내가 튀어나왔다.

"내가 힘은 좀 쓰는데, 이왕이면 시마 님과 어울릴 법한 상대가
나서야 하지 않겠소? 나와 한번 겨뤄봅시다."

그러면서 그 사내는 길수와의 팔씨름 대결을 청했다. 사람들은
무료하던 일과 속의 재밋거리에 흥분하면서 구경했다. 길수는 담
담하게 사내와 마주 보고 손을 잡았다. 짜보가 나서서 시작 구호
를 외쳤다.

의외였다. 길수는 자기보다 몸통이 한참 더 굵은 사내의 팔을
단번에 넘겨버리고 말았다. 사람들은 길수의 과거를 몰랐지만 한
때 독립군으로 만주 대륙을 누비던 그였다. 대장간에서 강철처럼
단련된 팔이었다. 게다가 기지에 온 이후로도 틈만 나면 운동으로
힘을 키워온 터였다.

시마가 바로 길수 앞에 섰다. 그는 고개를 한 번 빙 돌리고는 위
협적인 어투로 길수에게 말했다.

"손목이 부러지지 않도록 조심해."

길수는 아무 말도 없이 손을 쭉 폈다. 시마가 철썩 소리가 나게
손을 맞잡았다. 그리고 시작. 막상막하의 대결이 펼쳐졌다. 다들
주먹을 쥐고 승부를 지켜보았다.

시마는 꽥꽥 소리를 질러가며 힘을 썼다. 반면 길수는 이를 꽉 다물고 팔로 모든 힘을 집중했다. 두 남자의 근육이 터질 듯이 부풀어 올랐다. 꼼짝도 하지 않을 것 같던 상태에서 조금씩 흔들림이 보였다. 그러다 결국 길수가 시마의 팔을 완전히 눕혀버렸다.

부대원들은 표를 내지는 못했지만 몹시 기뻐했다. 스기타는 길수의 얼굴을 유심히 살폈다. 별로 좋아하는 기색도 없이 완전히 무표정하다. 품고 있는 증오심이 고스란히 비쳐 보이는 정대와는 또 달랐다. 백 년쯤 살아본 현자와 같은, 달관한 눈빛. 저런 표정은 어디에서 나오는 걸까?

스기타는 길수 앞에 섰다. 본인을 강제로 끌고 온 장본인인데도 길수는 스기타의 앞에 공손하게 고개를 숙이고 있다.

"고개를 들어봐라."

그제야 길수가 스기타와 시선을 마주했다. 공허한 시선. 스기타는 그 속을 읽고 싶었지만 통 알 수가 없었다.

"기쁘지 않은가?"

"기쁩니다."

"이상한 놈이군. 어쨌든 좋다. 약속한 대로 고기를 먹어라."

스기타가 말했다.

"부대원들과 나눠먹어도 좋습니까?"

"안 돼지. 전쟁의 전리품은 승리를 위해 피를 흘린 자의 것이니

186

까. 자네 혼자 먹을 권리가 있네. 나누는 건 안 돼."

"그럼 저 대신 먹을 사람을 정해도 되겠습니까?"

"무슨 소린가?"

"말 그대롭니다."

"왜 그런 멍청한 짓을 하지? 이런 기회가 또 올 거 같나?"

"부탁드립니다."

스기타는 잠시 망설였다. 그의 가치관으로는 이해가 안 가는 행동이었다. 부대원들은 스기타의 처분을 기다리고 있었다. 그는 못이기는 척 어깨를 으쓱 올렸다.

"뭐, 정 그렇다면. 승자의 부탁이니 그 정도는 양해해주겠네."

길수는 영수를 불렀다. 탁자를 빙 둘러싸고 모여 있던 부대원 중에서 까까머리 영수가 톡 튀어나왔다.

"아저씨!"

영수는 환호성을 지르며 길수 옆에 와서 찰싹 붙었다. 길수가 빙긋 웃어주며 영수에게 말했다.

"먹고 싶어 했지? 실컷 먹어도 돼."

영수는 길수에게 고맙다는 말을 할 여유도 없었다. 양손을 냄비에 파묻고 고기를 뜯어 먹기 바빴다.

둘의 모습을 보며 스기타는 불편한 기분을 느꼈다. 악인이 선한 사람들을 보며 느끼는 무조건적인 적개심 비슷한 감정이었다. 심성이 피폐한 이들이 아름다운 모습을 보면 이유 없이 망치고 싶어하는 파괴욕과 같은 종류였다.

　겨우 몸 하나를 눕히면 그만인 작은 방에는 창문 없이 나무문만 달려 있다. 가구도 없다. 잘 때만 펼치는 이불 한 채가 방에 딸려 있는 전부였다. 문틈은 물론이고 흙벽의 갈라진 틈 곳곳으로 얼어붙는 냉기가 흘러들었다. 그래도 부대의 야전 막사보다는 훨씬 나았다. 월화는 혼자 방 안에서 생각에 잠겨 있었다.

　야전 막사를 떠난 지 한 달이 넘었다. 이를 테면 겨울나기인 셈이었다. 부대원들은 오랫동안 작전이 없는 혹한기에는 잠시 기지를 떠나 있었다. 가족이 만주나 함경도에 있는 이들은 집에 돌아가기도 했지만 집이 없거나 멀리 떠나온 대원은 월화처럼 본부에서 도움을 받아 중국인 마을에 방을 얻어 지냈다.

　마을에 있는 동안 추위는 조금 더 가릴 수 있어도 마음은 더 불안했다. 관동군과 내통하는 주민도 있는 탓에 들고남을 조심해야 했다. 머리맡에는 장전이 된 권총을 놓고 잠들었다. 하루하루 지나면서 월화는 스스로 암시를 했다.

　―빨리 나가야 해. 언제 발각되어 잡혀갈지 몰라.

　혹한이 조금 누그러지는 2월이 되면 바로 마을을 뜰 생각이었다. 위험도 위험이지만 무료함이 견디기 힘들었다. 하지 않으려고 애써 피하던 옛날 생각이 원치 않는 여유를 틈타 그녀를 괴롭혔다. 버리고 온 남편과 아이 생각이 날 때마다 월화는 신분증처럼 품에 간직한 흑백 사진을 꺼내 보았다.

손바닥 반 크기의 사진은 8년 전 찍은 결혼사진이었다. 당시의 보통 결혼사진과는 달랐다. 혼례를 치른 병풍 앞에서 남자는 두루마기를 입고 여자는 고운 한복을 입고 찍는 방식이 일반적이었으나 월화가 간직한 결혼사진의 배경은 무기 창고 앞이었다. 신랑 신부 모두 옅은 갈색의 낡은 군복 차림. 사진에서 제일 두드러지는 부분은 신랑 신부의 표정이었다. 결혼이 아니라 전투에 임하는 비장한 각오가 담긴 얼굴이었다.

이 사진이 있기까지는 조선혁명군의 전설적인 총사령관 양세봉의 역할이 컸다. 대장 양세봉. 그와 그녀의 인연은 아주 오래전으로 거슬러 올라간다.

양세봉은 1896년 6월 5일 평안북도 철산군 세리면 연산동에서 5남매 중 장남으로 태어났다. 그는 부친이 죽고 난 뒤 1917년 엄동설한에 가족을 이끌고 압록강을 건넜다. 중국 관전, 환인을 거쳐 영릉에 도착해 중국인 소작농으로 가족의 생계 연명을 겨우 꾸려나갔다. 일찍이 안중근 의사의 항일 의거에 깊은 감동을 받아 뜻을 품고 있던 그는 3.1 운동을 계기로 본격적인 무장 항일운동에 몸 담았다.

평안도 지역의 천마산대에 들어가서 대유동 경찰서, 금광사무
소 습격 사건에 가담하였고 1924년 참의부(參議府) 네 소대장 자
격으로 평북 초산과 강계에서 일제 경찰과의 전투를 지휘했다.
1926년에는 남만주의 독립운동 단체인 정의부(正義府)에 들어가
민족유일당 결성과 민족운동 세력의 단합을 위해 노력했다. 월화
와 길수가 양세봉과 인연을 맺게 된 시기도 그때였다.

월화와 길수 둘의 인연은 그것보다도 한참 더 거슬러 올라간다.
그들은 고아였다. 그 시절 부모 없이 떠도는 아이들은 드물지 않
았다. 대부분은 어릴 때부터 남의 집에서 노예처럼 일하는 처지였
다. 둘의 처지도 다르지 않았다.

기억이 나지 않는 어린 시절부터 부랑자 패에 섞여 길거리를
떠돌며 지내던 월화는 열 살쯤 되던 해에 한 농가로 흘러들어왔
다. 크게 농사를 지을 뿐 아니라 소와 돼지 축사도 여러 채 갖고
있는 부농(富農)이었다. 딸린 일꾼도 많았다. 월화는 부엌데기로
키워졌다. 그녀처럼 어린 나이에 그 집에 들어와 잡일을 하는 남
자 아이가 하나 있었는데 바로 길수였다.

한 살밖에 터울이 지지 않는데다 고아라는 설움도 공유했던 둘
은 오누이처럼 친해졌다. 그런 처지에 있는 대부분의 아이가 운명
에 순종했으나 둘은 조금 달랐다. 길수와 월화는 달과 별을 보며

꿈을 꾸었다. 조금 더 큰 세상으로 나가는 꿈을.

길수는 혼자서 독학으로 배운 글을 월화에게 가르쳐주었다.

"사람이 무식하면 평생 종노릇을 벗어나지 못해."

월화는 무척 영리한 아이였다. 금방 글을 배웠고 길수가 모르는 말들도 제법 구사했다.

월화는 부엌에서 남는 음식들을 챙겨놓았다가 길수에게 주었고 그는 월화가 들기 힘든 짐을 들어주었다. 짓궂게 월화를 괴롭히는 동네 아이들이 있으면 길수가 패주기도 했다. 월화가 나이 많은 하녀에게 혼나고 부엌 구석에 쪼그려앉아 울 때면 길수가 찾아가 그녀의 눈물을 닦아주었다. 둘은 숨바꼭질을 하고 냇가에서 멱도 감고 골목길을 뛰어다니며 놀았다. 월화는 종종 길수에게 말하곤 했다.

"오빠야, 나는 오빠야가 참말로 좋아요."

그럴 때마다 길수는 월화의 손을 꼭 잡아주었다. 입 밖으로 내는 일은 없었지만, 굳게 다짐하면서.

— 반드시 노예의 소굴에서 너를 꺼내줄게.

둘은 아이에서 소년 소녀로, 소년 소녀에서 남자와 여자로 자라는 과정을 함께 겪었다. 둘은 서로가 세상에 하나밖에 없는 유의미한 존재였다.

길수가 스무 살, 월화가 열아홉이 되던 해의 어느 날이었다. 그때쯤 길수는 축사 일을 도맡아 하는 중요한 일꾼이었다. 월화는 수십 명에 달하는 축사 일꾼의 식사와 새참을 마련하는 일을 했다. 여느 날처럼 새참을 먹고 난 뒤였다. 길수가 월화의 손을 잡고 축사에서 멀찍이 떨어진 곳으로 갔다.

"네가 꼭 만나야 할 사람이 있어. 이따 저녁에 잠깐 집 앞으로 나와."

그날 밤 길수가 월화를 데리고 간 곳은 마을의 소학교였다. 길수와 월화 또래의 젊은이가 교실에 십수 명 모여 있었다. 그 앞에는 쉰 살쯤 되어 보이는 남자가 서 있었다.

"여러분이 배워야 할 것은 글뿐만이 아닙니다. 우리 조국과 민족의 현실을 바로 알아야 합니다."

그렇게 말하는 자는 박용직(朴勇直)이라는 이름의 선생이었다. 의식이 있고 사명감이 있는 학교 선생님이었다. 매일 그렇게 저녁 시간에 마을의 젊은이들을 모아놓고 조선의 역사와 작금의 식민지 상황에 대한 수업을 진행했다.

길수와 월화는 선생님이 힘주어 말하는 저항의 의미에 깊이 공감했다. 어릴 때부터 노예의 삶에서 해방되기를 꿈꾸던 둘이었다. 일제에 저항하고 광복을 찾는 일은 그들의 꿈과 겹쳐지면서 강력한 화학작용을 일으켰다.

몇 달 동안 박 선생의 수업을 들으면서 둘의 가슴에 뭉글거리던 꿈은 구체적인 모습으로 가지를 뻗고 잎을 틔웠다. 처음에는 길수가 월화를 이끌었으나 더 열성적으로 빠져드는 쪽은 월화였다. 너무나도 무엇인가를 갈구하는 그녀의 눈동자는 길수조차 가끔 부담이 될 정도였다.

박 선생과는 반대로, 월화와 길수가 있던 집의 주인어른은 흔히 말하는 일제의 앞잡이였다. 그의 이름은 방규환(方奎煥). 대대로 농사를 짓고 살던 집안의 자손이었다. 사람들은 그의 앞에서는 대감님이라고 호칭을 했으나 그가 없을 때에는 방 씨라고 불렀다.

방 씨의 밀고 때문에 병신이 되고 죽는 사람이 한둘이 아니었다. 주재소에 끌려간 사람들은 모진 고문을 당하고 정신이 이상해져서 나왔다. 마을 사람들은 일본 순사보다 방 씨를 더 무서워했다. 당연히 박 선생과 방 씨는 앙숙 간이었다. 한쪽은 재산을 갖고 있었지만 멸시를 당했고 다른 한쪽은 존경을 받고 있었지만 가난하고 힘이 없었다.

가끔 박 선생과 방 씨가 말싸움을 벌이기도 했다. 우연히 월화와 길수도 그 장면을 목격한 적이 있었다. 동네 사람들이 지켜보는 신작로에서 방 씨는 당당하게 소리쳤다.

"나에게는 조국도 이데올로기도 두 번째다. 나는 처자식을 배불리 먹이고 따뜻하게 재우는 일이 첫 번째로 중요하다. 니 말대로 나는 민족을 배신했다. 그러나 영혼을 판 대가로 가족들에게

193

집과 끼니를 줄 수 있었다. 나는 심판을 받아도 좋고 지옥에 떨어져도 좋다."

보기 좋게 반격하리라 생각했던 박 선생은 이상하게도 방 씨에게 더 이상 반격하지 않았다.

"자기 말대로 지옥에 떨어지게 될 테지."

월화가 길수의 귀에 속삭였다.

며칠 뒤, 사건이 터졌다. 길수가 축사에서 여물을 주고 있는데 월화가 황급히 뛰어왔다.

"오빠야! 큰일 났다. 어쩌면 좋아!"

길수는 월화를 따라갔다. 주재소 앞에 사람이 잔뜩 몰려 있었다. 공개처형의 현장이었다. 십자가의 못 박힌 예수처럼 형틀에 팔다리가 죄인 사람은 바로 박 선생이었다. 그는 모진 고문에 머리가 하얗게 세었다. 이가 다 부러진 입으로 뭔가를 계속 말하려고 애썼다. 월화는 하염없이 눈물을 흘렸다. 길수가 그녀의 손을 꼭 잡아주었다.

처형을 집행하는 주재소장이 큰 소리로 그의 죄목을 읊었다.

"이 자는 마을 사람들의 돈을 거둬 독립군에 군자금을 제공했음이 밝혀졌다. 이유와 정도를 불문하고 독립군에 협조하는 자들은 이렇게 즉결 처형된다."

주재소장이 눈짓을 하자 순사가 긴 대창으로 선생님의 배를 쑤셨다. 한 번, 두 번, 세 번. 앞을 뾰족하게 깎은 팔목만 한 굵기의 죽창이 뱃가죽을 뚫고 결국 등으로 관통해 끝을 보였다. 사람들은 탄식하며 울부짖었다. 모두 쉬쉬하면서도 다들 방 씨가 밀고자라는 사실을 알고 있었다.

그 사건의 충격으로 월화는 말수가 급격히 줄었다. 충격 받기는 길수도 마찬가지였다. 그들은 울분을 토하며 서로를 위로했다. 하루하루가 끔찍했다. 방 씨 같은 자의 종으로 사느니 죽는 편이 낫다는 생각까지 들었다.

몇 달 뒤 어느 날 밤. 길수가 월화를 마을 어귀의 시냇가로 불러내었다. 그리고 불쑥 말했다.

"우리 떠나자."

"어디로 떠나요?"

"어디로 가든 이 집에서는 떠나자. 많지는 않지만 돈과 음식을 내가 몰래 챙겨두었어. 방 씨는 천황의 개야. 조선 사람으로 태어나 개를 위해 일 할 수는 없잖아."

월화도 기다렸던 바였다. 월화가 고개를 끄덕이자 길수는 그녀를 꼭 안아주었다.

"걱정하지 마. 언제 어디서든 오빠가 너를 지켜줄게."

그렇게 농장에서 뛰쳐나온 둘은 며칠 뒤 무작정 독립군 단체 정의부를 찾아갔다. 그곳에서 만난 사람이 바로 양세봉 대장이었다. 그는 길수와 월화를 보고 뿌듯해했다.

"남매가 함께 독립 운동을 하기 위해 찾아왔단 말이냐?"

양대장은 월화에 대해서는 걱정을 했다. 남자의 몸으로도 하기 위험한 독립 운동을 여자가, 그것도 이제 스무 살 처녀가 해낼 수 있을까 하는 우려 때문이었다.

양세봉의 걱정은 기우였다. 월화는 조직 속에서 씩씩하고 총명하게 처신했다. 양세봉은 그 모습을 보고 무척이나 감탄을 했다.

어느 달 밝은 밤, 그는 월화와 함께 새끼손가락의 피를 함께 종이 위에 뿌리며 결사항전의 다짐을 했다.

"우리 끝까지 투쟁하자. 이제부터 우리는 피를 나눈 사이다. 너에게는 이미 오빠가 있지만 내가 큰 오빠가 되어주겠다."

양세봉은 보통 사람들과는 달랐다. 독립운동을 합네, 하는 자중에서도 혈기만 왕성한 자도 있었고 총소리만 들으면 움츠려 드는 겁쟁이도 많았다. 그는 항일 단체에서 보기 드문 지장이었다. 침착하면서도 내질러야 할 때는 내지를 줄 아는 사람. 30대 초반의 나이에도 연륜과 무게감이 절로 느껴지는 사람. 양세봉은 그런 사람이었다.

1929년 만주에서 활동하던 여러 항일 단체가 통합하여 국민부(國民府)로 통합되었다. 양세봉도 그냥 있을 수 없었다. 월화와 길수를 비롯한 여러 대원을 데리고 국민부에 참여했다. 국민부가 소속 독립군으로 조선혁명군을 편성하자 양세봉은 제1중대장을 맡았다.

몇 안 되는 여자 대원으로서 월화는 누구보다 뜨거운 가슴과 두려움 없는 정신의 소유자였다. 양세봉 역시 그녀를 신뢰하여 어린 나이에도 불구하고 직접 작전을 상의하고 전략 전술을 가르쳐 주기도 했다.

"너는 전사의 기질을 타고 났다."

양세봉은 그렇게 말하곤 했다. 월화는 그림자처럼 양세봉을 따라다녔다. 길수가 그의 오빠였다면 양세봉은 그녀의 마음 속 아버지로 자리했다. 어느 날 전투가 끝나고 부대로 돌아오는 길에 월화는 양대장에게 고백했다.

"저는 고아입니다. 나에게도 존경하고 의지할 아버지가 있으면 얼마나 좋을까, 수없이 속절없는 바람을 달래며 살았습니다. 대장님은 저에게 큰오라버니가 되어 주겠노라 하셨지만 저는 대장님을 아버지로 품고 살고 싶습니다. 허락해주십시오."

양대장은 가타부타 말이 없었다. 그저 빙긋이 웃으며 월화와 눈을 맞추었다. 그러다 보일 듯 말듯 고개를 끄덕였다.

월화는 비로소 고아의 설움을 털어버리는 기분이었다. 뒤늦게 얻은 아버지이기에 기필코 효의 도리를 다하겠노라 스스로 맹세했다.

조선혁명군이 조직된 지 얼마 안 되었던 어느 날이었다. 관동군이 봉천성의 한 마을을 약탈한 일이 있었다. 폭행, 강간, 살인은 물론이고 마을에 불을 질러 생활 터전이 붕괴되었다. 주민의 원성이 극에 달했다. 양세봉은 전격적으로 일본군의 숙영지를 야간 기습하기로 결정했다.

"아직 군대의 체계도 없고 대원들도 군사 작전에 익숙하지 못합니다. 지형지물 파악도 안 된 상황이고요. 전투는 아직 무리입니다."

계급은 아래였지만 그보다 서너 살씩 나이가 더 많은 참모진은 입을 모아 반대했다. 그러나 양세봉은 의지를 꺾지 않았다.

"체계적인 훈련이 필요한 공격이 아닙니다. 야간의 어둠을 틈탄 기습 공격입니다. 전투 경험이 있는 자 50명만 뽑아서 제가 직접 데리고 가겠습니다. 승산은 충분합니다."

"그렇게 해서 뭘 얻는다는 겁니까?"

"게릴라 부대의 성격을 띤 저희 조선혁명군으로서는 현지 주민의 도움이 필수적입니다. 이 작전이 성공하면, 우리는 봉천성 주민의 든든한 지지를 얻게 될 겁니다. 믿어주십시오."

그가 뽑은 50명의 정예대원 중에 월화와 길수도 속해 있었다. 다들 여러 번씩 크고 작은 전투를 겪어보긴 했어도 이렇게 급박하게 전투를 치르는 일은 처음이었다. 양세봉은 침착하게 대원들

의 동선을 지시했다. 목표는 봉천성 인근의 야산에서 숙영 훈련을
하는 관동군 보병 부대였다.

"이번 공격의 주요 화기는 이것이다."

그가 들어 보인 것은 기름에 적신 헝겊과 화살이었다.

"전근대적인 무기라고 비웃으면 안 된다. 지금은 시월. 나무가
한참 말라 있는 시기다. 숙영지를 둘러싸고 불을 지른 후 퇴각로
를 지키고 있다가 패잔병들을 사살한다."

다들 그의 기막힌 작전에 무릎을 쳤다.

그날 밤 사람들은 여태껏 보지 못했던 광경을 목도했다.

어둠과 정적에 잠겨 있던 야산으로 불화살이 날아들었다. 일본
군 숙영지 주변은 순식간에 사나운 불길에 휩싸였다. 일부러 비워
놓은 도주로 한 방향만 제외하고 사방에서 몰려드는 불이었다.

천막 안에서 잠들어 있던 300여 명의 일본군은 지옥불과 맞닥
뜨렸다. 바짝 마른 나무와 낙엽이 활활 타오르는 소리에 몸이 타
들어가는 사람들이 지르는 비명이 뒤섞여 불길과 함께 이글거렸
다. 아비규환이었다. 몸에 불이 붙은 채로 뛰어다니는 사람들의
모습은 기괴할 따름이었다.

부대원 절반이 타죽었다. 남은 병력은 불길의 병풍 사이로 유일
하게 탈출할만한 공간을 찾아 달려 나왔다. 그들은 화마는 피했으
나 양세봉의 지휘 아래 매복한 조선혁명군 대원들의 총탄은 피하

지 못했다.

"사격 개시!"

양세봉의 명령이 떨어지자 50개의 총구가 일제히 불을 뿜었다. 월화는 제일 앞장 선 자리에 엎드려 연신 방아쇠를 당겼다. 그제야 일본군은 사태 파악을 했다. 살아남은 이들은 공포에 질린 채 무차별적으로 사방에 총을 쏴댔다.

활활 타오르는 불기둥과 총구에서 터져 나오는 불꽃이 사람들의 시야를 어지럽게 만들었다. 양측 모두 조준하고 쏘는 사격이 아니라 목표 없이 총알을 퍼붓고 있었다. 고요하던 축시의 산중은 처절한 전투의 현장으로 변했다.

"죽어라!"

월화는 소리를 지르며 더 가열차게 총을 쐈다. 그때 뭔가 뜨거운 물체가 그녀의 어깨를 짓눌렀다. 힘이 풀리면서 꼼짝도 못했다. 겨우 고개를 돌려보았다. 눈이 뒤집힌 일본군 병사 한 명이 내리꽂은 총검이 월화의 어깨에 박혀 있었다.

"조센징!"

그는 다시 총검을 치켜들었다가 내리꽂았다.

— 이제 죽는구나.

찰나의 순간, 월화는 죽음을 직감하고 눈을 감았다. 그런데 바로 닥쳐야 할 고통이 느껴지지 않았다. 다시 눈을 떴을 때 그녀의 눈에 보인 사람은 미친 일본군 병사가 아니라 혁명군의 군복을 입은 길수였다. 월화를 찔렀던 일본군은 이마에 구멍이 뚫린 채 쓰러져 있었다.

"몸을 움직일 수 있겠어?"

다급한 길수의 목소리는 총소리에 눌려 제대로 들리지 않았다. 그는 대답을 기다리지 않고 월화를 품에 안았다. 그리고 낮은 포복 자세로 월화를 끌고 후방으로 기어갔다. 총탄이 미친 듯이 날아다니는 아래, 월화는 눈물겨운 포근함을 느꼈다. 어깨에서는 피가 줄줄 흘러나오고 있는데도 이상하리만큼 마음이 편했다.

— 누군가가 지켜준다는 기분이 이렇구나. 그래, 오빠는 언제나 나를 지켜주었어.

잠시 뒤 월화는 의식을 잃었다. 길수와 함께 지냈던 어린 시절의 추억이 빛의 안개처럼 반짝거리며 그녀의 무의식을 밝혔다. 꿈속에서도 둘은 내내 손을 잡고 있었다. 월화는 어린 소녀였던 자신의 목소리를 들으며 미소 지었다.

— 오빠야, 나는 오빠야가 참말로 좋다.

월화는 꼬박 이틀을 자고 일어났다.

"정신이 좀 들어?"

"여기는 어디죠?"

월화는 아직 흐릿한 눈을 뜨려고 애쓰며 주위를 둘러보았다. 움막으로 지은 막사였다.

"양세봉 중대장님의 막사야. 니가 의식을 차릴 때까지 이곳을 내주셨어."

"어떻게 된 거죠? 전투는요?"

"대성공이야. 우리 쪽 대원 하나가 죽긴 했지만 일본군은 한 부대 전원이 전멸했어. 다들 너를 걱정하고 있어."

월화는 누적된 피로와 긴장, 게다가 출혈까지 심해 목숨을 잃을 뻔했다. 길수가 월화의 곁을 떠나지 않고 간호한 덕에 목숨을 건졌다 해도 과언이 아니었다. 월화는 몸을 일으켜보았다. 왼쪽 어깨에 묵직한 고통이 느껴졌다. 길수가 그녀를 말렸다.

"무리하지 말고 그냥 누워 있어."

몸이 완전히 나을 때까지 길수는 지극정성으로 월화를 챙겨주었다.

월화는 알았다. 이제 더 이상 오누이로 남을 수 없음을.

한 달쯤 지나고 월화의 상처가 완전히 아물었을 때쯤이었다. 둘은 훈련을 나간 들판의 강가에서 입맞춤을 했다. 오빠와 동생이 아닌 남자와 여자였다. 무엇과도 비할 데 없는 행복감이 몸을 휘감았다. 그 뒤로 둘은 동이 트는 광야에 서서, 해가 지는 바위산에 숨어서, 별빛 가득한 대륙의 밤하늘 아래 서로를 어루만지며 입을 맞췄다.

사랑의 불길은 걷잡을 수가 없었다. 결국 월화는 사랑의 결실을 배에 품게 되었다.

"어떡하죠?"

생리가 끊기고 입덧을 하면서 임신 사실을 알아차린 월화는 당혹감에 어쩔 줄 몰라 했다. 길수 역시 곤혹스럽긴 마찬가지였다. 일단 대장에게 보고해야 한다는 데는 둘 다 이견이 없었다. 둘은 어느 날 저녁 양세봉 중대장을 찾아갔다.

양세봉은 며칠 전의 기발한 작전성공으로 군신(軍神)이라는 별명을 얻었다. 그러나 승리의 기쁨에 취하지 않고 부대의 앞날을 위한 준비에 바빴다. 길수와 월화가 대장의 막사를 찾았을 때도 그는 중국군 장교와 군수물자와 관해 심각한 토론을 벌이고 있던 중이었다.

막사 밖에서 기다리다 길수가 월화의 손을 잡았다. 그때까지만 해도 사람들의 눈을 피해 연애를 하고 있었으므로 월화는 흠칫 놀라며 손을 뺐다.

"손을 줘."

길수가 낮은 목소리로 부탁했다. 월화는 의아한 표정으로 길수를 보았다.

"그래야 청혼을 하지."

길수는 월화의 손을 잡고 무릎을 꿇었다. 옆을 지나다니던 부대원 몇몇이 그 광경을 보고 걸음을 멈추었지만 길수는 개의치 않았다. 멀리 진홍빛 노을이 하늘에 물드는 배경을 뒤로 하고 길수는 자못 진지하게 월화를 바라보았다.

"나와 결혼해줘."

월화는 갑작스러운 길수의 행동에 뭐라 대답을 하지 못했다. 길수는 시선을 거두지 않고 월화의 대답을 기다렸다.

"나는 알아. 내가 당신을 얼마나 사랑하는지. 그리고 니가 나를 얼마나 사랑하는지. 우리 함께 살자."

"그러면 우리의 과업은 어떻게 되지요? 저는 대장님께 조국 독립을 위해 죽는 날까지 싸우기로 맹세했어요."

"니가 아이를 낳는 대신 내가 너의 몫까지 싸워줄게. 대장에게는 내가 말씀드릴 거야. 먼저 니 마음을 듣고 싶었어. 나와 결혼해줄래?"

월화는 머리가 복잡했다. 길수에 대한 사랑이 대단히 큰 것도 사실이었다. 오래전부터, 그녀의 기억이 닿는 거의 최초의 순간부터 그는 곁에 있었다. 오빠로서 그녀를 지켜주었고 이제 남자로서 그녀를 지켜주리라. 언제나 그와 함께 있고 싶고 그의 품 안에 있을 때보다 더 행복한 순간은 없었다.

그러나 언젠가부터, 어쩌면 태어났을 때부터 월화에게는 전사의 피가 흐르고 있었다. 그 피가 한 여자로서 응당 느껴야 할 사랑의 감정을 가로막았다.

갈등하던 상황에서 무게중심을 옮긴 건 뱃속의 아기였다. 임신을 한 채로 혁명군의 전투를 수행해내는 일은 불가능했다.

— 운명이야.

월화는 그렇게 생각했다. 그리고 길수의 눈을 보며 말했다.

"당신의 뜻에 따르겠어요."

길수의 눈이 웃었다. 단단하게 다물어져 있던 입술도 열렸다. 아침 햇살처럼 빛나는 미소였다.

월화는 가슴이 벅차오름과 동시에 죄책감이 한쪽 가슴을 무겁게 했다. 미물처럼 살던 인생에 사람으로서의 의미를 부여해준 대장의 목소리가 아직도 귓가에 생생했다.

— 우리 끝까지 투쟁하자.

월화는 눈을 감고 마음으로 말했다.

— 아버지, 죄송해요.

중국군 장교와 밀담을 마친 양세봉이 막사 안으로 길수와 월화를 들였다. 길수는 어릴 때 고아로 흘러들어와 한 집에서 월화와 같이 일을 하며 살던 시절부터 털어놓았다. 마침내 월화의 몸에 새로운 생명이 자라고 있다는 말까지.

긴 얘기를 들은 양대장은 흐음, 소리를 내며 긴 숨을 쉬었다. 길수도 월화도 그의 침묵 앞에서 긴장했다. 한참을 고개 숙이고 있던 그가 고개를 들었다. 예상하지 못한 밝은 표정이었다.

"승리를 축하하네."

그러면서 양세봉은 둘 다에게 악수를 청했다. 얼떨떨한 기분이 된 월화는 한마디도 말을 꺼내지 못했다. 그저 대장에게 미안하기만 했다. 대장은 모든 부대원에게 살갑게 대했지만 그중에서도 월화와의 관계는 각별했다. 이곳에서 대장을 오라버니라고 부르는 사람은 오직 월화뿐이었다.

"이러고 있을 때가 아니야. 사람을 불러올 테니까 잠깐만 기다리게."

양세봉이 막사를 나갔다. 둘만 남은 길수와 월화. 길수는 또 월화의 손을 꾹 잡아주었다. 그렇게 길수가 손을 잡아줄 때면, 늦가을 나뭇가지에서 매달린 나뭇잎처럼 흔들리던 월화의 마음이 마술처럼 편안하게 내려앉았다.

잠시 후 돌아온 양세봉은 사진을 찍는 부대원을 데리고 들어왔다. 그의 손에는 카메라가 들려 있었다. 얼마 전 혁명군 중대를 편성하면서 부대원들의 단체사진을 찍었던 카메라였다.

"벌써 아이가 생겼으니 혼례를 치를 여유도 없지 않나? 그래도 기념사진은 한 장 있어야지."

양세봉은 길수와 월화를 무기고 앞으로 데려갔다. 월화는 웃고 싫었으나 그러지 못했다. 길수 역시 긴장한 표정이 역력했다.

찰칵. 노을빛 속에 잠긴 남녀의 모습이 둘 사이를 증명하는 정표 같은 사진으로 남았다.

"두 사람은 조선으로 돌아가게."

양세봉이 말했다. 월화는 차마 듣기가 두려웠던 그 말에 고개를 푹 숙였다.

"그런 표정 보이지 말아라. 난 진심으로 기쁘네. 우리가 왜 이렇게 목숨을 걸고 싸우고 있나? 우리 민족, 우리 조국의 번영을 위해서네. 그 속에서 살아갈 사람들의 행복을 위해서네. 우리의 투쟁보다 더 중요한 건 우리의 미래야. 월화는 그 미래를 뱃속에 품고 있어."

언제나 그렇듯 양세봉의 말에는 진심의 힘이 있었다. 월화는 고개를 들고 대장을 마주했다. 양세봉은 온화한 눈으로 월화를 마주 보았다. 마치 딸을 시집보내는 아버지의 모습과도 같았다.

— 이렇게 떠나면 대장의 눈을 다시 볼 수 있을까?

월화는 울컥하는 기분을 참기 위해 주먹을 꽉 감아쥐었다.

"내일이든 모레든 짐을 꾸리는 대로 출발해. 이곳에 하루라도 더 있으면 위험하니까."

"저는 남아 있겠습니다."

길수가 말했다.

"무슨 소리야? 내가 하는 말 못 들었나? 지금 월화 동지 뱃속에는 우리의 승리보다 더 중요한 조국의 미래가 있네. 여자 혼자 몸으로 어떻게 그 먼 길을 뚫고 조선까지 가겠나? 간다한들 혼자서 무슨 도리로 아이를 낳고 먹여 살리겠나? 사지 멀쩡한 남자들도 거지로 굶어 죽는 판에. 자네가 월화 옆에 있어주게. 그리고 아이를 끝까지 지켜주게. 명령일세. 반드시 명심하게."

대장은 한 단어 한 단어를 길수의 마음에 조각하듯 또렷이 말했다.

이틀 뒤 길수와 월화는 만주를 떠났다. 대장은 여비까지 챙겨주었다. 임신부에게는 몹시 멀고 힘든 여정이었으나 무사히 조선에 도착했다.

그들은 평양에 자리를 잡았다. 집이라고 해봤자 시 외곽의 토막촌이었다. 길수는 닥치는 대로 막일을 하면서 겨우 생계를 유지할 만큼의 돈을 벌어왔다.

겨울 내내 추위로 사람의 넋을 빼놓던 토막집은 여름이 되자 구역질이 절로 나오는 악취와 아귀 같은 모기떼로 사람을 미치게 만들었다. 둘이 앉으면 꽉 들어차는 움막이 벌집처럼 다닥다닥 붙어 있는 토막촌을 보고 있노라면 차라리 만주에서 야전 생활을 할 때가 더 나았다 싶기도 했다.

위생도 엉망이었다. 청소라고는 하지 않아 비만 오면 똥이 차 넘치는 화장실을 다섯 집, 여섯 집이 함께 썼다. 상한 음식을 먹고 설사를 하는 사람이 많아서 화장실이 아닌 길 곳곳에 함부로 싸 지른 똥이 즐비했다. 자고 있으면 쥐가 찍찍거리는 소리를 내면서 배를 넘고 다니기도 했다. 전염병으로 한 집 건너 한 집에 환자가 있었다. 월화가 아이를 잃지 않고 버티는 건 기적에 가까운 일이 었다. 빈곤은 일본군만큼 무서운 적이었다.

길수는 아침에 집을 나가면 구걸을 해서라도 그날 먹을 음식을 갖고 집에 들어왔다. 월화의 배를 굶게 하는 일은 없었다. 이제는 누가 뭐래도 남편이고 아내였다.

하루는 길수가 지쳐 누워 말했다.

"지금 우리 꼴을 봐. 거렁뱅이들과 다를 게 없어. 이 토굴에서 무사히 아이를 낳고 잘 키울 수 있을까?"

"그렇게 생각하지 말아요."

"정말 모르겠어. 하루하루 견뎌내는 게 전투만큼 힘들다. 가끔 방 씨 생각이 나."

"방 씨라니요?"

"그가 박 선생님한테 그랬지. 자기한테는 조국도 이데올로기도 두 번째라고. 처자식들을 배불리 먹이고 따뜻하게 재우는 일이 첫 번째로 중요하다고. 가족들에게 집과 끼니를 줄 수 있다면 조국과 민족도 팔겠다고 했지. 지옥에 떨어져도 좋다면서."

"갑자기 왜 그런 생각을 해요?"

"모르겠어. 방 씨의 당당했던 눈빛이 자꾸 떠올라."

월화는 더 힘을 줘서 길수를 안아주었다. 길수가 월화의 배에 손을 얹고 중얼거렸다.

"그래. 아이를 지키기 위해서라면 영혼이라도 팔 수 있어."

한 달 뒤 월화는 아기를 낳았다. 길수는 미리 고민해놓은 이름을 아기에게 붙여주었다. 굳셀 건(健) 클 우(旰). 굳세게 커라. 어쩌면 아이의 험난한 운명을 예견한 이름이었을까?

생명이란 약할 때는 촛불처럼 위태롭지만 강할 때는 태양처럼 꺼트릴 수 없는 법. 최악의 상황에서 태어난 아이는 아버지가 붙여준 이름이 부끄럽지 않게 하루하루 자라 걸음마를 시작했다.

길수와 월화가 아기를 보는 시선은 조금 달랐다. 길수는 눈앞의 아기만을 보았지만 월화의 시선은 가끔 닿을 수 없는 먼 어딘가를 향했다. 어쩌면 자연스럽게 균형을 이루기 위해 길수가 더 아이에게 집착했는지도 모르겠다. 길수는 월화의 마음이 이미 불안하다는 걸 눈치 채고 있었으니까.

그즈음 만주에서 함께 혁명군 활동을 하던 동지가 가끔 찾아와 소식을 전해주곤 했다. 그럴 때마다 월화는 눈을 반짝이며 이야기를 들었다.

길수와 월화가 떠난 지 얼마 되지 않아서 양세봉은 35세의 나이로 조선혁명군 총사령관에 취임했다. 그는 중국 무장부대와 작전을 수행하는 데 능통했다. 특히 1932년에는 왕청문에서 요령농민자위군과 연합부대를 편성하여 무순까지 진공해서 일본군을 격퇴시켰다. 영릉가에서도 한중연합작전으로 일본군 대부대를 섬멸했다.

만주국이 세워지고 관동군이 만주를 점령한 이래 독립군에 대한 탄압은 점점 더 지독해졌다. 대부분의 독립군 세력은 만주를 떠날 수밖에 없었다. 민족진영 독립군들은 상해 등의 중국 관내로 들어갔고 사회주의 계열의 단체들은 중국 공산당에 합류했다. 이런 가운데 남만주에 유일하게 남아 있던 독립군이 조선혁명군이었고 그 지도자가 양세봉이었다.

수십만의 관동군이 지배하는 대륙에서 양세봉의 지휘를 따르는 500명의 독립군은 신출귀몰한 존재, 두려움의 대상이었다. 그뿐이 아니었다. 그는 전투에서 전사하는 혁명군을 보충하기 위해 조선혁명군 군관학교를 설립하고 교장으로서 직접 군대 양성에 주력했다. 그는 단순한 게릴라 부대의 우두머리가 아니었다.

양세봉의 통솔력은 항상 자신을 낮추고 아랫사람을 귀하게 대해주는 자세가 바탕이었다. 그는 부하에게 성을 내는 법이 없었다. 부하들에게는 권련을 사주면서도 자기는 엽초를 말아 피우는 식이었다. 민간인들과의 관계도 정성을 다했다. 농번기에는 농민들의 일손을 도왔으며, 약탈을 일삼는 패잔병들을 교화시켜 원래의 부대로 돌려보냄으로써 중국인들까지 칭송해마지 않았다.

존경의 의미가 담긴 '군신'이라는 칭호까지 붙은 양세봉은 관동군의 눈엣가시였다. 그를 잡기 위해 갖가지 음모를 꾸미고 현상금을 내걸었지만 소용이 없었다.

월화는 대장의 승전보를 전해들을 때마다 감격스러운 표정이 되곤 했다. 길수는 그런 아내를 불안하게 지켜보았다.

건우가 종알종알 말하는데 재미를 붙이던 다섯 살 때였다. 정말오랜만에 만주에서 옛 동지가 찾아왔다. 안 그래도 2년 가까이 소식이 없어 궁금하던 차였다. 인편이 아니면 도무지 그쪽 소식을전해들을 도리가 없었다. 그들의 거처를 찾아온 이는 오래전부터양세봉을 옆에서 보좌했던 김형수라는 자였다. 그는 길수와 월화의 얼굴을 보자마자 통곡했다.

"아니 무슨 일입니까? 어떤 연유가 있어 이토록 슬피 운단 말입니까?"

월화는 불안한 얼굴로 김형수의 대답을 다그쳤다. 한참을 서럽게 운 그가 토해내듯 말했다.

"대장이 죽었습니다."

길수와 월화 모두 굳어버렸다. 그들에게 대장은 불멸의 존재였다. 신이었다. 특히 월화에게는 오빠이면서 아빠였다.

"일본경찰의 스파이 박창해의 계략이었습니다."

김형수는 겨우 분을 누르며 대장의 비참한 죽음을 전했다.

어느 날 박창해(朴昌海)라는 조선인이 혁명군 기지로 양대장을 찾아왔다. 박창해는 스스로를 홍경현 북방에 있는 마적단 간부라고 소개했다. 지난달에 마적단장의 첩 셋이 한꺼번에 일본군에게 살해당했다면서, 조선혁명군과 세를 모아 일본군에 복수하려 한다고 말했다. 요컨대 합동 작전을 논의하자는 얘기였다.

김형수를 비롯한 참모들은 마적단의 두목이 기지로 와서 합동 작전을 의논하기를 바랐지만 양대장의 생각은 달랐다. 먼저 그쪽에서 사람을 보냈으니 이쪽에서 가보는 것이 협상 진척에 도움이 되리라는 판단이었다. 그는 좋은 추석 선물을 가져오겠다며 농담을 하고는 부하 여섯을 대동하고 박창해의 안내를 따라 길을 떠났다. 김형수도 일행 중 하나였다.

"신빈현 소황구로 가던 중이었소. 축시가 가까운 시간, 유난히 검은 구름에 달빛도 별빛도 가려져 한 치 앞도 분간하기 힘든 밤이었지요. 어디선가 휘파람 소리가 들린다 싶었는데, 그 순간 앞서 길을 인도하던 마적놈이 갑자기 보이지 않았습니다. 대장이 우리를 멈추게 했지요. 그때는 이미 너무 늦었던 것이었소."

길 주변에 매복해 있던 일본군의 총이 불을 뿜었다. 대원들이 목숨을 잃었다. 오직 김형수 한 명만이 겨우 살아남아 지금 비보를 전하고 있는 것이었다.

그의 이야기를 들은 월화는 한참 동안 흐느끼며 아무 말도 하지 못했다. 길수가 침통한 목소리로 물었다.

"마지막 말씀은 없으셨습니까?"

"치명상을 입어 입을 열기가 힘드셨지만 저는 분명히 들었습니다. 동지들은 꼭 끝까지 투쟁해야 하오. 군신의 마지막 말씀이셨습니다."

그 말을 들은 월화는 주먹으로 가슴을 치며 오열했다. 영문을 모른 채 옆에 앉아 있던 다섯 살 건우도 엄마를 따라 울었다.

"일본놈들은 대장의 목을 베어 시가지에 내걸었소. 몰래 목을 가져와 그것만이라도 장례를 지내고 싶었으나 경비가 삼엄해 그럴 수가 없었습니다. 피부는 날짐승에게 물어뜯기고 머리카락과 해골로 변한 대장의 머리가 아직도 신빈현 입구에 효시되어 있다고 하오. 이 한 몸 바쳐 대장의 원수를 갚을 것입니다. 우선 우리 대원이 그 마적놈 뒤부터 쫓고 있습니다."

김형수는 떠났다. 며칠 뒤 다시 만주로 떠날 예정이라며, 그 전에 여유가 생기면 얼굴을 보자고 하면서 자기가 머무를 곳을 알려주었다. 월화는 김형수를 따라 나가서 한참 이야기를 나누고 들어왔다.

그날 밤에는 길수도 월화도 서로 말을 아꼈다. 엄마 아빠 사이에 감도는 불길한 기운을 본능적으로 감지했는지 건우도 칭얼대지 않고 눈치를 보며 가만히 있다 잠들었다.

말없이 누워 있던 월화는 길수에게 상의가 아닌 통보를 전했다.

"만주로 떠나겠어요."

길수는 오랫동안 대답을 하지 않고 있다가 물었다. 무겁지만 담담한, 어쩌면 이런 순간이 오리라고 예상을 하고 있던 말투였다.

"건우는 어떻게 하고?"

"우리 둘 중 한 명이 남아서 건우를 돌보면 돼요. 당신이 만주로 갈 건 아니잖아요? 당신이 간다면 제가 남겠어요."

"나는 건우를 떠나지 않아. 당신도 잘 알잖아? 고아가 된다는 게 어떤 건지."

"대장의 죽음을 듣고서도 그냥 가만히 있을 수 있나요? 대장은 누구보다 당신을 믿고 아끼셨어요."

"대장은 나에게 마지막 명령을 내리셨어."

"그게 뭐죠?"

"당신과 건우를 지켜주라는 명령이야."

월화는 슬픈 눈으로 길수를 보았다. 길수 또한 물러나지 않았다. 월화는 길수를 끌어안으려고 했다. 길수는 월화의 팔을 뿌리치고 토막방을 나가버렸다. 심상치 않은 분위기에 잠에서 깬 건우가 칭얼거렸다.

"엄마, 무서워요. 아빠랑 싸우지 마요."

"싸우는 게 아니야."

졸음이 괴로운 아이는 엄마의 젖가슴을 파고들었다.

"건우는 엄마가 잠깐 어디 다녀와도 아빠랑 잘 있을 수 있지?"

"어디 가는데요?"

"조금 멀리 다녀와야 해."

"아빠는요?"

"아빠는 곁에 계실 거야. 아빠는 절대로 너를 떠나지 않아."

"그럼, 괜찮아요. 아빠랑 같이 기다릴게요."

월화는 아이를 있는 힘껏 껴안았다.

— 미안해, 건우야. 엄마를 용서하렴. 먼 훗날 엄마를 이해할 때가 올지도 몰라.

월화는 꼬박 뜬 눈으로 밤을 새웠다. 옆에 누운 길수 역시 잠을 이루지 못했지만 둘은 서로 이야기를 나누지 않았다.

월화는 아침 일찍 집을 나가서 평양 시내에 머무르던 김형수를 만났다. 월화가 만주로 가겠다는 의사를 밝히자 김형수는 반색을 하며 월화의 손을 끌어 잡았다.

"고맙소, 월화 동지! 구천을 떠도는 대장의 영혼이 비로소 눈물을 멈추실 겁니다."

다음날 밤, 월화는 건우가 잠든 시간에 나갈 채비를 마쳤다. 살림살이가 없었던 것처럼 떠날 때 가지고 갈 짐도 없었다. 내려놓고 가야할 짐만 태산이었다. 죄책감, 그리움, 아쉬움, 미련, 두려움, 그리고 사랑.

월화는 토막방에서 천사의 얼굴로 잠든 다섯 살 건우의 이마에 입을 맞췄다. 그리고 들릴까 말까 하게 속삭였다.

"잘 있어, 아기야. 엄마가 금방 다녀올게."

길수는 우두커니 앉아 월화의 행동 하나하나를 지켜보았다. 달빛마저 숨죽인 어둠 속에서 둘의 그림자는 한참 말없이 서로를 마주했다. 길수가 먼저 물었다.

"왜 이렇게 해야 하지?"

"당신도 알잖아요."

"모르겠어. 우리 건우보다 더 중요한 명분을 생각할 수 없어."

"저에게도 그래요. 만약 당신이 떠난다고 했다면 제가 남았겠지요. 하지만 당신은 떠나지 못하잖아요."

"떠나지 못하는 게 아냐. 떠나지 않는 거야."

"결과는 똑같아요."

"당신이 떠나도 결과는 똑같아."

"비관주의는 희망을 좀먹는 벌레다, 당신이 했던 말 아닌가요?"

"우리 희망을 좀 먹는 건 바로 당신이야."

"길수 씨. 당신도 알잖아요. 둘 중 하나는 떠나야 한다는 걸."

"아니 몰라. 떠나지 마. 당신이 우릴 버린다면 우리도 당신을 버릴 거야."

"그런 말 하지 말아요. 꼭 제 마음을 아프게 해야 하나요?"

"지금 누가 누구 마음을 아프게 하고 있는데?"

"갈게요. 사람들이 기다리고 있어요."

"당신, 왜 이렇게 변했어?"

"잊으셨나요? 변한 건 당신이에요."

"정말로 변할 거야. 지금 당신이 이 방을 나간다면 난 당신을 사랑하고 어여뻐했던 기억조차 다 지워버릴 테니까. 당신이 아는 김길수는 더 이상 없을 거야."

"이러지 말아요, 제발. 그런 협박은 하지 말아요."

"당신이야말로 지금 애원하는 척하면서 협박을 하고 있어."

"아니요. 진심으로 애원하고 있어요. 당신 마음도 이해해요. 저도 가슴이 찢어질 듯 아프니까요. 저를 욕해도 좋아요. 하지만 우리 사랑만큼은 해치지 말아요."

"사랑? 당신이 지금 그런 말 할 자격이 있다고 생각해?"

"사랑해요. 당신도, 건우도 사랑해요."

"개 같은 년. 가. 가버려. 난 이제 당신을 사랑하지 않아."

월화는 가장 사랑하는 남자의 저주를 뒤로 한 채 떠났다.

그렇게 조선땅을 떠나온 지 벌써 몇년째였다.

— 건우는 아기티를 벗은 아홉 살 소년이 되었겠지. 어떻게 자랐을까? 나를 기억하고 있을까? 아니겠지. 떠나버린 엄마 같은 존재는 까맣게 잊었을 거야.

월화는 보고 있던 결혼사진을 주머니에 집어넣었다. 다시 스스로에게 다짐했다.

— 돌이킬 수 없다. 후회도 없다. 이것이 나의 운명이다.

늦은 오후, 월화는 방을 나와 마을 시장통으로 향했다. 그녀와 함께 마을로 잠시 숨어든 심복 불곰을 만나기 위해서였다. 마을로 숨어든 뒤 첫 접선이었다.

안전을 위해 최대한 접선을 자제했다. 부하인 불곰이 외부와의 연락을 전담했다. 대신 둘만이 아는 암호가 있었다. 마을 초입에 있는 허수아비 모자가 거꾸로 돌아가 있으면 긴급하게 연락할 일이 있다는 뜻이었다. 그러면 그날 오후 5시에 시장통 선술집에서 만나기로 약속을 해두었다.

월화는 매일 이른 아침 산책을 하듯 슬쩍 방을 나가서 마을 입구의 허수아비를 확인했다. 겨울 내내 모자의 모양은 바뀌지 않았다. 그런데 오늘 아침에 허수아비의 모자가 돌아가 있음을 확인했다. 처음 있는 일이었다.

턱이 덜덜 떨릴 정도의 추위 때문에 시장에도 사람들의 왕래가 거의 없었다. 며칠 전에 내린 눈이 수북하게 쌓여 길 곳곳이 얼어 있었다.

불곰은 중국 일꾼이 쓸 법한 모자를 눌러 쓰고 시장통 선술집의 구석진 자리에 앉아 있었다. 월화는 자연스러운 몸짓으로 그의 앞에 마주 앉아 슬쩍 주위를 살폈다. 위험하거나 이상해 보이는 상황은 없어 보였다. 불곰이 물었다.

"잘 지내셨습니까?"

"그럭저럭. 종일 틀어박혀 있다 보니 자꾸 잡생각이 나서 못 쓰겠어."

"마을에는 언제까지 있을 겁니까?"

"아직 추위가 한창이다. 조금 더 버텨야지. 2월에 기지로 돌아가자. 그런데 무슨 일이야?"

"여기서 말씀드리긴 곤란합니다."

불곰은 슬쩍 눈치를 주고 선술집을 나왔다. 월화가 뒤를 따랐다. 불곰은 읍내 농가에 딸린 헛간으로 그녀를 안내했다. 가을걷이가 끝나고 방치된 헛간에 어떤 사람이 숨어 있었다. 누더기를 주워 입은 입성에 다 떨어진 가죽 신발을 신었다. 머리는 족히 열흘은 감지 않은 모양이었고 추위에 갈라 터진 피부 곳곳에는 고름이 흐르다 말라붙었다.

"누구지?"

월화는 본능적인 경계심을 유지하며 불곰에게 물었다.

"탈영병입니다."

불곰은 그렇게 대답하고는 거지꼴의 사내에게 턱짓을 했다. 사내가 잔뜩 쉰 목소리로 말했다. 조선말이었다.

"제 이름은 임판석. 일등병입니다. 여기서 멀지 않은 23사단에서 탈영했습니다."

월화의 눈이 반짝 빛났다. 조선인 탈영병이라니. 이보다 더 좋은 정보원도 없다. 월화는 일단 그를 데리고 가 국밥을 한 그릇 사 먹였다. 시장에서 추위를 피할 솜옷도 사 입혔다. 그렇게 사내의 마음을 누그러뜨린 뒤에 23사단 기지에 대해 물어보았다.

임판석은 알고 있는 모든 정보를 전해주었다. 장교가 아닌 일반 사병, 그것도 조선인이었기에 정보는 제한적이었다. 그래도 기지 밖 훈련 장소와 대략적인 훈련 계획을 알아냈다. 큰 수확이었다.

게다가 임판석은 혼자 고향에 돌아갈 자신도 없다며 월화의 부대에 투항하고 싶다는 의사까지 밝혔다.

"환영한다. 임판석 동지!"

임판석은 월화의 환영에 으쓱해져서 계속 말했다.

"요즘은 혹한기여서 기지 밖으로 훈련을 나가지는 않습니다. 날이 풀리면 재개되겠지요. 기지 북쪽에 바위산이 있는데 종종 그곳으로 훈련을 나갑니다. 한번 노려볼 만합니다."

"임판석 동지가 있던 조선인 중대 말고 다른 일본군 중대도 그 산에서 훈련하나?"

"그건 잘 모르겠습니다. 하지만 저희 중대를 노리는 것이 제일 유리합니다."

"그건 왜지? 같은 조선인들끼리 사상자가 많이 생길 텐데. 되도록 일본군 중대와 싸우고 싶네."

"걱정 안 하셔도 됩니다. 막상 전투가 시작되면 조선인 대부분은 싸우지 않고 저처럼 투항할 것입니다. 일본군 하사관들과 미친 대위 녀석만 제압한다면 중대 하나를 통째로 얻게 되는 셈입니다."

일리가 있는 말이었다. 월화의 눈이 반짝 빛났다. 승리를 확신하는 전투를 앞둔 양세봉 대장의 눈빛처럼.

스기타의 부대가 발칵 뒤집혔다. 전날 밤 탈영한 병사 때문이었다. 잠시 온건정책을 펴던 스기타의 분노가 폭발했다. 그는 부대원들을 똥개 훈련시키듯 연병장에서 굴려댔다.

"쥐새끼 같은 조센징 새끼들! 감히 탈영을 해? 반드시 잡아서 찢어 죽이겠다."

스기타의 말은 허언이 아니었다. 실제로 탈영하는 병사 중 대다수가 며칠 못 가 잡혔다. 바로 총살이었다.

오전 내내 연병장에서 구르던 부대원들은 보복성이 짙은 사역에 동원되었다. 기지에서 10리가 조금 못 되는 거리에 떨어져 있는 야산의 나무를 베어오는 일이었다. 군용트럭 두 대분을 채워야 했다. 거기다가 새로 지을 건물에 필요한 대들보용 나무도 큼직한 놈들로 마련해와야 했다. 사람들은 여러 대의 트럭에 나눠 타고 산으로 향했다.

도끼로 나무를 베는 사람, 베어진 나무의 가지를 정리하고 토막 내는 사람, 나무를 트럭으로 옮기는 사람 등등 역할을 구분해 일했다. 아침부터 시작한 사역은 점심 밥때가 넘어가는데도 다 끝나지 않았다. 주먹밥으로 끼니를 때우면서 사역을 계속했다.

1월 초 만주의 산속. 오줌 줄기가 얼어붙는 추위였다. 병사들의 코에 고드름이 달렸다. 입가의 침도 얼었다. 피부가 터져서 갈라지고 입술에 패인 골에서는 피가 흘렀다. 골짜기를 후비는 겨울바람 소리는 악마의 휘파람이었다.

"못된 녀석들. 이런 사역은 꼭 우리 조선인 차지지."

큼직한 도끼로 연신 나무를 패던 사내가 투덜거렸다. 그 옆에서 길수는 말없이 도끼질을 했다. 영수는 사역 작업에 딱히 도움이 되지 않았다. 내무반에 남을 수도 있었는데 스스로 길수를 따라가겠다고 나섰다. 영수는 길수가 나무를 베어내면 칼로 가지를 대충 치는 일을 맡았다. 손보다 훨씬 더 큰 장갑 안에서 겉돌던 손가락이 동상에 걸린 듯 얼얼했다.

"일이 언제 끝날까요? 얼어 죽을 것 같아요."

길수가 보기에도 영수는 까딱하면 동상에 걸릴 상황이었다. 방법은 없다. 산에는 쉴 데도 없을뿐더러 일을 하지 않고 그냥 있으면 몸이 더 쉽게 얼어붙을 테다. 다행히 땔감은 거의 채워졌다.

"조금만 참아라. 부지런히 움직여. 손과 발을 쉬게 하지 마라."

"힘이 없어요."

"힘이 없어도 내야 한다."

그때였다. 어어 하는 사람들의 웅성거림이 들렸다. 대들보로 쓰기 위해 여러 명이 붙어서 도끼질을 해대던 나무 근처에서 들리는 소리였다. 굵기는 어른의 한 아름이 넘고 높이도 5층 건물을 훌쩍 넘어서는 큰 나무가 쓰러지려고 했다. 그런데 몸이 비쩍 마른 사내 한 명이 나무가 쓰러지는 길에 등을 돌린 채 서 있었다. 자칫하면 나무가 사람을 깔아뭉갤 태세였다.

"이봐, 조심하라고!"

사람들은 입을 모아 소리쳤다. 그러나 사내는 어깨를 축 늘어뜨린 채 가만히 서 있었다. 부드득 소리를 내며 기울어진 나무는 순식간에 사내의 몸을 덮쳐버렸다.

"아이고, 어쩌면 좋은가!"

사내가 깔린 자리로 사람들이 모여들었다. 길수와 영수도 일을 멈추고 달려갔다. 사내는 미동도 없이 누워 있었다. 목이 완전히 부러져 꺾인 모습이 보였다. 작달막한 키의 주먹코가 사내의 손을 잡고 슬피 울었다.

"이 사람아. 이렇게 허무하게 죽어버리면 어떡하나?"

죽은 사내의 친구였다. 한참을 서럽게 울던 그가 사내의 사정을 전해주었다. 개성 외곽의 시골 마을 출신인 사내는 노모의 치료비를 벌고자 군대에 지원했다. 그런데 최근 유격 훈련을 하던 중에 잘못 떨어져 머리를 다치면서 귀가 어두워졌다. 제대로 치료를 받지 못해 가까이서 소리를 질러야 말을 알아듣는 지경에 이르렀다. 사람들이 소리를 질렀는데도 듣지 못한 까닭이 거기 있었다.

사역을 감독하던 시마 하사관이 다가왔다. 그는 나무 아래 깔려 있는 사내를 잠시 보더니 사람들에게 명령했다.

"나무를 트럭에 싣도록 해."

"이 사람은 어떻게 합니까?"

"죽은 사람을 무슨 수로 살려내나? 산에 묻어줘."

그 말에 사람들이 탄식했다. 시마 하사관은 개의치 않고 뒤돌아서며 말했다.

"빨리 해. 얼어 죽어서 같이 묻히기 싫으면. 이 나무만 실으면 바로 기지로 가서 쉬게 해주겠다."

서럽게 울던 주먹코 사내가 시마의 다리를 잡고 늘어졌다.

"하사관님! 친구를 이 추운 산중에 묻을 수는 없습니다. 제발 부탁드립니다. 기지 안 양지바른 곳에 묻게 해주십시오!"

"지금 무슨 헛소리를 하는 거야? 당장 놓지 못해?"

시마는 군홧발로 주먹코의 면상을 걷어차버렸다. 주먹코는 얼굴을 잡고 나가떨어졌다. 피가 턱을 타고 주르르 흘렀다.

나무가 너무 커서 한 번에 옮기기 힘들었다. 가지를 치고, 3등분으로 잘라 산 아래 트럭으로 실어 날랐다. 두 대의 트럭 중 한 대는 땔감을 싣고, 또 한 대는 통나무를 실었다.

길수를 비롯해 몇몇은 사역을 하던 자리에 구덩이를 팠다. 바위처럼 단단하게 얼어버린 땅은 곡괭이도 삽도 튕겨냈다. 시간이 많지 않아서 몸만 겨우 들어갈 정도로 땅을 파고 사내의 시신을 담았다. 그 위에 흙과 낙엽을 쓸어 덮었다.

시마에게 차여 이가 부러지고 입술이 터진 주먹코는 피를 입에 문 채 통곡했다. 영수도 눈앞에서 벌어진 갑작스러운 죽음에 슬퍼졌다. 길수는 영수의 손을 꼭 잡아주었다. 장갑 속에 얼어 있는 작은 손이 파르르 떨렸다.

장례 절차는 없었다. 친한 사이였던 주먹코의 탄식을 빼면 우는 소리도 들리지 않았다.

트럭을 타고 기지로 돌아오는 길. 다들 말을 아꼈다. 길수는 군용트럭의 펄럭이는 덮개 천 사이로 황량한 벌판을 멍하니 응시했다. 트럭이 다니는 길에서 오른편으로 멀찍이 떨어진 곳에 두둑하게 솟아오른 흙더미가 보였다. 반쯤 눈에 덮여 단단히 언 흙더미는 언뜻 보면 평범한 땅의 굴곡으로 여겨질 모습이었다. 스기타의 칼에 배가 갈려 죽은 소녀의 시체를 수습해놓은 자리였다.

기지 주변에 묘비도 없이 묻힌 시체가 점점 늘어났다. 총살당한 탈영병들의 시체는 수습하지 않고 그냥 내버려두곤 했다. 그러면 병사들이 짬을 내서 묻어주기도 했고 그런 자비를 누리지 못한 시신은 산짐승이 뜯어 먹었다. 금방 죽은 사내의 시체도 워낙 얇게 묻어놓은 탓에 먹이를 찾아 헤매는 짐승들이 파헤치지 않을까 싶었다.

죽음의 그림자가 안개처럼 사람들을 휘감고 있었다. 다음은 누구 차례일지 몰랐다.

"곡이라도 해줬어야 했는데."

트럭 안의 누군가가 말했다. 덜컹거리는 소리에 묻혀 잘 들리지 않았다.

"노래라도 불러줄걸 그랬어요."

또 누군가 말했다.

길수는 주머니에 손을 넣어 피리를 꺼냈다. 불지 않을 때도 부적처럼 넣고 다니는 피리였다. 아들에게 전해주지 못한 생일선물.

— 피리를 전해주기 위해서라도 꼭 돌아가야 한다. 아들이 기다리

는 고향으로.

"그게 뭐예요?"

옆에 앉아 있던 영수가 물었다. 길수는 대답 대신 피리를 물었다. 추위에 얼어 터진 입술로, 벌겋게 부어오른 손가락으로 연주를 시작했다.

꽁꽁 얼어붙은 광야를 달리는 군용 트럭 안에 애잔한 음률이 스몄다. 트럭 안쪽에 앉아 있던 누군가가 피리 소리에 맞춰 노래를 부르기 시작했다.

"나의 살던 고향은 꽃피는 산골. 복숭아꽃 살구꽃 아기진달래."

하나둘씩 뒤따라 노래를 불렀다.

"울긋불긋 꽃대궐 차린 동네. 그 속에서 놀던 때가 그립습니다."

어느새 트럭 뒤 칸은 합창으로 가득 찼다. 사내들은 목이 맨 채 울먹이는 소리로 노래했다. 이국의 벌판, 비석 없는 흙무덤에 묻힌 영혼들을 달래는 진혼곡인 동시에 언제 돌아가게 될지 모르는 고향땅을 그리워하는 연가였다.

노래가 끝난 뒤 길수는 피리를 다시 주머니에 넣었다. 트럭 안은 울음 바다였다. 좀처럼 눈물이 맺히지 않는 길수의 눈도 촉촉이 젖었다.

"엄마, 보고 싶어요. 엄마!"

영수는 흐느끼며 길수의 무릎에 얼굴을 묻었다. 길수는 말없이 영수의 머리를 쓰다듬어주었다. 아들을 무릎 위에 재우던 기억이 겹쳐졌다.

— 잘 지내고 있니?

길수는 눈을 감고 아들에게 말을 걸었다. 그러면 환하게 웃는 여덟 살 아이의 눈망울이 그려졌다. 해가 바뀌었으니 아이도 한 살 더 나이가 먹었겠지만 길수는 모르는 사이 자란 아이의 모습을 상상하기 싫었다.

— 아빠 보고 싶어요.

아들이 말했다.

— 조금만 더 기다려. 아빠가 갈게.

길수의 눈에서 결국 눈물이 맺혀 떨어졌다. 만주 대륙의 칼바람이 눈물조차 얼려버리겠다는 기세로 트럭 안으로 달려들었다.

마사노부 중좌를 향한 스기타의 구애도 겨우내 계속되었다. 훈련이나 사령부 호출 등으로 기지를 벗어나 시내에 다녀올 때면 항상 중좌를 위한 선물을 챙겨왔다. 파이프 담배도 있었고 차를 사오기도 했다. 고급 면도기를 선물해주기도 했고 클래식 음반을 구해다주는 때도 있었다. 스기타는 그러면서 마사노부와 조금씩 가까운 사이로 발전하는 느낌을 받았다.

마사노부 중좌는 23사단의 핵심적인 작전 장교로 입지를 굳혔다. 사단장은 그에게 대좌급 대우를 해주었고 해가 바뀌면 대좌로 진급이 확실했다. 스기타로서는 그와 점점 친해지는 것이 감사할 따름이었다.

그런데 일정한 거리 이상으로는 관계를 좁히기 힘들었다. 중좌는 묘한 구석이 있었다. 살집 좋은 얼굴은 언뜻 보면 마음 넉넉한 사람으로 보일 법도 했는데 안경 뒤에 숨겨진 매서운 눈초리는 그가 보통 사람이 아님을 내비쳤다.

기지에 입성한 지 얼마 되지 않았을 때 우연한 기회로 얻은 조선인 소녀를 바치려고 했던 일이 있었다. 중좌의 방까지 소녀를 데리고 갔는데도 결국 취하지 않았다. 중좌는 대단한 비밀이라도 털어놓을 분위기로 이런저런 이야기를 하다가 결국은 중요한 말을 하지 않고 끝을 맺고 말았다. 스기타는 아직 충분한 믿음을 주지 못했기 때문이라고 생각했다.

그러던 어느 겨울날이었다. 지리를 답사한다는 명목으로 가끔 기지에서 먼 곳까지 행군을 하다 돌아오기도 했다. 그날도 서쪽으로 행군을 나갔다가 돌아오는 도중에 병사들이 노루를 한 마리 잡았다. 털 빛깔이 탐스러운 어린 노루였다.

"바로 목을 따서 피를 마셔야지!"

부대원 중 경험이 있는 몇몇이 신이 나서 그 자리에서 노루피를 먹으려고 했다. 그냥 놔두려다가 스기타는 문득 마사노부의 얼굴이 떠올랐다.

"잠깐 멈춰라. 노루는 기지로 갖고 들어간다. 쓸 데가 있다."

기지에 도착한 그는 부대원들을 막사에서 쉬게 했다. 그중에서 몇 명을 뽑아 마사노부 중좌 막사 뒤편 공터로 노루를 옮겼다. 마침 마사노부는 일과를 마치고 막사에서 쉬고 있는 중이었다. 노루를 본 마사노부의 눈빛이 흥미롭게 바뀌었다.

"이놈을 나보고 어쩌라는 거지? 키우라는 건가?"

"조선에서는 노루나 사슴피를 바로 받아 마시기도 합니다. 보신용으로 효과가 좋다고 알려져 있지요."

"오호, 그런 풍습이 있었니?"

"한번 드셔보시겠습니까? 노루라고 다 먹을 수 있는 건 아닙니다. 사향노루라고도 부르는 궁노루는 고린내가 심해서 피는 물론이고 고기도 못 먹습니다. 이놈은 식용이 가능한 대노루이지요. 대노루 생혈은 정력에도 좋고 오줌도 맑게 해준다고 합니다. 특히 어린 녀석이라 효과가 더 좋을 듯합니다."

"정력을 쓸 데가 있어야지."

그러면서 중좌는 노루의 머리를 천천히 쓰다듬었다. 자기 운명을 모르는 노루는 어린 눈동자를 껌벅거리면서 고개를 숙였다. 중좌는 짐승의 눈동자를 무척이나 애틋하게 마주 보았다. 사람의 눈을 그렇게 애틋하게 보는 일도 별로 없으리라.

"한번 구경이나 해보자."

중좌의 말에 스기타는 데리고 온 부대원들에게 눈짓을 했다. 사내 두 명이 노루 몸통을 꽉 움켜잡았다. 제일 나이가 많은 털보 사내가 노루의 목을 칼로 땄다. 노루는 슬피 우는 소리를 잠깐 내면서 몸을 퍼덕였지만 소용없었다. 반 뼘 정도 열린 노루 목에서 피가 쿨럭쿨럭 쏟아져 나왔다.

털보 사내는 양철 대접에 피를 가득 받아 마사노부 앞에 쓱 내밀었다. 마사노부는 관찰을 하는 시선으로 대접 안의 피를 살폈다. 냄새를 쓱 맡아보더니 한 모금 마셔보았다. 피 맛을 음미하는 표정이었다. 그러더니 한 대접을 쭉 들이켰다.

"어떠십니까?"

"기대했던 것보다는 맛이 달군."

마사노부는 고개를 끄덕이며 노루를 보았다. 사내들은 돌아가면서 생혈을 하는 중이었다. 한참 꿈틀대며 피를 쏟아낸 노루는 이제 축 늘어졌다. 스기타는 부대원들에게 죽은 노루를 묻으라고 시켰다. 그들은 피를 빨린 노루를 번쩍 들고 마사노부의 막사를 떠났다.

스기타와 둘만 남은 자리에서 마사노부는 땅바닥에 번져 있는 짐승의 핏자국을 보며 몽롱한 시선을 떼지 못했다.

"뭘 그렇게 보고 계십니까?"

"옛날 생각이 나서."

마사노부가 중얼거렸다. 스기타는 무슨 뜻인지 몰라 고개를 갸웃하며 마사노부를 보았다.

"지난번에 내가 취향에 대해 논했지. 자네가 나를 위한다고 조선 계집을 데리고 왔을 때 말일세. 기억하나?"

"기억하고 있습니다. 특별한 말씀을 내려주실 줄 알고 기다렸는데 별 말씀 없이 지나치셨습니다."

"전쟁을 겪으면서 여러 가지로 취향이 변했다고 했지?"

스기타는 바로 지금이라고 생각했다. 좀처럼 어느 정도 이상으로 좁혀지지 않고 있던 마사노부와의 거리를 확 좁힐 절호의 기회였다. 그는 관심 있게 듣는다는 표시로 고개를 끄덕이며 귀를 기울였다. 마사노부는 비밀을 털어놓았다.

"성적인 취향도 변했다네."

스기타는 침을 꿀꺽 삼켰다.

"전쟁을 치르다 보면 잔혹함과 용감함이 동의어가 되는 순간이 오지. 나도 그 순간을 경험했다네. 북만주에서 지린성을 점령할 때야. 그때 참 중국놈을 많이도 죽였지. 전투에서 이기고도 주민 학살을 계속했어. 누가 더 잔혹한 짓을 하나 경쟁이라도 하는 것처럼 다들 미쳐갔네. 사람을 토막 내고 살아 있는 여자의 가슴을 도려내기도 하고 남자들의 성기를 자르기도 했지. 심지어 잘라낸 사람 머리통을 총검에 꽂고 다니는 병사도 있었지. 그때 나는 자네처럼 대위였어. 소좌 진급을 눈앞에 두고 있는 대위. 내가 이끌던 부대원들 앞에서 나 역시 잔혹한 일면을 보여줘야 한다는 생각을 했어. 작전 수행 중에 민간인 일가족을 차례로 몰살하는 일이 생겼네. 부모를 총으로 쏴 죽이고 과년한 딸은 총검으로 여러 차례 쑤셔서 죽였네. 그리고 열 살이 조금 넘은 사내아이 차례였지. 내 앞에서 사시나무 떨듯이 바들거리고 있는 아이를 마주한 순간, 갑자기 이상한 기운이 몸을 꽉 채우는 것이었네."

그때를 회상하면서 마사노부 중좌는 눈을 지그시 감았다. 시공간의 경계를 넘어, 당시의 상황으로 다시 돌아간 듯 몸을 부르르 떨며 말을 이었다.

"그 기운의 정체는 잃어버린 줄 알았던 강렬한 욕정이었어. 나는 그 아이를 방에 데리고 들어갔지. 맹세코 그 전까지 내가 여인들과 나누었던 어떤 정사와도 비할 데 없는 충족감을 느꼈네. 평화 시대였다면 그러지 못했겠지. 전장에 어울릴 법한 비뚤어진 충족감이었지. 어쨌든 쾌락의 극치는 참으로 굉장했네. 그 뒤로 마을에서 전투가 벌어질 때면 일부러 어린 남자아이들을 찾아 일을 치르곤 했지. 욕보인 아이들을 죽이는 순간은 슬프기도 했지만 그것도 곧 익숙해졌어. 그러다 소좌로 진급해서 신징의 사령부로 들어오면서는 그럴 기회가 없어졌다네. 하지만 내 몸은 생생히 기억하고 있지. 그 엄청난 흥분의 에너지. 어떤 행위로도 충족될 수 없는 변태적 행복감을 말일세."

스기타조차 소름이 돋는 기괴한 고백이었다. 그는 무슨 말로 끼어들어야 할지 몰라서 고개를 끄덕이기만 했다.

"그 뒤로 여자에 흥미가 없어졌다네. 자네가 그 소녀를 데리고 왔을 때 내가 거절한 이유를 이젠 알겠나?"

"잘 알겠습니다, 중좌님."

"내가 괴물 같은가?"

"아닙니다."

"그리스 로마 신화를 읽어보게. 고대에도 최고의 전리품은 어린 미소년들이었어. 우리가 위대한 영웅으로 여기고 있는 아가멤논도 오딧세이도 아킬레스도 어린 소년을 전리품으로 주고받으며 남색을 즐겼다네. 고대 그리스, 로마의 역사서도 상류층의 남색(男色) 행위를 기술하고 있지. 이 시대의 가치관으로 옳고 그름을 따지기 앞서 엄연한 인류의 역사야."

그리스 로마 신화를 읽어본 적 없는 스기타는 조용히 고개를 끄덕였다.

"이 사실은 자네밖에 몰라."

그렇게 말하면서 마사노부는 날카로운 눈매로 스기타를 노려

보았다. 발설하면 가만두지 않겠다는 암시였다.

"무덤까지 갖고 갈 비밀로 하겠습니다."

"그래야지."

마사노부는 혀를 내밀어 입가에 묻은 노루피를 쓱 닦아 먹었다.

"아까 어린 노루를 보니 문득 아이들 생각이 났어. 내 앞에서 떨던 아이들 눈빛이 꼭 노루의 눈 같았거든. 참 아름다운 눈이지."

마사노부는 나지막이 한숨을 쉬었다.

"여기서는 뭘 어떻게 할 도리가 없어. 밖에서 아이를 잡아와서 막사에 데리고 있을 수도 없고. 당장 소문이 날 테니까 말이야."

마사노부는 긴 한숨을 내뱉었다. 스기타는 마사노부의 눈에 스멀거리는 강렬한 욕망을 읽어냈다.

노몬한의 봄

3월이 되었다. 그러나 살갗에 와 닿는 공기의 온도는 여전히 찼다. 월요일 아침. 점호를 위해 부대원들이 연병장에 집합했다.

"이놈의 꽃샘추위는 언제 가시려나?"

영수의 옆에 있는 짜보가 투덜거렸다. 독감에 걸린 그는 연신 기침을 하고 몸을 떨었다.

초봄의 추위는 대단했다. 특히 아침 점호시간이 최악이었다. 점호를 받으면서도 부대원들은 턱을 덜덜 부딪치며 괴로워했다. 영수도 으으으 소리를 내며 추위를 견디고 있었다. 스기타가 전달하는 이런저런 지시 사항들은 관심 밖이었다. 영수가 병영생활을 지탱하는 유일한 지침이자 버팀목은 길수였다.

이상한 기분이 들어 고개를 들어보니 스기타가 코앞에 서 있었다. 영수는 놀라서 침을 꿀꺽 삼켰다. 스기타는 영수를 노려보며 말했다.

"너는 오늘부터 특별한 임무를 수행하게 된다."

영수는 갑작스러운 스기타의 명령에 놀랐다. 눈을 크게 뜨고 옆에 서 있는 길수를 돌아보았다. 차렷 자세로 서 있던 길수 역시 놀라긴 마찬가지였다.

"내가 묻는데 왜 대답이 없나?"

스기타가 소리쳤다.

"네, 중대장님."

영수가 얼떨결에 대답했다.

"점호가 끝나면 내 사무실로 와."

"무슨 임무인지 여쭈어봐도 되겠습니까?"

길수가 물었다. 동시에 스기타의 주먹이 길수의 얼굴로 날아들었다. 불시의 일격에 길수가 쓰러졌다. 스기타는 분이 풀릴 때까지 군홧발로 길수를 짓밟았다.

"감히 내 말에 끼어들어? 내가 왜 너한테 이 녀석의 임무를 설명해줘야 하나? 니가 이 녀석의 애비라도 돼? 건방진 녀석, 버릇을 고쳐줄 테다."

철판처럼 딱딱하게 언 연병장 위에서 무자비한 폭행이 이어졌다. 분이 안 풀린 스기타는 차고 있던 일본도를 휙 빼들었다.

"하겠습니다, 중대장님! 제가 임무를 다 하겠습니다!"

영수가 울면서 스기타를 말렸다. 스기타는 그제야 칼을 집어넣고 발길질을 멈추었다.

"한번만 더 건방진 태도를 보이면 목을 잘라버릴 테다."

점호는 그렇게 끝났다.

영수가 스기타를 따라간 곳은 마사노부 중좌의 막사였다. 아늑한 방에 고급 센베와 우유가 놓여 있었다. 게다가 축음기를 통해 은은한 음악마저 흘러나왔다.

"중좌님이 곧 오실 게다. 과자라도 좀 먹고 있어라."

웬일인지 스기타가 온화한 어투로 말을 건넸다.

"정말 먹어도 되나요?"

"그럼. 넌 이제부터 중좌님의 당번병으로 일하게 될 거야."

"그게 뭐죠?"

"말하자면 중좌님의 비서인 셈이지. 중좌님이 원하는 시간에 원하는 대로 해드리면 돼. 그러면 넌 매일 이런 과자와 우유를 먹을 수 있다."

잔뜩 채워져 있던 영수의 공포심이 눈 녹듯 녹아내렸다. 영수는 스기타가 권하는 자리에 앉아 센베와 우유를 먹었다. 정말 꿀맛이었다. 한 접시 담겨 있던 과자를 순식간에 먹어 치웠다.

　그때 방문이 열리고 마사노부가 들어왔다. 영수의 눈에 비친 그의 모습은 살이 뒤룩뒤룩 찐 털보 아저씨였다. 외모는 어찌 되었건 마사노부의 어깨에는 중좌 계급장이 선명하게 붙어 있었다. 영수는 벌떡 일어나 경례를 붙였다. 마사노부가 미소를 띠며 경례를 받았다.

　"자네가 말한 아인가?"

　마사노부가 스기타를 보며 물었다.

　"네, 그렇습니다."

　스기타는 발을 착 붙이며 대답했다.

　"열다섯이라고 했나?"

　마사노부가 영수를 보며 물었다.

　"네, 중좌님."

　영수가 대답했다.

　"실제 나이보다 두세 살 어려 보이는군."

　마사노부가 중얼거렸다. 영수는 제대로 먹지 못해 성장이 더뎠다. 아직 남자로서 2차 성징도 이뤄지지 않은 몸이었다.

　"마음에 드십니까?"

　마사노부는 영수를 물끄러미 바라보다가 스기타에게 시선을 돌렸다.

240

"아이가 순해 보이는군."

"그럼 저는 이만 물러가겠습니다."

"자네가 신경 써준 일 반드시 보답하겠네."

스기타는 힘차게 경례를 붙이고 뒤돌아섰다.

방 안에 둘만 남았다. 영수는 마사노부 앞에 차렷 자세로 서 있었다. 그윽하게 바라보는 마사노부의 시선이 못내 부담스러웠다.

"대충 이야기는 들었겠지?"

"네, 중좌님."

영수의 목소리가 떨렸다.

"앞으로 여기서 지내게 될 거다. 춥고 냄새 나는 내무반은 안녕이야. 일과시간에는 내 사무실에서 잡무를 도우면 돼."

거기까지 말한 그는 손을 들어 영수의 머리를 쓰다듬었다.

"귀엽게 생겼구나."

영수는 자기도 모르게 본능적으로 뒷걸음질을 쳤다. 아이의 얼굴에 스치는 공포감을 마사노부는 놓치지 않았다. 실로 오랜만에 숨어 있던 괴물이 고개를 들었다. 그는 희열에 찬 얼굴로 중얼거리듯 말했다.

"내가 어떤 사람인지 모르지?"

"네, 중좌님."

"스기타 대위가 무섭지?"

"네."

"니가 그렇게 벌벌 떠는 스기타 대위도 나한테는 꼼짝도 하지 못해. 그럼 놈은 내가 마음만 먹으면 바로 이 기지에서 쫓아낼 수도 있어. 나는 그만큼 무서운 사람이란다. 그러니 내가 시키는 대로 하는 게 좋겠지? 내 말을 거역하는 날엔 스기타 대위를 시켜 가장 잔인하고 고통스러운 방법으로 너를 괴롭히라고 할 테다."

영수의 머리에 여러 가지 장면이 선명하게 스쳐 지나갔다. 쏟아지던 내장을 잡고 뒹굴던 이름 모를 누나의 모습. 장례도 못 치르고 야산에 버려진 아저씨의 모습. 당장 그날 아침에도 스기타의 군홧발에 사정없이 짓밟히던 길수의 모습.

마사노부는 영수의 뒤로 가서 섰다. 잠시 말없이 있던 마사노부의 손이 영수의 목덜미를 턱 잡았다. 그는 영수의 귀에 대고 속삭였다.

"아이야, 옷을 벗으렴."

영수는 흠칫 놀라 뒤를 돌아보았다. 마사노부는 실오라기 하나 걸치지 않은 알몸으로 서 있었다. 넓은 어깨와 축 처진 가슴. 굵은 팔 다리는 살집이 두둑했다. 산처럼 솟아 오른 배 아래로 수북한 사타구니 털이 검은 덤불을 이루었다. 그리고 영수의 팔뚝만 한 붉은 괴물이 뻣뻣이 고개를 쳐들고 영수를 노려보고 있었다.

영수는 다리에 힘이 풀려 주저앉고 말았다. 중좌는 몽롱한 표정을 지은 채 영수 앞으로 배를 내밀었다. 잔뜩 흥분한 붉은 괴물이 영수의 눈앞에서 까딱까딱 고갯짓을 했다. 마사노부가 말했다.

"겁내지 말고 인사하렴. 친하게 지내는 게 좋을 거야. 매일 같이 놀아야 하니까."

월화는 초원의 나무 뒤에 몸을 숨기고 두 시간 넘게 앉아있었다. 3월이긴 하지만 아직 바람은 차게 느껴졌다. 함께 따라온 불곰은 월화가 먼저 말을 걸기 전에는 입을 열지 않고 가만히 있었다. 둘이서 온 정찰이었다. 이런 일은 동행이 많으면 눈에 띄기 쉽고 위험하다.

태양은 공평하게 광야를 비췄다. 오후가 되자 파도처럼 쉴 새 없이 불어대던 겨울바람도 사라졌다. 따스하다고 말하기엔 일렀어도 봄이 왔음은 분명했다.

월화가 있는 곳은 23사단 조선인 부대 훈련 장소인 바위산 앞이었다. 임판석의 말에 따르면 저 앞에 있는 바위산으로 훈련을 나가는 부대가 보여야 했다. 월화는 가끔 망원경을 들어 전방을 살폈다.

눈앞에 특별한 움직임은 없다. 가끔 부는 모래바람 외에는 흔히 보이는 들짐승들도 보이지 않았다.

아직 기지 외부 훈련을 재개하지 않아서인가? 아니면 임판석의 정보가 부정확한가?

월화는 게릴라 부대의 리더로서 중요한 덕목 중 하나인 신중함을 가진 지도자였다. 이제는 동지가 되긴 했지만, 우연히 흘러들어온 조선인 탈영병인 임판석의 말만 믿고 덜컥 작전을 펼칠 생각은 없었다. 훈련을 나가는 부대의 규모도 직접 보고 파악하고 싶었다.

눈앞에 펼쳐진 광경은 이상하리만큼 조용했지만 겨우내 꽁꽁 언 땅이 풀리면서 뭔가가 부글부글 끓는 긴장감이 느껴졌다. 만주 대륙을 뒤덮고 있는 불안함. 그것은 전쟁의 기운이었다. 관동군이 몽골과의 국경 인접 지역에서 크고 작은 충돌을 벌인 정보가 있었다. 때로는 몽골군과 마찰을 빚기도 했고 소련군과 대치하는 사태도 종종 생긴다고 했다.

월화는 작은 정보도 놓치지 않고 주의를 기울였다. 그리고 종종 지금처럼 직접 정찰을 나서곤 했다. 정보 수집과 지형지물 정찰은 게릴라 부대를 이끌기 위해 빼놓지 말아야 할 활동이었다.

소련 측에서 관동군과의 전면전을 각오하고 있다는 첩보도 들어왔다. 일본의 관동군은 조선이나 중국에게는 겁나는 존재였지만 소련 측에서 볼 때는 그리 두려운 존재만은 아니었다. 특히 노몬한 일대가 문제였다. 일본 측은 하라하강(哈拉哈江, 합납합강)을, 소련 측은 그 북쪽인 노몬한 부근을 각각 국경이라 주장하며 의견 차이를 보였다.

월화는 새로운 생각에 접어들었다. 막막한 공간 어딘가를 응시하며 심각하게 고민하던 월화가 불곰에게 물었다.

"어떻게든 소련군과 손을 잡을 방법은 없을까?"

"소련놈이요? 그 놈들하고 어떻게 손을 잡습니까. 안 될 말이지요."

불곰의 말대로 쉽지 않은 일임은 알았다. 소련은 믿기 힘든 상대였다. 얼마 전까지 연해주 지역에 자리 잡고 있던 사람들의 기구한 운명을 보면 더더욱 그랬다.

한국인들이 러시아로 이주하기 시작한 것은 철종 14년, 1863년부터였다. 열 가구가 조금 넘는 농민들이 한겨울 밤에 얼어붙은 두만강을 건너서 우수리강(江) 유역에 정착했다. 그렇게 시작한 러시아 이주는 점점 활발해졌고 결국 연해주에 사는 한국 사람이 수십만 명을 헤아렸다.

연해주는 또 다른 의미에서 중요한 지역이었다. 일제의 감시를 피해온 독립 운동가들이 모여들면서 항일 운동의 근거지로 탈바꿈했다. 농민을 가장한 독립투사는 수만에 이르렀는데 대부분 열성적으로 항일 운동 의병에 참여했다.

소련도 그들의 항일 활동을 인정했다. 시베리아 전쟁을 치를 당시 소련을 도와 일본과 싸운 독립군 부대들이 적지 않은 공을 세

왔기 때문이었다. 홍범도 장군이 레닌에게 손수 권총 선물을 받았다는 소문도 파다했다. 그런데 돌아서니 무서운 남이었다.

일본과 대립할 때에는 동지처럼 함께 싸우던 소련 측의 태도가 돌변했다. 2년 전, 스탈린의 강제이주 정책이 시행되면서 소련은 연해주에 살던 조선인을 모조리 쫓아냈다. 20만 명에 달하는 사람이 삶의 터전을 잃은 채 중앙아시아로 끌려가야 했다. 대표적인 곳이 카자흐스탄이었다.

그들은 짐짝처럼 기차에 실려 수십일 간의 끔찍한 이동을 견뎌야했다. 굶어 죽고 앓다가 죽고 뛰어내리다가 죽었다. 그렇게 사라진 생명이 만 명을 넘었다. 살아남은 이들은 중앙아시아의 황무지에 내팽개쳐졌다. 말 그대로 아무것도 없이 다시 삶을 시작해야 했다.

끔찍한 소식은 월화를 비롯해 만주 지역에서 활동하던 항일 부대원들에게도 전해졌다. 소련에 대한 불신과 분노가 이만저만이 아니었다. 아무리 군사적인 이해관계가 들어맞는다고 해도 소련군과 연합 작전을 펴는 일은 신중해야 했다.

"더 좋은 방법이 있을 텐데."

월화는 혼자 중얼거렸다. 흰색 깃털이 머리에 둘러진 독수리 몇 마리가 멀지 않은 위로 휘이 날아갔다.

"계획이 서 계셨잖습니까? 놈들의 훈련 시간을 봐놓았다가 매복하고 뒤통수를 치는 작전. 임판석의 말대로라면, 며칠 지나지 않아 놈들이 기지 밖으로 기어 나오겠지요."

불곰이 덩치에 어울리지 않게 순진한 눈을 껌벅거리며 말했다.

"그래. 그것도 좋은 방법이야. 조선인 지원병들을 우리가 흡수한다는 점도 나쁘진 않고. 그런데 그런 식의 공격은 타격을 많이 입히지 못해. 일본군들에게 보다 큰 타격을 입히려면 작전의 규모가 달라져야 해."

불곰은 이상하다는 표정으로 고개를 갸우뚱했다.

게릴라 부대의 원칙 중 하나. 욕심을 내면 안 된다. 함정을 파놓고 기다리거나, 치고 빠지는 식의 공격은 성공률은 높지만 효과가 적다. 반복하다 보면 욕심이 생기는 법이다. 규모에 있어서도 마찬가지다. 소규모로 게릴라 전투를 하다 보면 규모에 대한 욕심이 생긴다. 욕심을 조심해야 한다고 양대장이 입버릇처럼 말했다. 결국 양대장 스스로도 세력을 키우려는 욕심 때문에 최후를 맞게 되었지만.

월화도 요즘 들어 자꾸 욕심이 생겼다. 언제까지 게릴라 전투로 일본군을 상대할 건가. 싸우지 않는 편보다야 낫지만 이런 식으로 싸워서는 대세를 바꾸지 못한다. 관동군의 만주 지배는 계속되고 조선은 일본의 식민지에서 벗어나지 못할 것이다. 그녀는 가슴 속에서 꿈틀대는 조급함과 싸우는 중이었다.

이럴 때 양대장이 있다면. 남편이 동지로서 곁에 있다면.

월화는 연약한 생각을 떨쳐버리려고 머리를 흔들었다.

"곰보 아저씨가 소련말을 잘 하지?"

월화가 물었다.

"그렇다고 들었습니다."

불곰이 대답했다. 곰보는 작년에 새로 들어온 나이 많은 부대원이었다. 연해주 지방에서 살다가 와서 소련말을 꽤 할 줄 안다고 했다. 부대장인 월화보다도 열 살이나 더 많은, 마흔 살의 노병이었다.

"소련군과 접촉해보시게요?"

불곰이 걱정되는 얼굴로 물었다. 월화는 대답을 하지 않았다. 불곰은 더 이상 묻지 않았다.

불곰은 그런 부하였다. 항상 깍듯하게 월화를 대장으로 대우했다. 실상 불곰은 월화보다 겨우 한 살이 어린 또래였는데도 그랬다. 성급한 구석만 빼면 훌륭한 군인으로서의 자질을 갖춘 부대원이었다.

불곰에게도 아픈 과거가 있었다. 그의 아버지는 양세봉과 함께 정의부에 몸담고 있었는데 일제에 발각이 되어 야밤에 집에서 끌려갔다. 3남 2녀 중에 장남이었던 불곰은 그날 밤의 기억을 문신처럼 가슴에 새겼다.

자정이 다 된 시간에 일본 순사들이 집안을 쑥대밭으로 만들어 버리는 난리통에도 아버지는 의연하셨다. 평소 자녀들에게도 민족 독립의 중요성을 목숨보다 소중하게 여기도록 가르치셨던 아버지였다. 아버지는 끌려가기 직전에 아들의 눈을 보며 말했다.

　— 나는 죽어도 죽는 것이 아니다. 민족의 독립을 위한 밑거름으로 산화한다. 그러니 슬퍼하지 마라.

　형무소에 들어간 아버지는 며칠 뒤 시체가 되어 가족들의 품으로 돌아왔다. 성한 곳 없이 온몸이 부러지고 멍들고 찢어진 시체였다. 불곰은 아버지의 장례를 치르며 몇 번이고 다짐했다. 목숨이 붙어 있는 날까지 천황의 개들을 처단하겠노라고.

　대부분의 사람이 빈민 생활을 하던 그 시절, 갑작스럽게 가장을 잃은 그의 집안은 풍비박산이라는 말 외에는 설명할 길이 없는 처참한 지경으로 곤두박질 쳤다.

　생계를 잇기 위해 어린 남동생 두 명은 광산으로 일을 하러 떠나고 한 살 어린 여동생은 일본 순사에게 강간을 당해 배가 불러오다가 문설주에 목을 매달았다. 시름시름 앓던 어머니까지 홧병으로 세상을 떠났다. 결국 불곰은 혼자 남았다. 살아도 산목숨이 아니었다. 불곰은 양세봉을 찾아왔고 독립군의 일원으로 다시 태어났다.

　"조금만 더 생각해보자. 우리 단독 작전이든 소련군하고 합동 작전이든 어쨌든 이 달이 가기 전에 작전을 펼친다."

월화가 단호하게 말했다.

겨우 내내 전투나 훈련 없이 지냈다. 부대원들의 전력 유지를 위해서라도 너무 늦지 않게 싸워야 한다. 오랫동안 쏘지 않은 총은 녹슬기 마련이니까.

"그러려면 일단 이놈들이 기지 밖으로 기어나와야 할 텐데."

그러면서 월화는 다시 쌍안경을 눈에 가져갔다. 닦아도 지워지지 않는 희뿌연 얼룩이 묻은 렌즈를 통해 막막한 초원의 풍경이 보였다.

"비가 오려나 봐요."

불곰이 중얼거렸다. 월화는 고개를 들어 하늘을 보았다. 한바탕 큰 비를 예고하는 먹구름이 낮게 깔리며 모여들었다.

봄이 한층 무르익었다. 삭막했던 기지 곳곳은 고개를 내미는 꽃과 나무가 틔워낸 잎사귀로 다양한 색채를 더했다. 아침 구보를 할 때면 이름 모를 꽃향기와 풀내음이 길 위로 드리워졌다.

영수가 사라진 지 벌써 한 달이 넘어가고 있다. 길수는 영수의 행방이 궁금해 견딜 수가 없었다. 그렇다고 스기타에 물어봤다가는 다시 흠씬 두들겨 맞을 터였다.

길수는 또렷하게 보았다. 처음 조선땅에서 끌려올 때 자신을 때리던 스기타의 눈에서 분명히 살기를 느꼈다. 그리고 얼마 전 기지 연병장에서 짓밟힐 때도 조절이 안 되는 살기를 확인했다. 스기타에게 맞아서 생긴 상처들을 볼 때마다 길수는 결심했다.

— 다시는 맞지 않겠다. 스기타 같은 개의 손에 죽으면 안 된다.

그리고 길수는 조심스럽게 어떤 계획을 짜기 시작했다. 아직 구체적인 방법까지는 도달하지 못한 계획이었다. 그럼에도 반드시 실행해야겠다는 마음은 날이 갈수록 강해졌다.

— 탈출하자.

오래전 월화와 함께 노예의 수렁에서 탈출했던 기억이 겹쳐졌다. 그때보다 더 힘들고 위험한 계획이었다. 그때야 걸리면 매질을 당하는 게 고작이었겠지만 이번에는 총살이다. 그때는 말도 통하고 지리도 아는 조선땅이었지만 이번에는 생경하기 짝이 없는 만주 벌판이다. 어찌해서 탈영에는 성공한다 하더라도 굶어 죽거나 마적단에 죽임을 당할 가능성이 높았다.

길수는 탈영의 성공 확률을 십 분의 일 밑으로 봤다. 시도하면 안 될 확률이었지만 이곳에서 끝까지 살아남을 확률보다는 높았다. 일단 판단이 서자 망설임은 없었다.

길수는 몸이 낫기가 무섭게 다시 체력 단련을 시작했다. 짬이 나는 대로 몸을 단단하게 만들고 병사들을 위한 무술 교본을 보며 살인의 기술을 익혔다.

딱 하나, 영수가 그의 발목을 잡았다. 안부를 알 도리가 없으니 미칠 노릇이었다. 살아만 있기를 바랐다. 만약 탈영을 하기 전에 영수를 만난다면 함께 데리고 갈 생각이었다. 어른들에게도 가혹한 이곳은 열네 살 아이에게는 지옥이었다. 지금까지 살아남은 일이 신기할 정도로. 길수는 탈영 계획을 실행에 옮기기 전에 영수가 돌아오기를 간절히 바랐다.

정대도 영수의 안부가 걱정되기는 마찬가지였다. 결국 정대가 스기타에게 영수의 행방을 물었다.

"그 꼬마는 운이 좋아. 중좌님의 당번병으로 차출이 되었지. 아마 따뜻한 막사에서 매일 큰 은혜를 입으며 지내고 있을 거다."

그렇게 말하는 스기타의 표정이 몹시 비열해 보였지만 정대로서는 달리 다른 짐작을 해볼 도리가 없었다. 그는 들은 대로 길수에게 전해주었다. 길수는 무겁게 고개를 끄덕였다.

저녁 배식을 마친 부대원들이 막사로 돌아왔다. 과연 버텨낼 수 있을까 싶던 혹한의 겨울이 지나가자 한결 활기찬 모습들이었다. 떠들고 웃는 이들이 내무반 안쪽에 모여 무리를 이루었다. 얼마 안 되는 급료를 쪼개 도박을 하는 이들도 있었다. 틈만 나면 자는 치들도 있었는데 점호 전에 누워 있다가 걸리면 호된 벌을 받아야 했기에 관물대에 등을 기대고 졸았다.

길수는 어느 쪽도 아니었다. 그는 무릎을 세우고 관물대를 마주

한 채 앉아 있었다. 가부좌 자세였다면 면벽 수행을 하는 모습으로 착각할 법도 했다.

영수가 모습을 감춘 뒤로 길수는 부쩍 말이 없어졌다. 가뜩이나 초점이 없던 그의 눈은 다른 사람과 마주치는 법이 없었다. 해야 할 훈련을 하고 먹어야 할 밥은 먹었지만 살아 있는 사람처럼 보이지 않았다.

정대는 걱정 어린 눈으로 길수를 지켜보았다. 길수는 정대의 시선을 전혀 느끼지 못하는지 미동도 하지 않았다.

그날 밤 둘은 오랜만에 함께 보초를 섰다. 앞의 보초로부터 총알이 두 발씩 든 소총을 건네받고 막사 건물 앞으로 나갔다. 둘이서 한 시간 동안 보초를 서고 다음 차례의 병사들에게 넘겨줘야 했다.

자정이 한참 지난 새벽이었다. 봄이긴 했으나 밤에는 소름이 오소소 돋을 만큼 추웠다.

길수는 말없이 앞만 응시하고 있었다. 정대는 이런저런 이야기를 꺼냈다가 길수의 반응이 없자 그만두었다. 길수의 반응이 이해가 갔다. 영수를 친아들처럼 아꼈던 길수였다. 스기타는 영수가 잘 지낸다고 했지만 눈으로 보기 전까지는 믿기 힘들다. 그들은 아무리 끔찍한 일도 일상으로 받아들여야 하는 시대와 공간에 존재했다.

"영수 녀석, 많이 보고 싶지요?"

노골적으로 영수 얘기를 잘 꺼내지 않던 정대가 그렇게 말을 걸었다. 계속 놔두다가는 길수의 정신이 이상해질까 봐 우려가 되어서였다. 길수는 보일 듯 말 듯 고개를 끄덕였다.

"잘 지내고 있을 겁니다. 어디서 뭘 한들 돼지우리 같은 내무반에서 지내는 팔자보다야 낫겠지요. 훈련도 많이 힘들어했으니 당번병 생활이 다행일지도 몰라요."

"정대야."

길수가 조용히 이름을 불렀다. 그 음성이 지나치게 가라앉아 있어서 정대는 침을 꿀꺽 삼켰다.

"나는 눈에 보이는 것만 믿기로 했다."

"무슨 말씀입니까?"

"영수가 죽었을지도 모르는 일이다."

"설마요."

"애써 외면하려고 하지 마라. 정말 잘 지낸다면 왜 그동안 한 번을 들리지 못하니?"

정대는 할 말이 없었다. 맞는 말이었다. 두 달이 넘도록 내무반에 얼굴 한 번 비치지 않았다. 영수가 쓰던 내무반 자리는 주인을 잃은 채 그대로였다. 심지어 수통 옆에 꽂아둔 숟가락도 주인을 기다리는 중이었다.

"무섭다."

길수가 툭 내려놓듯 말했다. 정대는 가슴 한구석이 꺼지는 기분이었다. 긴 침묵이 흘렀다. 야간 비행을 하는 비행 편대의 엔진 소리가 밤하늘을 갈랐다. 화답을 하는 짐승의 울음소리가 꺼억 꺼억 들렸다. 인간의 불빛이 방해하지 않는 깨끗한 화폭에서 별들은 한껏 빛을 뿜어내고 있었다.

"우리가 어떻게 할 방법이 없잖습니까?"

"그래, 맞다. 방법이 없다. 그래서 더 무섭다."

"마음 편하게 가지세요."

"어떻게 하면 마음이 편해질까? 나는 모르겠다."

"제 연애 이야기, 마저 해드릴까요?"

그 말에 길수가 정대를 힐끗 돌아보았다. 참으로 오랜만에 마주하는 시선이었다. 정대는 놓치지 않고 길수의 흥미를 이끌었다.

"명선 아씨하고 어떻게 되었는지 안 궁금하십니까?"

길수는 잠시 가만히 있다가 고개를 끄덕였다.

"해보아라."

표정도 한결 누그러진 얼굴이었다.

"좋은 시절이 계속 이어지지는 않았지요."

정대는 길게 숨을 내쉬며 눈을 감았다.

사랑의 열병이 깊어졌다. 금잔디 동산에서 데이트를 한 후로 정대는 매일 달뜬 몸으로 하루를 보내야 했다.

둘은 종종 산으로 강으로 나들이를 갔다. 그러다 입을 맞추고 서로의 몸을 더듬었다. 기분을 아득하게 만드는 들꽃 향기 속에서 뒹굴고 속삭이고 노래했다. 어쩌면 인생에 단 한 번뿐일 반짝이는 시간이 그렇게 흘러갔다. 하루하루 아쉽게.

명선 아씨와 정미소 정대가 눈이 맞았다는 소문은 금방 읍내에 퍼졌다. 같이 다닐 때면 정대는 조심을 하는 편이었는데 명선은 오히려 보란 듯 정대의 옆에 착 붙어 다녔다. 좋으면서도 두려웠던 정대가 불편해하는 기색을 보여도 아랑곳하지 않았다.

정대는 콧노래를 부르며 쌀 배달을 다녔다. 명선도 원래 밝던 얼굴이 더 밝아졌다. 그녀에게서는 사랑에 빠진 처녀의 눈부신 생명력이 흘러넘쳤다.

명선의 부친 윤대감은 양조장에 딸린 사무실에서 신문을 보고 있었다. 〈조선일보〉에 실린, 전국의 산책 명소를 소개하는 특집 기사였다.

— 상쾌! 룩색에 가을을 지고 산천돌이하는 좋은 시즌. 현대적 주말 휴양을 위한 토요 특집.

아내와 딸을 데리고 여행이나 한번 다녀와볼까?

그렇게 신문을 읽고 있는데 노크 소리가 들렸다.

"들어오시오!"

문이 열리고 들어온 사람은 딸의 정혼남 요시다 대위였다. 사무실에서 어음을 정리하고 있던 윤대감은 기분 좋은 얼굴로 요시다 대위에게 악수를 건넸다.

"반갑습니다, 대위님. 별고 없으셨는지요?"

윤대감은 맞은편 소파에 요시다가 앉도록 손짓을 했다. 요시다는 자리에 앉자마자 용건을 꺼냈다.

"몹시 당혹감을 느꼈습니다."

"당혹감이라니요?"

"모르셨습니까? 읍내에 떠도는 소문을 듣지 못하였습니까?"

"무슨 소문인지요?"

사람들은 정작 아버지인 윤대감 앞에서는 명선의 소문을 쉬쉬하며 조심하였던 것이다. 요시다 대위는 정대와 얽힌 항간의 풍문을 전해주었다.

"그럴 리가요. 제 여식은 그렇게 경거망동할 아이가 아닙니다."

"저도 둘이 같이 다니는 모습을 눈으로 본 적이 있습니다. 그래도 부인하시겠습니까?"

그제야 윤대감은 고개를 떨구었다.

"요시다 상! 죄송합니다. 제 부덕의 소치입니다."

257

"솔직히 전 배신감을 느꼈습니다. 처음 제가 대감님을 뵈었을 때는, 조선에도 이렇게 훌륭한 어른이 있구나 싶어 존경심을 갖고 있었습니다. 그런데 이게 다 무엇입니까?"

"유구무언입니다."

"오늘부터 명선 씨가 한 번이라도 더 그 상놈과 어울리는 모습이 눈에 띈다면, 전 저에 대한 모욕으로 생각하고 가만히 있지 않을 것입니다."

요시다는 강한 어조로 마지막 말을 남기고 나가버렸다. 윤대감은 허탈한 표정으로 소파에 앉아 고개를 젖혔다.

요시다는 두려운 인물이었다. 헌병대 대위라는 직함 자체도 만만치 않았지만 그것보다는 미나미 조선 총독의 조카라는 막강한 배경이 더 무서웠다. 그 배경의 의미는, 조선에서만큼은 내키는 대로 파괴해도 제제를 받지 않는다는 뜻이었다.

저녁을 먹고 방에 들어온 명선은 잡지를 펼쳤다. 얼마 전에 구입한 잡지 〈여성〉이었다. 워낙 예쁘게 멋내기 좋아하던 그녀의 최대 관심사는 구두였다. 정대와 연애를 시작한 이후로 명선은 예쁜 구두를 신고 그에게 선보이는 일이 또 하나의 기쁨이 되었다.

잡지에 실린 기사는 상세하게 최신 트렌드를 설명해주었다. 특히 이번 호에는 명선이 하나 마련하고 싶었던 스웨이드 구두에 대한 소개가 나와 있어 더 눈길을 끌었다.

— 예전에는 야회 때밖에 신지 못하던 세무 구두로 이 근래에
는 낮에도 신게 되어 로우힐의 워킹에도 괜찮게 되었습니다. 또
한걸음 더 새로운 것으로는 검은 스웨이드가 야외용의 러프한 의
복 아래 말쑥하게 보이는 것도 좋습니다. 브라운을 섞어 조화시킨
구두도 있습니다. 담색의 스포츠 구두는 칠팔 년 전에 없어진 유
행으로 지금은 다 없어졌다고 해도 좋습니다.

명선은 기사를 읽으며 무릎을 쳤다.

그래. 검은 세무 구두를 신어보자. 정대 씨도 어여뻐해 주겠지.

"아씨?"

문 밖에서 집에서 일하는 몸종의 목소리가 들렸다.

"네?"

명선은 잡지를 덮으며 고개를 돌렸다. 문이 조금 열리며 몸종이
얼굴을 보였다.

"대감님께서 사랑채로 잠깐 오라고 하시는데요?"

아버지가 사랑채에서 보자고? 그런 일은 좀처럼 없었는데.

"알겠어요. 곧 가겠다고 전해드리셔요."

명선은 읽고 있던 패션 기사를 마저 읽고 사랑채로 향했다.

항상 그녀를 보면 미소를 짓던 아버지의 얼굴이 심상치 않게
굳어 있었다. 명선이 들어오자마자 불편한 대화를 꺼냈다.

"요시다 상에게 상세히 들었다."

윤대감은 자기가 들은 이야기를 남김없이 해주고 난 뒤 물었다.

"그 말이 사실이냐?"

명선은 올 것이 왔다는 표정으로 잠시 있다가 고개를 끄덕였다.

"네, 아빠. 다 사실이에요."

윤대감의 손이 명선의 뺨으로 날아들었다. 태어나서 처음 아빠에게 뺨을 맞은 딸은 바닥에 쓰러져서 한동안 일어나지 못했다.

"내 길게 이야기하지 않겠다. 그 무식한 놈과 당장 헤어져. 일주일의 시간을 준다. 그 뒤에 또 그 놈과 만난다면 내 손으로 놈을 없애버릴 테다. 너는 아비의 명예에 먹칠을 했어!"

"명예요? 뭐가 명예인가요? 사업을 보호받기 위해 딸을 일본놈에게 넘기는 게 아빠의 명예인가요?"

명선이 벌떡 일어나서 대들었다. 다시 윤대감의 손이 날아왔다. 이번에는 뺨을 맞고도 명선이 쓰러지는 일이 없었다. 그녀는 꼿꼿하게 서서 윤대감과 마주 보았다.

"사랑의 감정이 다하면 헤어지겠어요. 하지만 일본놈의 비위를 맞추기 위해 제 감정을 속일 생각은 없어요."

"왜 이렇게 어리석게 굴어? 다 너를 생각해서야!"

"저를 생각하셨다면 제 의지를 물어보셨어야죠? 아빠 멋대로 요시다 상과 맺어버렸잖아요?"

"명선아, 내가 너를 잘못 키웠구나. 부끄럽지도 않니?"

"아니요. 전 제 자신이 자랑스러워요."

명선의 눈에는 눈물이 그렁그렁했다. 자식의 눈물을 보자 아버지의 마음도 울컥 흔들렸다.

"지금은 니가 정염에 눈이 멀어 이러는 게야. 아까도 말했지. 일주일의 시간을 주마. 니 힘으로 안 된다면 내가 그렇게 만들겠다."

윤대감은 먼저 사랑채를 나왔다. 분노와 배신감에 다리가 후들거렸다.

다음날 아침. 정대는 한참 문화주택 촌에 쌀배달을 돌고 나가는 길이었다. 쌀가마니를 다 내려놓은 빈 수레를 가볍게 끌고 가는데 누가 뒤에서 그를 불렀다.

"여보시오?"

돌아보니 하얀 저고리 차림의 어린 여자 아이였다. 정대는 걸음을 멈추고 물었다.

"누구시오?"

"저는 윤대감의 집에서 일하는 명선 아씨의 몸종이오. 아씨가 이걸 전해드리라고 해서…."

그러면서 몸종이 재빨리 전해주는 물건은 문종이 봉투에 든 편지였다.

"반드시 아무도 없는 곳에서 펴보아야 하오."

몸종은 총총 걸음으로 사라졌다. 정대는 설레는 마음 반 걱정되는 마음 반으로 편지를 허리품에 감췄다.

일이 다 끝나고 집으로 돌아가서야 편지를 꺼내 보았다. 만년필로 쓴 글이었다. 줄이 바르고 글자들이 옹골찼다. 글자 읽는 법을 배워놓기를 참 잘했다는 생각이 들었다.

힘이 쎈 정대 씨에게.

지금 축시가 넘었습니다. 마음이 힘들고 쓸쓸하여 편지를 쓰기 시작했으나, 정대 씨의 얼굴을 생각하니 그런 우울한 마음이 싹 가시었어요. 내일 오후에 금잔디 동산에서 만날 수 있을까요? 바람 쐬고 싶어서요. 학교 파하는 대로 갈게요. 많이 보고 싶습니다.

정대는 다 읽은 편지를 자기도 모르게 품에 꽉 안았다.

나무바닥이 깔린 교실에 올망졸망 모여 있는 아이들을 볼 때마다 명선은 마음이 푸근해졌다. 명선은 시름에 빠져 있는 민족과 조국을 위해 할 수 있는 최고의 역할이 교육이라고 확신했다. 학생들을 가르치는 일은 즐거움이면서 동시에 사명이었다.

영어시간이었다. 교탁 앞에 서서 다른 교사들과 함께 직접 등사

(謄寫)한 교재를 펼쳤다. 아이들도 지난 시간까지 배우다 만 페이지를 열어놓고 명선을 빤히 보고 있었다. 사람, 개, 하늘, 바다, 사과, 나무 등의 명사를 배우는 기초 챕터였다. 명선은 문득 교재를 교탁 위에 내려놓았다. 그리고 칠판에 큼직하게 영어 단어를 하나 썼다.

LOVE.

이제 막 열 살이 되었거나 아직 열 살도 되지 못한 까까머리 갈래머리 아이들은 의아한 표정으로 선생님을 보았다. 명선이 지휘봉으로 칠판을 가리키며 말했다.

"교재에는 아직 안 나왔지만 오늘은 이 단어부터 배우겠어요. 자, 여기 칠판에 쓴 단어, 아는 사람 있어요?"

아이들은 눈만 껌벅일 뿐 아무도 손을 들지 않았다.

"수많은 영어 말 중에 가장 아름답고 소중한 단어예요. 다른 건 몰라도 이 말만큼은 꼭 기억하세요. 자, 따라 해봐요. 러브."

아이들은 서툰 발음으로 따라 했다.

"자, 러브가 무슨 뜻이냐. 러브는 사랑한다는 뜻이에요. 나는 너를 사랑한다. 나는 너를 정말 좋아한다. 나는 너를…."

거기까지 말한 명선은 목이 메었다. 선생님이 오늘 좀 이상하다고 고개를 갸우뚱하는 아이들이 있었다. 명선은 겨우겨우 감정을 추슬렀다.

"러브는 선생님이 가르쳐준 단어 중에서 1번으로 기억해야 해요. 알겠죠?"

"네에."

아이들이 대답했다.

"이제 교재를 계속 공부해보죠."

명선은 다시 책을 들고 아이들 앞에 섰다. 그때 교실과 복도 사이의 창문으로 한 남자의 얼굴이 보였다. 요시다였다.

수업이 제대로 될 리가 없었다. 요시다는 감시원마냥 복도에서 기다렸다. 명선은 내내 불편한 마음을 달래며 겨우 수업을 끝내고 요시다를 만났다.

학교 운동장에 있는 벤치에 앉았다. 나무를 대충 잘라서 만든 벤치는 어른 둘이 앉으면 딱 맞는 크기였다. 명선의 예상과는 달리 요시다는 정대와 관련된 말은 한마디도 꺼내지 않았다. 새로 맡은 조선총독부 임무에 대해 이런저런 이야기를 늘어놓았다. 명선이 먼저 불쑥 화제를 바꾸었다.

"아버지 만나셨다고 들었어요."

"아, 그 이야기는 끝난 걸로 아는데요?"

"누구 마음대로 끝나요?"

요시다는 보통 때보다 억양이 높은 명선의 말에 미간을 찌푸렸다. 명선은 쏟아내듯 말해버렸다.

"아버님이 약조하신 혼사 이야기는 없었던 일로 하겠습니다. 동경 유학도 안 가는 쪽으로 결정했어요."

요시다는 차갑게 굳은 얼굴로 명선을 노려보았다.

"그런 중요한 일을 명선 씨 마음대로 결정한단 말이요?"

"그럼 누가 결정하나요? 저의 결혼과 유학에 관한 일을요?"

"이유나 들어봅시다."

"마음이 변했어요."

"나에 대한 마음도 변한 거요?"

그 말에 명선은 피식 웃으며 답했다.

"전 대위님을 몇 번 만나지도 않았잖아요? 마음 가진 적이 없는 걸요."

긴 침묵이 흘렀다. 요시다는 자리에서 일어났다. 그리고 흘리는 목소리로 말했다.

"마음 가지는 게 좋을 걸?"

명선은 더 이상 요시다를 보지 않았다. 갑자기 요시다의 손이 명선의 머리채를 확 낚아챘다. 그녀의 작은 입에서 외마디 비명이 터졌다. 요시다의 음성이 부들부들 떨렸다.

"주제를 모르고 까부는 조센징 년. 니 처지를 깨닫게 해주마."

요시다는 머리채를 던지듯 확 놓고 자리를 떴다.

저런 놈에게 머리채를 잡히고 욕을 듣다니.

억울하고 분했다. 명선은 아랫입술을 꽉 깨물고 울음을 참았다.

일을 마치고 사무실에서 나가려던 윤대감은 그 자리에 얼어붙었다. 한 번도 찾아온 적 없는 일본 순사가 네 명씩이나 한꺼번에 사무실로 쳐들어왔기 때문이다.

"이게 무슨 일이요?"

콧수염이 동그랗게 말린 순사가 손가락으로 윤대감의 얼굴을 가리키며 소리쳤다.

"천황 폐하에 역적 행위를 한 죄로 구속영장이 발부되었다!"

동시에 순사 두 명이 윤대감의 팔을 양쪽에서 붙들었다. 윤대감은 역정을 내었다.

"이놈들이! 이 팔 놓지 못해? 내가 누군지 알고!"

콧수염을 단 순사가 손바닥으로 윤대감의 얼굴을 거세게 쳤다. 짝 소리와 함께 코에서 피가 흘러나왔다.

"누구긴 누구야, 조센징이지. 끌어내."

윤대감이 계속 발버둥치자 콧수염 순사는 허리춤에서 곤봉을 꺼내 윤대감의 머리를 호되게 갈겼다. 윤대감은 정신을 잃고 축 늘어졌다. 그 모습을 본 사무실 급사는 겁에 질려 사무실 책상 아래 숨었다.

"빨리 끌어내!"

순사들은 윤대감을 데리고 사무실에서 나갔다. 곧이어 사복을 입은 청년들이 기름통을 들고 들어왔다. 그들은 사무실 곳곳에 기름을 끼얹고는 불을 붙였다. 목재로 만든 가구 일색이던 사무실은 금방 불길에 휩싸였다.

책상 아래 숨어 있던 급사는 가까스로 불길을 피해 사무실을 빠져나왔다. 밖은 난리였다. 양조장 전체가 불타고 있었다. 불구경 하는 사람이 잔뜩 모여들었다.

누군가 달려와서 사람들 틈을 거칠게 비집고 들어왔다. 정대였다. 그는 불타는 양조장을 목격한 뒤 외마디 신음을 흘렸다. 그리고는 급한 걸음으로 현장을 떠났다.

달렸다. 있는 힘을 다해 달렸다. 정대의 발걸음이 멈춘 곳은 윤대감의 집이었다. 불길한 예감이 맞았다. 언제나 굳게 닫혀 있던 집의 대문이 활짝 열려 있었다. 정대는 침을 꿀걱 삼키고 대문을 넘어섰다.

일꾼들이 마당에 주저앉아 통곡을 하고 있었다. 방에서 끄집어 낸 옷가지와 가재도구들이 흩어진 모습이 보였다. 창문은 모조리 깨져서 집안 곳곳에 유리조각이 널렸다. 정대는 쿵쾅거리는 가슴을 누르며 마당으로 들어갔다. 일꾼들은 울기만 할 뿐 정대에게 신경을 쓰지 않았다. 정대는 그중에서 안면이 있는 강 씨 아저씨를 발견했다.

"아저씨, 이게 어떻게 된 일이에요?"

강 씨는 침통한 표정으로 소식을 전했다.

"일본 순사들이 마님을 끌고 갔네. 독립군에게 군자금을 주었다는 누명을 씌운 모양이야. 무슨 욕을 보이려고. 우리도 오늘 안으로 이 집을 떠나야 하네. 내일 또 놈들이 온다고 했어. 한 사람이라도 집에 있으면 다 목을 베어버린다고 엄포를 놓았네."

"아씨는요? 명선 아씨는 어디 계세요?"

강 씨는 떨리는 손으로 집 안을 가리키며 말했다.

"이리떼 같은 놈들이 무슨 이유에선지 아씨한테는 손끝 하나 대지 않았어."

정대는 한 걸음에 대청마루로 올라섰다. 부서지고 찢겨진 안방 문을 밀었다. 그녀가 있었다. 눈물로 몸을 적신 명선은 정대를 보고서도 미동을 하지 않았다.

"명선 씨!"

정대가 달려가서 와락 안았다. 명선은 끅끅 우는 소리를 내며 어깨를 들썩였다.

"아씨라도 무사해서 다행이에요. 또 놈들이 오기 전에 어서 피신해요."

"안 돼요."

"안 된다니요?"

"요시다 대위가 밤에 찾아오기로 했어요. 부모님의 안위에 대해 할 말이 있대요."

"그 놈이 명선 씨까지 해칠지도 모르잖아요."

"전부 저 때문이에요. 그러니 제가 남아 있어야 해요."

정대는 명선 옆에 주저앉았다.

"요기는 하셨어요?"

"시장을 느낄 여유가 없네요."

정대는 부엌에 들어가 가마솥에 남아 있던 밥과 찬을 챙겨 들여 주었다.

"이거라도 먹어야 해요. 기운을 차려야 견뎌내지요."

명선은 그저 멍한 얼굴로 고개를 내저었다. 정대가 명선의 손을 꼭 잡았다.

"제가 주재소에 가서 상황을 알아보겠습니다. 저희 주인아저씨에게 부탁드려서 손 쓸 방법이 없나 찾아볼게요. 너무 걱정하지 마세요. 아무리 무례한 놈들이라고 해도⋯."

거기까지 말하다가 정대는 입을 다물었다. 방금 전에 본 양조장의 불타는 광경이 떠올라서였다.

놈들은 무슨 짓이건 다 할 테다. 놈들에게 우리는 같은 인간으로서 대우받지 못한다. 상놈도 양반도 빈자도 부자도 결국 조선인은 똑같은 조센징일 뿐이다.

정대는 명선을 한 번 더 꼭 안아준 후 떠났다. 어떻게 해서든 영감마님의 상황부터 알아봐야 했다.

죽음의 협박을 받은 식솔은 모두 떠났다. 폐허로 변한 저택 안에는 막내딸만 남았다. 식솔과 손님들로 활기찼던 집은 황량한 절망에 빠져버렸다.

그날 밤. 집을 찾는 검은 그림자가 있었다. 어둠 속에서 일정한 속도로 걷던 그림자는 부서진 대문 안으로 거침없이 들어갔다.

요시다였다.

그는 일부러 부하들을 보내면서 명선을 건드리지 말라고 특별히 명령했다. 물론, 간단하게 잡아오는 방법도 있었다. 그러나 요시다는 그렇게 쉽게 게임을 끝내고 싶지 않았다. 그에게 가장 견디기 힘든 감정이었던 모욕감, 그 굴욕을 안겨준 대상을 그렇게 쉽게 처리하고 싶지 않았다.

조센징 계집에게 똑똑하게 각인시켜주리라. 대일본제국의 요시다 대위, 조선 총독의 조카를 모욕한 게 얼마나 큰 죄인지를.

요시다는 마당에 들어섰다. 짙은 어둠 속에 잠시 멈춰 있다가 주머니에서 손전등을 꺼냈다. 손전등을 켜 쑥대밭이 된 저택을 비추어 보았다. 자신의 말 한마디에 몰락해버린 가문을 보며 요시다는 묘한 뿌듯함을 음미했다.

명선은 안방에 앉아 있었다. 불도 밝히지 않고 어둠 속에 앉아

있는 모습이 귀신 같기도 해 흠칫 놀랐으나 요시다는 곧 있을 정
복의 예감에 흥분하기 시작했다. 요시다를 본 명선이 자리에서 벌
떡 일어났다.

"어때? 이제 니 주제를 알겠지?"

"부모님은 지금 어디 계신가요?"

"아직은 주재소에 있어. 며칠 뒤 대구 형무소로 내려 보낼 생각
이야."

"형무소요? 우리 부모님은 죄를 짓지 않으셨어요?"

명선의 목소리가 심하게 떨렸다. 요시다는 어깨를 으쓱하며 되
물었다.

"역적질을 했는대도?"

"모함이잖아요? 아버지는 독립군하고 아무 상관도 없는 분이
세요."

"내가 누구야? 대일본제국의 대위 요시다야. 내가 말하면 진실
이 되는 거야."

"제발 그러지 마세요. 제발."

명선은 무릎을 꿇고 요시다의 바짓단을 잡았다. 요시다는 짜릿
한 기분에 흔들리는 목소리로 말했다.

"그래. 그럼 부모님에 대한 너의 효심을 시험해보겠다. 니가 어
떻게 하느냐에 따라 부모님의 안녕이 결정된다."

명선은 구슬피 울었다. 요시다는 몸을 굽혀 명선의 저고리 고름을 풀었다. 초승달 푸른빛을 받은 백옥 같은 앙가슴이 드러났다.

"좋아."

요시다는 천천히 명선의 옷을 모조리 벗겨냈다. 그리고 요시다가 명선을 일으켜 세웠다. 부유한 양반의 막내딸다운, 선이 곱고 탐스러운 몸매였다.

"누워라."

명선은 명령을 듣지 않았다. 멍한 얼굴로 서 있을 뿐이었다. 요시다가 그녀를 눕혔다.

"어차피 이렇게 될 운명인데 왜 일을 크게 만들었나? 멍청한 계집 같으니라고."

요시다는 허리띠를 풀고 바지를 내렸다.

"흠. 처녀의 냄새가 나는구나."

요시다가 명선의 다리를 벌리려는 순간, 명선이 갑자기 그를 걷어차버렸다. 발은 요시다의 입에 맞았다. 입술이 터지면서 피가 흘러나왔다. 예상치 못한 일격에 분노한 요시다가 소리를 질렀다.

"이런 개 같은 년을 봤나!"

요시다가 막 명선에게 달려드는 순간, 뭔가 그의 등에 꽂혔다. 잘 갈린 낫이었다. 등 근육이 급격하게 움츠려 들었다. 요시다는 외마디 비명을 남기며 무릎을 꿇었다. 뒤를 돌아볼 틈도 없었다.

등에서 뽑힌 낫이 연이어 달려들었다. 이번에는 그의 뒷목을 길게 베었다. 피가 분수처럼 솟구쳤다. 양손으로 가슴과 아랫도리를 가린 채 방 구석에 서 있던 명선에게까지 피가 튀었다.

요시다는 겨우 몸을 돌리고 적을 확인했다. 초승달 모양의 낫이 하늘의 초승달과 겹쳐져 보였다. 정대였다.

"네 놈이…."

거기까지 말한 요시다는 다음 말을 잇지 못했다. 고통 때문이었다. 정대는 한없이 슬픈 눈으로 요시다를 내려다 보았다.

"지옥에서 만나자."

그리고 마지막 낫질을 했다. 요시다는 본능적으로 양손을 뻗어 막아보려고 했으나 정대는 미친 사람처럼 낫을 휘둘렀다. 분노가 실린 낫에 요시다의 손가락이 잘리고 팔목이 난자당했다. 마침내 요시다가 반항할 기력을 잃게 되자 정대는 그의 목을 베어버렸다. 그걸로 끝이었다.

온몸에 피가 튄 정대의 모습은 어둠 속에서 저승사자처럼 보였다. 명선조차도 겁에 질려 벌벌 떨었다. 정대는 바닥에 떨어져 있는 명선의 옷가지를 집어들었다. 그마저도 요시다의 피에 흠뻑 젖어 있었다. 정대는 명선을 보며 말했다.

"나가야 해요. 갈아입을 옷이 있으면 빨리 챙겨 입으세요."

명선은 잠시 정신을 놓은 사람마냥 고개만 가로젓고 있다가 안

방의 자개농에서 엄마가 입던 옷을 대충 꺼내 걸쳤다. 요시다의 목에서 흘러나온 피가 명선의 맨발을 적셨다. 정대도 피에 젖은 옷가지를 벗고 윤대감의 옷으로 갈아입었다. 정대보다 머리통 하나쯤이 더 작은데다 체격도 한참 왜소했던 윤대감의 옷은 통 맞지가 않았다.

정대는 요시다의 손전등을 챙겨들고 나갔다. 마당에 딸려 있는 창고를 뒤졌다. 창고 구석에 쌓여 있던 거적 더미를 리어카에 싣고 나왔다. 요시다의 시체를 거적더미로 감쌌다. 명선은 하염없이 눈물을 흘리며 서 있었다. 정대는 명선의 어깨를 꽉 붙들었다.

"명선 씨. 이럴 때일수록 정신 차려야 해요."

명선은 애써 심호흡을 하며 고개를 끄덕였다. 정대는 시간이 더 지나기를 기다렸다. 자정이 넘은 시간이 되어서야 리어카를 끌고 집을 나왔다. 명선이 옆을 따랐다. 정대는 강으로 향했다. 요시다의 시체에 돌을 묶어 빠뜨렸다. 최대한 깊은 곳으로 시체를 끌고 갔다.

— 아주 가물지 않는 다음에야 시체가 드러나지 않으리라.

그리고 둘은 다시 집으로 돌아갔다. 안방에 질퍽하게 쏟아진 피를 감출 방법은 딱 하나밖에 없었다. 광에서 기름을 꺼내 집안 곳곳에 뿌렸다. 명선이 또 울음을 터뜨렸다.

"지금으로선 이 방법이 최선이에요. 양조장도 불에 타버렸으니

이 집이 불탄다고 의심하는 사람은 없을 겁니다. 요시다의 앞잡이들이 한 짓으로 생각하겠지요."

정대는 명선을 안심시켰다. 결국은 명선이 직접 성냥에 불을 붙였다. 활활 타오르는 집을 뒤로한 채 둘은 있는 힘껏 달렸다.

마을 사람이 하나둘씩 잠에서 깼다. 그들은 무거운 마음으로 지켜보았다. 오랫동안 마을에서 가장 부유하고 존경받던 윤대감의 집이 잿더미로 사라지는 모습을. 그러나 그들은 몰랐다. 그날 밤 그곳에서 어떤 일이 일어났는지.

사람들이 불구경을 하고 있을 무렵 정대와 명선은 마을 뒤편 산으로 숨어들었다. 옷을 모두 벗고 계곡 물에 몸을 담구었다. 원수의 피를 씻어내기 위함이었다.

살며시 뜬 눈처럼 휘어진 초승달이 말없이 둘을 내려다 보고 있었다. 둘이 서로의 몸을 볼 수 있을 만큼의 빛을 내려주면서. 가슴까지 차오르는 계곡의 물 위로 눈물겨운 빛이 출렁거렸다. 그들은 서로의 몸을 씻어주었다.

날이 밝으면 어떤 일이 닥칠지 몰랐다. 공포와 불안까지 씻고 싶은 듯 둘은 오래오래 서로의 몸에 물을 끼얹어주었다. 명선이 노래를 흥얼거렸다.

"옛날의 금잔디 동산에 메기같이 앉아서 놀던 곳. 물레방아 소리 들린다. 메기야 희미한 옛 생각."

정대도 나직하게 노래를 따라 불렀다.

"동산 수풀은 우거지고 장미화는 피어 만발하였다. 물레방아 소리 그쳤다, 메기 내 사랑하는 메기야."

노래가 끝났다. 누가 먼저랄 것도 없이 입을 맞추고 몸을 감쌌다. 그리고 사랑을 나누었다. 말을 하지 않아도 서로가 서로의 정인임을 약속했다. 달은 증인이 되어주었다.

몸을 씻고 미리 챙겨온 옷으로 갈아입은 둘은 산에서 내려왔다. 시간은 축시를 지나 묘시에 접어들었다. 정대가 무거운 목소리로 입을 열었다.

"당분간은 경황없이 지나가겠지만 결국 의심을 살 겁니다. 우리 관계를 아는 사람도 많고 요시다 대위와 명선 씨의 관계도 다들 알고 있으니까요."

"그래서요?"

"전 떠나야 합니다. 그래야 명선 씨가 무사할 수 있어요. 수사관들이 물으면 저와는 헤어졌다고 말하세요. 명선 씨는 전혀 모르는 일이라고요."

"안 돼요. 놈들은 조선 땅 끝까지 찾아가서라도 정대 씨를 찾아낼 거예요."

"그렇다면 조선땅이 아닌 곳에 가 있을게요. 절대로 잡히지 않겠습니다. 이삼 년만 시간이 흐르면 괜찮을 테지요."

명선은 그의 제안을 받아들이지 않았다. 정대도 그녀를 두고 차마 발걸음이 떨어지지 않았다. 그러나 다른 방법이 없었다. 정대는 명선을 품에 꼭 안으며 말했다.

"반드시 돌아올게요."

"그래야죠. 아직 트럭을 태워주겠다는 약속도 지키지 아니하셨잖아요."

"기다려주세요. 트럭을 몰고 명선 씨를 태우러 오겠습니다."

"그때는 신랑 각시가 되어 살아요."

명선이 울음을 터뜨렸다. 어른이 된 이후로 한 번도 열리지 않았던 정대의 눈물샘도 열렸다. 그들은 입을 맞췄다. 긴 입맞춤이 끝나고 명선이 정대의 눈을 보며 다짐 받았다.

"저를 잊으면 아니 되어요."

정대는 눈물을 뚝뚝 흘리며 고개를 끄덕였다. 둘은 서로의 얼굴을 어루만지며 오래오래 서 있었다. 젖은 눈망울에 별들이 내려앉았다.

요시다의 실종 사건으로 마을은 며칠 동안 떠들썩했다. 신체건강하고 전도유망한 젊은 장교가 갑자기 행방을 감추었으니 온갖 추측이 난무했다. 독립군이 납치를 했네, 심지어는 호랑이가 물어갔다는 소문이 퍼질 정도였다. 그 와중에 정대는 지원병으로 신청했다.

　사람들의 시선을 의식해서 명선과는 더 이상 만나지 않았다. 훈
련소로 떠나는 날, 지원병들을 실은 트럭에 타면서 정대는 고향
마을을 마지막으로 돌아보았다. 신작로 멀리 명선이 서 있었다.
하염없이 바라보던 그 모습이 마지막이었다. 정대는 가슴 속에 메
아리치도록 외쳤다.

　― 조금만 기다려요! 멋진 트럭을 타고 아씨를 태우러 올게요!

　"전주에 내려가서 간단하게 신병 훈련을 받았지요. 그리고 징
병열차를 타고 여기로 온 겁니다."

　정대의 과거를 들은 길수 역시 아무에게도 말하지 않고 간직했
던 비밀을 정대에게 털어놓았다. 천애 고아의 처지로 만났던 아내
와의 길고 긴 인연과 젊은 시절 독립군에서 활동하던 일까지.

　그날 밤 보초 임무가 끝나고 내무반으로 돌아와서도 둘은 한참
잠을 못 이루었다. 일본군 대위를 살해한 일이나 독립군에서의 활
동 경력은 누설될 경우 당장 총살을 당할 중죄였다. 둘은 서로의
심장을 나눠 가진 셈이었다.

　그러던 어느 일요일이었다. 부대원들은 낮잠을 자기도 하고 끼
리끼리 어울려 내무반 주변에서 공을 차기도 했다. 길수는 가만히

앉아서 생각에 잠겨 있었고 정대는 그 옆에서 잠을 잤다. 화투를 치는 이도 여럿이었다. 원래 부대 안에서 노름은 금지되어 있었으나 사람들은 직접 화투장을 만들어 몰래 화투를 즐겼다.

화투는 애초부터 일본에서 흘러들어온 노름이었다. 일본에서는 유곽의 창녀들이 하던 놀이었는데 조선에 전해진 뒤 서민들에게 급속히 퍼졌다. 일본인들이 일부러 조장하는 분위기도 있었다. '조선의 몸과 정신'을 소모시킨다는 이유에서였다.

내무반 구석에서 화투를 치던 치들 중 한 명이 패를 섞으며 화투 타령을 흥얼거렸다. 화투장의 각 달에 가사를 붙인 노래였다.

"정월 솔에 쓸쓸한 내 마음, 이월 매화에 매어놓고, 삼월 사쿠라 산란한 내 신세, 사월 흑싸리에 축 늘어지네. 오월 난초에 나는 흰 나비, 유월 목단에 웬 초상인가. 칠월 홍돼지 홀로 누워, 팔월 공산 허송한다. 구월 국화 굳어진 내 마음, 시월 단풍에 우수수 지네. 동지 오동에 오신다던 님은, 섣달 비 장마에 갇혀만 있네."

노래하는 남자 옆에 앉은 곰보 사내는 박자에 맞춰 몸을 흔들거리며 허벅지를 쳐서 추임새를 넣었다. 조용히 앉아 있던 길수가 자고 있던 정대의 어깨를 툭 쳤다. 잠에서 깬 정대는 미간을 찌푸리며 고개를 돌렸다.

"왜 그러십니까, 형님?"

"일어나봐라."

"에이, 한참 좋은 꿈을 꾸고 있었는데."

정대가 투덜거리며 큰 덩치를 일으켰다.

"잠깐 산책이나 할까?"

길수가 느린 걸음으로 내무반을 나갔다. 정대는 길수의 심상치 않은 눈빛을 보고 뒤를 따라나섰다.

길수는 막사 건물 옆의 공터로 향했다. 열댓 명의 부대원이 편을 갈라 공을 차고 있었다. 낡아서 잘 튀지도 않는 공을 차느라 다들 열심이었다. 길수는 멀찍이 떨어진 나무 그늘 아래에 섰다. 정대가 옆에 서서 길수의 말을 기다렸다. 대화가 들릴만한 거리에 사람이 없음을 확인한 길수가 입을 열었다.

"여기 온 뒤로 계절이 세 번 바뀌었네."

"그렇네요."

"나는 여기선 살아남기 힘들 거야."

길수는 진지하게 말했다. 정대는 동의도 부정도 하지 않았다.

"스기타가 나를 노리고 있어. 언젠가는 무슨 빌미를 잡아서라도 내 숨을 끊어놓으려고 할 테지."

"그런 생각은 하지 마십시오."

"아니야. 눈을 보면 알아. 놈이 날 가만히 놔둔다 해도 결국 전쟁의 총알받이로 죽게 될 거야. 소련과 크게 한번 붙는다는 소문이 파다해."

"그렇다고 어쩔 도리가 없잖습니까?"

"나는 죽으면 안 돼."

"죽어도 되는 사람이 어디 있수."

정대는 심각한 분위기를 누그러뜨리려고 괜히 핀잔을 주었다. 그런데 엄청난 말이 돌아왔다.

"나는 여기서 빠져나갈 생각이다."

정대는 할 말을 잃고 길수를 보았다. 길수는 천천히 고개를 끄덕여 확고한 의지를 보여주었다.

"그건 더 위험할 텐데요? 언제 어떻게 빠져나간단 말이오?"

"내일. 산악 전투 훈련을 나갈 때."

날이 따뜻해지면서 훈련이 재개되었다. 다음날 봄이 되고 처음으로 기지 밖으로 훈련을 나갈 계획이 있었다. 길수는 그 기회를 노렸다.

"산에서 굶어 죽기 십상이에요. 곰이나 호랑이 밥이 될지도 모르고요."

"겨울만 아니라면 산에는 먹을 것들 천지다. 산짐승은 여간해선 사람을 해치지 않아."

"포수라도 하셨수? 어떻게 그렇게 산을 잘 아우?"

정대는 빈정거리는 말투로 물었다.

"조선혁명군에 있던 시절 수년간을 산속에서 싸웠다. 누구보다

산을 잘 알고 산에서 오래 살아남을 수 있어."

그제야 정대가 수긍하며 고개를 끄덕였다. 길수는 말없이 정대를 응시했다. 정대는 그 눈빛의 의미를 알았다.

"알잖아요. 저는 지금 당장 돌아갈 곳이 없어요. 저에겐 장소가 아니라 시간이 중요해요. 몇 년의 세월을 보내기엔 여기만큼 좋은 곳이 없어요. 제가 잡히면 명선 아씨도 위험해지니까요."

"그럼, 부탁 하나만 하자."

"무슨 부탁이요?"

"영수를 돌봐줘라."

길수의 목소리는 더없이 비장했다. 정대는 길게 숨을 내쉬고 물었다.

"형님. 정말 갈 생각이오?"

길수가 고개를 끄덕였다. 그의 표정에서 느껴지는 결심은 바위처럼 단단했다.

"영수가 살아 있다면, 살아서 발견된다면 제가 형님처럼 돌봐주겠습니다."

긴 침묵이 흘렀다. 길수가 손을 내밀었다. 정대가 힘주어 잡았다. 마주친 두 남자의 시선은 오래도록 떨어질 줄을 몰랐다.

노몬한의 여름

날씨가 부쩍 더워졌다. 햇살은 하루하루 맹렬함을 더했고 잎이
무성한 나무에는 매미가 요란하게 울었다. 더위를 식힐 방책이라
고는 아무것도 없는 기지 안에서 병사들은 한여름의 개처럼 입을
벌리고 혀를 내밀고 다니기 일쑤였다.

그날은 영외 훈련이 있을 예정이었다. 길수가 마음속으로 품은
거사일이기도 했다. 정대에게 장담한 것과는 달리 조금만 생각을
해보면 무모한 계획임이 분명했다. 길수는 아침 구보를 하는 내내
비관과 불안을 떨치려고 노력했다.

— 만주땅에서 조선까지 무슨 수로 간다는 말인가? 걸어서? 그
러다 관동군에게 붙잡히면 바로 총살이다. 그렇지만 이 부대에 계

속 있는 한 고향에 돌아갈 희망은 없다.

실낱같은 희망이라도 걸어보는 게 옳다는 판단이 섰다.

"형님! 저기 좀 보세요!"

정신이 다른 데 팔린 채 달리고 있는 길수의 등을 정대가 툭툭 쳤다. 길수는 정대가 가리키는 쪽으로 시선을 돌렸으나 별다른 모습을 보지 못했다. 구보할 때 매일 봐오던 기지의 풍경이 아닌가.

"왜?"

"저기 좀 보세요. 영수 아닙니까?"

길수는 정신이 번쩍 들었다. 그제야 정대가 손으로 가리키는 정확한 지점을 찾았다. 그곳은 장교 막사였다. 몸에 안 맞는 어른 군복을 입고 문 앞에 서 있는 사람은 분명히 영수였다. 영수는 멍한 얼굴로 부대원이 구보하는 장면을 보고 있었다. 길수는 자기도 모르게 대열을 이탈해 영수에게 달려갔다.

"형님, 안 돼요! 어쩌시려고요!"

정대가 말렸지만 길수는 듣지 않았다. 다행히 구보 대열을 이끄는 일본인 하사관보다 뒤쪽에서 달리고 있었기에 당장은 눈에 띄지 않았다. 길수는 영수 앞에 섰다. 영수는 길수를 보고도 반응을 보이지 않았다. 텅 빈 눈동자에는 알 수 없는 두려움만 가득했다.

"영수야, 너 왜 이래? 괜찮니?"

넋 놓고 서 있던 영수는 갑자기 길수를 버럭 안았다. 겨울바람에 떨리는 어린 나무처럼 영수의 몸이 파르르 떨렸다. 영수는 힘 없는 목소리로 말했다.

"나 좀 데리고 가줘요."

"영수야, 무슨 일이니? 여긴 어디야?"

"무서워. 너무 무서워요."

불안하게 흔들리던 영수의 눈에 눈물이 맺혀 툭 떨어졌다. 길수는 영수가 어떤 일을 당했는지 짐작조차 할 수 없었다. 영수를 어떻게 해줘야 할지도 몰랐다. 그가 해줄 수 있는 일은 아무것도 없었다.

"거기서 뭐하나, 조센징!"

부대원들을 이끌고 구보하던 시마 하사관이 돌아보며 소리쳤다. 길수를 발견한 것이다. 영수가 울먹였다.

"괴물이 나를 괴롭혀요. 매일매일."

"괴물?"

영수는 길수의 목을 버럭 끌어안고 말했다.

"죽고 싶어요."

"바보 같은 소리 말아."

"혀를 깨물고 죽으려고 했는데 겁이 나서 못하겠어요."

"안 돼! 조금만 견뎌. 아저씨가 구해줄게."

"구해준다고요? 약속해요."

길수는 영수를 꼭 안았다.

"약속해."

멀리서 시마 하사관이 화내는 소리가 들렸다. 더 머뭇거리다간 위험하다. 길수는 영수에게 다짐하는 표정으로 고개를 끄덕여주고 떠났다.

오전에 영외 훈련을 나갔다. 길수는 다른 사람들처럼 구르고 기고 오르고 달렸다. 다만 입을 벌리지 않았다. 쉴 때도 밥을 먹을 때도 말이 없었다. 정대는 옆에서 그런 길수를 관찰했다. 훈련을 마치고 산을 내려오는 길에 정대가 물었다.

"형님, 괜찮으세요?"

길수는 긴 한숨을 토해냈다.

"이러지도 저러지도 못하는 상황이구나."

정대가 최대한 밝은 목소리로 안심시키려고 했다.

"그래도 영수가 살아 있어 다행이에요."

"모르겠다. 정말 모르겠다."

아침부터 잔뜩 흐렸던 하늘에서 비가 쏟아졌다. 땀과 흙먼지를 뒤집어쓰고 있던 사람들은 비를 반가워했다. 길수는 고개를 들어 얼굴에 비를 맞았다. 몇 겹으로 마음을 덮고 있는 괴로움 위로 빗방울이 아프게 떨어졌다.

구보를 마치고 온 부대원들이 쉬고 있는데 내무반으로 짜보가 달려왔다. 그는 내무반 전체를 향해 소리쳤다.

"전투가 벌어졌다!"

누워 있던 부대원들은 몸을 일으켰다. 짜보는 자못 긴장한 얼굴로 말했다.

"다들 군장을 꾸리고 대기하라는 명령이다."

한 번도 눈이 내린 적 없는 마을에 눈보라가 몰아친 것처럼 사람들은 동요하기 시작했다. 23사단의 기지로 온 지 6개월. 견디기 어려운 나날들이었지만 기지 안의 병영생활이었을 뿐 실제 전투는 없었다. 다들 군장을 꾸리며 불안한 기색을 감추지 못했다. 누군가 짜보에게 물었다.

"무슨 전투인지, 누구와 싸우는지 알려주시오."

"그런 건 알아서 뭣하나? 총이나 제대로 쏴."

짜보는 무시하는 투로 물어본 이를 면박 주었다. 그러자 정대가 짜보 앞에 섰다. 워낙 큰 체격 차이 때문인지 짜보는 기세등등하던 태도를 누그러뜨리고 한 걸음 뒤로 물러섰다.

"이봐, 짜보. 총구를 어느 쪽으로 향해야 할지는 알아야 총을 제대로 쏘지 않겠나?"

그러자 짜보가 말했다.

"소련놈들과의 전쟁이다. 나는 스기타 대위님한테 가봐야 하니까 다들 출동 준비나 하고 있으라고."

짜보는 후딱 내무반을 나갔다.

노몬한 전투라고 일컬어지는 처절한 싸움의 시작이었다. 여기서 노몬한이란 한자식 표현으로 노(소련), 몬(몽골) 간의 국경선 일대의 벌판을 지칭한다. 전쟁의 발단은 좀 엉뚱했다.

중일전쟁을 일으키며 중국 대륙으로 밀고 들어온 일본군은 북쪽의 몽골과 소련의 국경선 때문에 신경전을 벌여왔다. 그러다가 장고봉 지역을 놓고 일본군과 소련군 사이에 벌어진 국경 분쟁에서 일본이 소련에게 망신을 당하는 일이 벌어졌다. 이른바 장고봉 사건이다. 그 사건을 계기로 일본 관동군은 예하 부대에 '소련, 만주 국경분쟁처리요강'을 전달했다. 국경분쟁이 발생할 경우 초반부터 철저하게 소련군을 응징하라는 방침이었다.

그러다 때마침 5월 12일 노몬한 지역에서 강을 건넌 외몽골군과 관동군이 충돌하는 일이 벌어졌다. 23사단장 고마쓰바라(小松原) 중장은 즉각 부대를 출동시켜 외몽골군을 격퇴했다. 이대로 끝났다면 전쟁으로 번지지는 않았겠지만, 외몽골군은 상호원조 조약을 맺은 소련군에 지원을 요청했다.

이러다 보니 사태는 관동군과 소련군의 전투로 번졌다. 이것이 1차 노몬한 전투였다. 전차전으로 유명한 노몬한 전투지만 그건 나중의 양상이고, 처음에는 전차가 등장하지 않았다. 당시 전투를 치뤘던 소련군 제11기갑여단은 전차가 한 대도 없이 BA-6 장갑차와 Su-76 자주포로만 편성이 되어 있었고, 전투 당시 외몽골군을 지원하기 위해 출동한 예하 부이코프 저격 기관총대대의 차량은 전부 BA-6 장갑차였다.

공격해 들어온 일본군 역시 전차가 없긴 마찬가지였다. 94식 경장갑차 1대만이 배치되어 있었는데 소련군에게 바로 격파당했다. 유일한 장갑차를 잃은 일본군들에게 소련군의 BA-6 장갑차가 돌격해왔다.

일본의 아즈 중좌가 지휘하는 병력은 제대로 된 대전차 화기가 없었다. 소총과 수류탄, 그리고 '건빵 폭탄'이라고 부른, 나무 막대기 끝에 지뢰를 매단 급조품이 장갑차를 상대하는 무기의 전부였다. 일본군은 이틀 동안 기를 쓰고 저항했지만 결국 지휘관 아즈 중좌를 포함해 전 부대원의 70퍼센트에 달하는 병력이 몰살당하고 말았다.

관동군 수뇌부가 발칵 뒤집혔다. 그때까지 승승장구하던 일본으로서는 전투의 승패를 떠나 자존심을 다친 사건이었다. 게다가 상대는 러일전쟁 당시 승리를 거뒀던 대상인 소련이었다. 23사단의 지휘관들 사이에 설전이 오갔다.

"당장 제대로 병력을 동원해 소련놈들을 짓밟아야 합니다."

"소련군에게는 기갑 부대와 탐스크 지역의 항공대가 있습니다.

자칫하다가는 더 큰 손실을 입을지도 모릅니다."

"우리에게도 전차와 폭격기는 얼마든지 있습니다. 신속히 공격해야 합니다. 시간을 끌면 끌수록 소련놈들에게 준비할 시간을 벌어줄 뿐입니다."

"좀 더 적의 전력을 파악하고 전략을 짤 시간이 필요합니다. 러일전쟁은 해군끼리의 싸움이었지만 소련 육군은 생각보다 강합니다."

"극기의 정신을 잊었소? 지금 소련군의 전차가 겁나서 물러서자는 얘기요?"

이런저런 의견이 많이 나왔지만 일본군을 지배하고 있던 사무라이 정신이 강경론을 이끌어냈다. 전쟁을 해보지도 않고 패배를 걱정한다는 건 겁쟁이들이나 하는 짓이라는 분위기였다.

소련군 지휘부에서도 상황은 긴박하게 돌아갔다. 모스크바에서는 1차 노몬한 전투를 명백한 일본의 침략 행위로 간주했고 곧 일본군의 대규모 공격이 있을 가능성을 높게 봤다. 군 수뇌부는 게오르기 쥬코프 사령관을 제 57군단 사령관으로 임명하고 일본군과의 전투를 대비하도록 했다. 쥬코프 사령관은 대규모 증원을 요구했다.

이제 일본군과 소련군 모두 전투를 피할 수 없는 상황이었다. 누가 먼저 시작하느냐의 문제만 남아 있었다.

툭하면 당장이라도 출동할 것처럼 비상대기 명령이 떨어졌다. 아직 한 번도 실제 전투를 경험한 적 없는 조선인들은 하루하루 피 말리는 나날을 보냈다. 소련군과 몽골군에 대한 과장된 소문이 공포를 증폭시켰다.

몽골군은 사람의 고기를 먹는다, 소련놈은 총에 맞아도 안 죽는다더라, 막상 전장에 나가면 탄약이 부족해서 조선군에게는 빈총만 줘서 총알받이로 쓴다더라, 전투에서 지고 돌아오면 모조리 할복을 시킨다더라 등등.

부대원들 중에 가장 당황한 사람은 짜보였다. 그동안 그는 앞장서서 스기타의 명령에 복종하고 내무반장으로서의 역할을 다 했다. 작정하고 군대에 지원한 그로서는 당연한 일이었다. 그러나 막상 총탄이 난무하는 전장으로 나간다고 생각하니 너무 안일한 판단을 했음을 깨달았다.

짜보가 군대에 자원한 이유는 돈을 벌어 돌아가기 위해서였다. 경성에서 레코드를 취입하고 화려한 무대 위에 서기 위해서였다.

— 그런데 죽으면 다 무슨 소용이 있지?

짜보의 불안을 달래주는 유일한 존재는 위안부 하루코였다. 그녀는 벙어리였다. 하얀 피부에 새카만 머릿결을 가진 하루코(桃井). 밥도 제대로 못 먹고 잠도 제대로 못 자고 매일 거친 군인들의 정액을 받아내는 생활에 몸이 많이 상했지만 원래 그녀가 지닌 여성으로서의 아름다움은 아직 고갈되지 않고 남아 있었다.

일본군들은 하루코가 벙어리라는 점을 이용해 담뱃불로 몸을 지지는 장난을 좋아했다. 말을 하지 못하는 하루코가 막힌 목으로 울며 소리치는 광경을 보며 재미있어 했다. 주변에서 그런 말을 들은 짜보는 화가 치밀었지만 차마 티는 내지 못했다. 위안소를 찾아간 날이면 하루코의 상처에 약을 발라주곤 했다. 팔에도 목에도 배에도 가슴에도 함부로 담뱃불을 놓은 흉터가 늘어났다. 슬픈 별자리처럼.

짜보는 보았다. 처음에는 냉담하고 무표정하던 하루코의 눈빛이 시간이 지나면서 달라졌음을. 그는 자신이 특별한 존재로, 적어도 공중변소처럼 하루코를 대하는 뭇 병사들과는 조금은 다른 존재로 각인되었다고 생각했다. 착각이 아님을 빌면서 꾸준히 하루코를 만났다. 짜보는 다른 위안부들한테는 한 번도 가지 않고 하루코만 찾았다.

어떤 때는 성교를 하지 않고 가만히 안고 있다가 나갈 때도 있었다. 그럴 때면 짜보는 마치 하루코와 진짜 연인 사이인 감정을 느꼈다. 품 안에 가만히 안겨 눈만 깜박이는 하루코와 시선이 마주칠 때면 물었다.

"나를 사랑해, 하루코?"

하루코는 무슨 뜻인지 모르는 듯 가만히 짜보를 보기만 했다.

그는 대답의 의미로 이해했다.

"나는 너를 사랑해. 니가 참말로 좋다. 전쟁이 끝나면 너를 고향으로 데려갈게. 같이 살자. 좋지, 하루코?"

기약 없으나 언뜻 달콤하게 들릴 말에도 하루코는 표정의 변화가 없었다. 그래도 짜보는 자기 이야기를 다 털어놓았다. 그에게 있어 하루코는 일기장이었고 고해성사를 들어주는 신부였다.

일방적으로 말을 했음에도 불구하고 짜보는 대화를 하는 느낌을 받았다. 하루코는 귀가 아닌 눈으로 짜보의 말을 들어주었으니. 고마움을 표시하기 위해 짜보는 최대한 많은 군표(軍票)를 갖다주었다.

군표는 군사기지 안에서 현금과 똑같이 통용되는 일본제국의 군용수표였다. 물론 전쟁에서 질 경우 휴지조각이 될 운명을 지닌 슬픈 화폐였지만. 규율이 정비되어 있지 않은 부대이거나 위급한 상황에서는 군표조차 구경하지 못하고 막무가내로 군인들을 받아야 했던 위안부들도 있었다. 짜보는 월급 명목으로 받은 군표 중 많은 부분을 하루코에게 건네주었다. 짜보에게는 군표 한 장한 장이 꿈을 이뤄줄 징표였지만 하루코를 향해 영글어 오른 연민과 애정에 군표가 아깝다는 생각은 들지 않았다.

아침부터 비상대기 명령이 떨어졌다가 오후에 대기 명령이 풀렸던 6월의 어느 날이었다. 짜보는 군표를 챙겨 들고 위안소로 향했다. 하루코가 있는 2번 위안소 앞에 섰다. 안에서 용을 쓰는 남자의 숨소리가 들렸다. 자주 겪는 상황이었지만 익숙해지지 않는다. 그럴 때마다 속에서 불끈불끈 열불이 솟았다.

짜보는 위안소에서 좀 떨어진 곳에서 기다렸다. 기지 안의 풍경은 전투를 코앞에 둔 군사시설이라고 믿어지지 않을 만큼 한가로웠다. 푸른 하늘에는 초여름의 구름이 여유롭게 흘렀고 부지런히 부는 바람도 상쾌하게 피부에 와 닿았다.

원숭이 같은 얼굴상의 일본인 병사가 사타구니 쪽을 긁으며 위안소에서 나왔다. 짜보는 잠시 병사의 뒷모습을 쏘아보다가 위안소에 들어갔다. 빛이 적어 어두운 실내에 시큼한 정액 냄새가 감돌았다. 삐그덕 삐그덕 짜보가 걸음을 옮길 때마다 나무바닥이 우는 소리를 냈다. 하루코는 가늘고 하얀 팔을 늘어뜨린 자세로 가만히 누워 있었다.

"하루코, 내가 왔어."

짜보가 말했다. 반응이 없었다. 짜보는 침을 삼켰다. 천천히 숨을 내쉬고 하루코 옆에 몸을 눕혔다. 하루코의 아랫도리에서 피가 흐르고 있었다. 생리혈인지 찢어져서 흐르는 피인지 구별이 안 갔다. 짜보는 위안소에 널브러진 헝겊 중에서 덜 더러운 헝겊을 찾아 하루코의 아래에 대어주었다. 방금 전까지 밖에서 기다릴 때만 해도 부글거리던 성욕이 사라졌다.

잠시 침묵이 흘렀다. 짜보는 한 번도 하루코에게 하지 않았던 이야기를 털어놓았다.

"전투가 벌어질지도 몰라. 소련군하고 싸울 계획인가 봐. 우리 기지에 있는 병력이 총동원될 거라는 소문이 파다해. 나는 정말 전투가 싫지만 어쩔 도리 없이 나가게 될 거야. 혹여라도 내가 여기 오랫동안 들리지 못한다면 죽었다고 생각해."

하루코는 언제나 그랬듯이 큰 눈망울을 껌벅이며 짜보를 보기만 했다.

"어쩌면 오늘이 마지막일지도 몰라. 내일이 마지막일지도 모르고. 운 좋으면 전투를 피하려나? 전투에 나갔다가 살아 돌아올 수도 있을까? 잘 모르겠어."

짜보는 불안감을 떨쳐내려는 듯 하루코를 꼭 끌어안았다.

"내가 다시 오지 않으면 하루코는 내가 보고 싶을까?"

짜보가 하루코를 보며 물었다. 반응이 없는 그녀를 보며, 왼쪽 뺨에 담뱃불로 지진 흉터가 선명한 그녀의 얼굴을 보며 짜보는 눈물을 툭 떨어뜨렸다. 그러자 하루코가 고개를 끄덕였다. 짜보는 놀라 말했다.

"내 말을 알아들었어? 그래서 끄덕인 거야?"

그러자 하루코의 파리한 입술이 들썩였다.

"죽지 말아요. 살아 돌아오세요."

"하루코!"

짜보는 소리치며 하루코를 쓰다듬었다. 믿기지 않았다. 그녀의 입이 열리다니. 다시 하루코가 말했다.

"미안해요. 여기에 끌려오는 순간 다짐했어요. 벙어리로 살겠다고. 아무것도 듣지 않고 말하지 않겠다고."

이번에는 짜보가 아무 말도 하지 못했다. 그는 충격과 감격에 어리둥절한 상태였다. 하루코가 물었다.

"정말 전쟁이 벌어지나요?"

"다들 그렇게 말해. 작전에 대해 잘 입을 열지 않는 일본군 장교들조차. 요즘은 하루 걸러 하루로 출동 대기 명령이 떨어져. 한밤중에 완전군장으로 집합하는 경우도 있고."

하루코는 고개를 끄덕이며 어떤 생각에 잠기는 얼굴이었다. 짜보는 다시 그녀를 끌어안았다.

"하루코! 많이 아팠지? 힘들었지?"

"고마웠어요. 당신이 나를 생각해주는 마음."

"나는 단순히 너를 생각하지만 않아. 나는 너를 사랑해."

"사랑이요?"

"응. 사랑."

"그렇군요."

"하루코는 내가 마음에 들지 않아?"

"여기 있으면서 그런 마음이 생길 것 같아요? 전 여기서 한 가지 생각밖에 안 해요."

"무슨 생각? 살고 싶다는 생각?"

"아니요. 절대로 죽지 않겠다는 생각이요."

"그게 무슨 차이가 있지?"

"살고 싶다는 생각은 사치스러우니까요. 죽지만 않았으면 좋겠어요. 이렇게 죽으면 안 돼요. 어제 옆 위안소에 있던 여자가 죽었어요."

"그랬어? 나는 몰랐어."

"나도 왜 죽었는지는 몰라요. 오늘 아침에 군인들이 와서 끌어내는 통에 알게 되었어요. 자결을 했을지도 모르죠. 죽음은 그렇게 바로 곁에 있어요. 총에 맞아야만 죽는 건 아니지요."

"나도 죽음은 두려워. 그동안 내가 했던 이야기들 다 기억해?"

"네. 경성에서 당신이 살았던 이야기, 가수가 되고 싶다던 당신의 꿈 이야기도 다 알아요. 당신이 여기서 불러준 노래도 잘 들었어요. 꽤 잘하던 걸요?"

"정말로?"

"나도 노래 좋아해요."

"예술과 풍류를 아는 하루코구나! 하루코는 어떤 노래를 좋아해? 재즈? 클래식? 아니면 경음악? 하루코도 잘하는 노래가 있으면 불러봐. 노래를 부르면 걱정도 잊혀지니까."

하루코는 조용히 위안소의 벽 어딘가를 응시했다. 그녀의 입술이 부르르 떨리더니 노래가 흘러나왔다.

"옛날의 금잔디 동산에 메기같이 앉아서 놀던 곳. 물레방아 소리 들린다. 메기, 내 사랑하는 메기야."

짜보는 보았다. 어떤 고통에도 눈물을 보이지 않던 하루코의 눈이 젖어들고 굵은 눈물이 뺨을 타고 흐르는 모습을. 한번 흐르기 시작한 눈물은 강을 이루었다. 짜보는 차마 눈물을 닦아줄 생각도 하지 못했다.

성노예 하루코. 입을 닫은 그녀에게 일본군이 아무렇게나 붙인 이름이었다. 조선에서는 명선 아씨로 살았던 그녀는 울먹이는 음성으로 계속 노래했다.

"동산 수풀은 우거지고 장미화는 피어 만발하였다. 옛날의 노래를 부르자. 메기, 내 사랑하는 메기야."

광기와 욕정과 절망으로 찌든 공간에 노래가 흘렀다. 이루지 못한 연인들이 금잔디 동산에서 흥얼거리던 노래가.

노래를 마친 명선은 짜보의 손을 잡았다. 짜보의 눈을 보면서 말했다.

"제 이름은 명선이에요. 제 이야기를 들어보실래요?"

월화는 임판석으로부터 얻은 첩보에 따라 23사단 조선인 부대의 영외 산악 훈련지를 파악했다. 몇 번이나 염탐을 나갔다가 허탕을 친 끝에 훈련 현장을 목격할 수 있었다. 부대원의 동선과 실제로 훈련하는 모습까지 확인했다. 월화는 공격을 결정했다. 실로 몇 달만의 전투에 부대원들은 바짝 긴장했다.

아침부터 햇살이 맹렬하던 어느 여름날 길을 떠났다. 월화는 부대원 100여 명을 이끌고 산에 올랐다. 23사단 조선인 부대의 훈련지가 내려다보이는, 사격에 유리한 위치에 매복했다. 그리고 기다렸다. 기다림은 게릴라 부대의 가장 중요한 덕목이었다. 참을성 없는 맹수가 사냥감을 놓치듯, 섣불리 움직이거나 포기하면 전과를 올리기 어렵다는 사실을 월화는 잘 알았다.

"너무 일찍 왔나요?"

성질 급한 불곰이 조바심을 냈다. 월화는 빙긋 웃으며 불곰의 어깨를 두드려주었다. 노란 몸통에 흰 깃털이 머리에 깃발처럼 달린 산새 한 마리가 그들 머리 위로 날았다.

월화는 산에서 매복할 때마다 피비린내 나는 살육과 대비되는 자연의 평화로움이 비현실적으로 느껴졌다.

총소리만 없다면 영원히 새소리만 들릴 공간일 텐데. 봄이면 꽃이 피고 여름이면 나뭇잎이 무성하고 가을이면 열매가 영글고 낙엽이 지고 겨울이면 눈꽃이 절경일 텐데. 곧 피비린내 나는 살육의 현장으로 바뀌리라.

임판석은 멀리 떨어진 바위 뒤에서 졸고 있었다. 그가 없었다면 이번 작전은 불가능했을지도 몰랐다. 이번 작전은 단순한 치고 빠지기 식의 공격이 아니었다. 지휘관의 저격이 목표다. 선제공격으로 기선을 제압한 후 최대한 많은 조선인 병사를 우리편으로 끌어들이는 게 중요하다. 월화는 부대원들에게도 이번 작전의 핵심에 대해 누누이 강조했다.

월화는 들고 있는 총을 쓰다듬었다. 1936년부터 미군들에게 보급된 M1 개런드 소총이었다. 독립군을 떠났던 그녀가 다시 돌아와 부대를 이끌게 되었을 때 중국공산당 간부에게 받은 선물이었다. 그는 이렇게 부탁했다.

— 동북항일연군의 대장들에게 주는 선물이요. 부디 이 총으로 최대한 많은 일본군의 심장을 뚫어주길 바라오.

그의 바람대로 월화의 손에 들린 개런드 소총은 수십의 일본군 목숨을 빼앗았다. 이전까지 쓰던 소총들이 보통 5발을 장탄했는데 개런드 소총은 3발이 더 많은 8발을 장탄할 수 있었다. 단점은 소음이었다. 8발을 모두 사격하면 자동으로 클립이 튕겨져 나오는데 그 소리가 몹시 커서 주변의 적에게 탄창이 비었음을 알려주는 역효과를 내기도 했다.

월화는 개런드 소총 앞에 잘 갈린 총검을 꽂고 조준 사격을 위

해 조준경까지 달았다. 좀처럼 적응이 안 되던 총의 무게도 이제
는 익숙한 감각이다. 월화는 개머리판을 어깨에 붙이고 조준경으
로 주변을 둘러보았다. 아직 적은 나타나지 않았다.

"독립이 되도 나는 산에서 살아야겠어요."

불곰이 야생화를 손가락 끝으로 툭 건드리며 말했다. 월화는 총
을 내리고 불곰을 돌아보았다.

"왜? 지겹지도 않아?"

"다른 데선 못 살 거 같아요."

"장가는 어떻게 가려고? 산에서 살겠다는 사내에게 시집올 사
람이 있을까?"

월화의 말에 불곰은 큰 덩치가 무색하게 수줍은 표정을 지었다.

"제가 산에서 살든 마을에서 살든 저 같은 놈한테 시집 올 처자
가 있을까요?"

"왜? 분명히 짝이 있을 거야."

"정말 그랬으면 좋겠어요. 아이도 낳고…."

거기까지 말하던 불곰은 입을 다물었다. 아차 싶은 표정으로 월
화의 눈치를 보았다.

"죄송합니다, 대장. 괜히 아이 얘기를…."

월화는 애써 대수롭지 않는 투로 말했다.

"괜찮아."

월화는 바람이 흔들리는 푸른 들꽃으로 손을 뻗어 보았다. 노란 나비가 하늘하늘 날더니 잠시 꽃에 앉았다. 조화롭게 겹쳐진 꽃과 나비의 색이 너무나도 예뻐 월화는 눈을 떼지 못했다.

조선에 살던 시절, 종종 집 근처의 동산에 나들이를 가곤 했다. 건우는 나비를 좋아해서 나비가 눈에 띌 때마다 쫓아갔다. 아직 뛰는 것도 손동작도 어설픈 아기에게 잡힐 나비는 없었다. 건우를 위해 나비를 잡아주려고 길수와 함께 한참을 쫓아다니다가 실패하고 한바탕 웃던 일이 기억났다. 건우가 세 살이었나?

그때 무슨 소리가 들렸다.

"대장!"

불곰이 월화를 불렀다. 그녀도 뭔가 잘못되었음을 알았다. 소리는 아래에서 들리지 않고 뒤편 산등성이에서 들렸다. 월화가 막 몸을 돌리려는 순간 총소리가 날아들었다.

표현 그대로 비처럼 퍼붓는 총탄이었다. 월화는 숨을 데가 없어 바닥에 엎드렸다. 그녀가 외쳤다.

"기습이다! 다들 숨어! 조심해라!"

이미 늦었다. 뒤에서 덮친 적은 마음 놓고 월화의 부대원들을 사냥했다.

"대장, 어떡하죠? 어떻게 합니까?"

불곰이 다급하게 물었다. 월화는 뭐라고 지시를 할 수 없었다.

"일단 최대한 공격을 피해…."

월화가 말을 마치기 전에 불곰이 털썩 무릎을 꿇었다. 그녀 앞에 쓰러진 불곰은 배를 움켜쥐었다. 피가 줄줄 흘러나왔다.

"대장….."

결국 불곰은 앞으로 고꾸라졌다.

총소리와 흙먼지가 골짜기에 어지럽게 흩어졌다. 총탄은 정오의 태양과 겨루기라도 하듯 맹렬하게 쏟아졌다. 오래 걸리지 않아서 월화의 부대원 대부분이 사살당했다.

월화는 몇 안 되는 생존자를 이끌고 계곡을 내달렸다. 가쁜 숨이 턱 아래로 차올랐다. 뒤에서 쏴대는 일본군 총소리는 죽음을 향한 시계초침처럼 귓전을 울렸다. 부대원들의 비명이 들렸다. 월화는 곧 자신도 단말마의 비명을 내뱉게 되리라는 걸 알았다.

"야, 이 개새끼들아!"

뒤따르던 부대원 한 명이 고함치는 소리가 들렸다. 곧이어 일본군에 맞서 대응사격을 하는 총소리가 잇따랐다. 미약한 저항이었다. 월화도 걸음을 멈췄다. 이렇게 죽나 저렇게 죽나 마찬가지다. 그녀는 몸을 돌렸다. 그런데 문득 총소리가 멎었다. 일본군의 모습도 보이지 않았다.

"대장! 놈들이 안 보입니다."

유일하게 살아남은 부대원이 월화를 돌아보았다. 둘은 등을 맞댄 채 주변을 살펴보았다. 계곡을 뒤흔들던 총성은 언제 그랬느냐는 듯 멈추었다. 소음보다 더 무서운 정적이 흘렀다.

"갔나 봐요."

부대원은 불안감에 사로잡혀 부들부들 떨고 있었다. 월화가 말했다.

"일본놈들이 그냥 돌아갔을 리 없다. 놈들은 우리를 보고 있을지도 몰라."

"빨리 내려가요, 대장. 무서워요."

순간 땅, 하는 총소리와 함께 부대원이 무릎을 꿇었다. 얼굴에 구멍이 뚫렸다. 아직은 더운 피가 쭉 흘러나왔다.

저격수다!

월화는 다시 달렸다. 최대한 나무와 바위가 있는 사이사이로 움직였다. 살아남겠다는 원초적인 본능이 그녀를 달리게 했다. 얼마나 시간이 지났을까, 월화는 갈라진 틈 양쪽으로 쌍둥이처럼 똑같이 생긴 바위 뒤에 몸을 숨겼다. 계곡이 내려다 보이는 좋은 위치였다.

온몸이 긁히고 까진 상처투성이였다. 땀에 흠뻑 젖은 가슴이 쉼없이 오르내렸다. 자칫하다 숨 헐떡이는 소리가 크게 들릴까 봐 겁이 날 정도였다.

월화는 차츰 호흡을 고르고 나서 다시 총을 장전했다. 조준경을 통해 바위틈으로 아래를 내려다 보았다. 뭔가 소리가 들려 방아쇠에 손을 얹고 총구를 돌렸다. 노루였다. 고개를 치켜들고 주변을 두리번거리던 노루는 오른쪽으로 폴짝 뛰어갔다.

월화가 막 총을 내려놓으려는데 다시 노루가 반대편으로 달렸다. 계곡 오른쪽에서 일본군의 모습이 보였다. 하나 둘 셋 넷, 모두 다섯 명이다. 그중 한 명은 월화와 똑같은 M1 개런드 소총을 들었다. 조준경을 부착한 걸 보면 저격수가 틀림없다. 아마 본대는 멀리 떨어지지 않은 곳에서 수색을 하고 있으리라.

가만히 있는 게 상책이다. 수색을 하다 포기하고 돌아갈 때까지 기다리면 된다. 월화는 숨소리마저 낮게 죽이고 일본군들의 동태를 살폈다. 그런데 놈들이 바위 쪽으로 올라오는 모습이 보였다.

월화는 다시 방아쇠에 손을 올렸다. 방법이 없다. 이대로라면 발각되고 말 것이다. 월화는 마지막으로 눈을 감고 기도했다. 자신을 위한 기도가 아니었다.

— 신이시여. 남편과 아들을 지켜주십시오. 제가 흘리는 피가 헛되지 않게 조국의 독립을 이뤄주십시오.

월화는 제일 앞에서 다가오는 병사를 정조준했다. 방아쇠를 당겼다.

탕—.

계곡이 울리고 월화의 총에 맞은 병사가 쓰러졌다. 월화는 연이어 한 명을 더 죽였다. 혼비백산한 일본군이 풀숲으로 뿔뿔이 흩어졌다. 월화는 다음, 그다음에도 일본군을 맞추지 못했다.

이제 곧 본대 병력이 총소리를 듣고 몰려오겠지. 그때까지 여기서 빠져나가지 못하면 끝장이다.

월화는 뒤를 돌아보았다. 수풀이 빽빽하게 우거진 산이었다. 잘만 하면 포위망을 뚫고 산을 타고 빠져나갈 수 있을지도 몰랐다. 월화가 막 자리를 뜨려는데 아래에 움직이는 일본군 병사가 보였다. 그녀는 어김없이 방아쇠를 당겼다. 총에 맞은 병사가 쓰러짐과 동시에 놀란 병사 한 명이 튀어나왔다. 다시 발사! 빗나갔다. 일본군이 월화 쪽으로 총을 쏴댔다. 월화는 반사적으로 놀라 몸을 숨겼다.

적의 사격이 잠잠해지자 월화는 총구를 내밀고 아래를 살폈다. 일본군 한 명의 어깨가 아람드리 나무 밖으로 드러나 있었다. 월화는 이를 꽉 다물고 조준해서 방아쇠를 당겼다. 불발이었다. 어디서 날아오는지 모르는 총알이 월화가 숨어 있는 바위 위로 튀었다. 월화는 아예 등을 돌리고 몸을 피했다. 마음이 조급해졌다. 본대가 다가오고 있을 텐데. 한 놈만 더 처리하고 바로 도주해야겠다는 판단이 섰다.

총성이 잠시 멎었다. 월화는 조심스럽게 주변을 살폈다. 조준경을 통해 수풀 안에 숨어 있는 일본군 군복이 보였다.

저놈을 처리하면 한 명만 남는다. 그 정도는 따돌릴 수 있겠지.

월화는 조준경의 십자눈금 한가운데 목표물을 맞추고 방아쇠를 당겼다. 수풀에 숨어 있던 일본군이 쓰러지는 모습이 보였다. 동시에 '팅!' 하는 요란한 금속성 소리가 계곡에 울렸다. 8발들이 탄창이 비었다는 신호였다.

"빠가야로!"

아래쪽 바위 뒤에 숨어 있던 일본군 저격수가 달려왔다.

아차!

월화는 가슴이 덜컥 내려앉았다.

개런드 소총의 특징을 아는 자다. 탄창을 갈아 끼울 시간을 이용해 덮치겠다는 심산이 분명해.

월화는 탄창을 포기하고 자리에서 일어섰다. 총검을 앞세우고 앞으로 달려나갔다. 예상치 못한 공격에 당황한 일본군 저격수는 월화를 향해 총을 쐈지만 빗나갔다.

"죽어!"

월화가 소리치며 총검으로 저격수를 찔렀다. 저격수 역시 총으로 월화의 공격을 막아냈다. 남자인 자신이 유리했다고 판단했는지 그는 대담하게 총검을 휘둘렀다. 월화의 눈앞으로 섬뜩한 칼날이 스쳐 지나갔다. 이번에는 월화의 공격. 다음에는 그의 공격. 밀리면 죽는다. 사력을 다한 남자와 여자의 총검술이 펼쳐졌다. 매번 합이 거듭될 때마다 숨소리와 기합소리가 더 거칠어졌다.

시간을 끌면 불리하다. 아무래도 남자인 놈이 유리해.

월화는 일부러 지친 척하며 뒤로 물러섰다. 그 모습을 본 상대
가 총을 크게 휘둘렀다. 틈을 놓치지 않았다. 월화는 몸을 굽히며
그의 배를 찔렀다. 억, 외마디 비명과 함께 물컹하게 빨려 들어가
는 기운이 손끝에 전해졌다. 명치 바로 아래 총검이 꽂힌 일본군
은 꺽꺽 소리를 내며 몸을 숙였다. 월화는 재빨리 총검을 뺐다. 놈
은 수풀에 쓰러졌다. 월화는 고통에 굽어진 그의 등을 몇 차례 더
찔렀다.

이제 다 죽었다.

월화는 조금이라도 더 빨리 도주로를 확보하기 위해 바로 몸을
돌렸다. 그때 뒤에서 기다리다가 그녀의 이마에 총구를 겨누는 자
가 있었다. 일본군이 아니었다. 그녀처럼 농민복을 입은 남자, 임
판석이었다.

그는 낡은 소총 총구로 월화의 이마를 쓱 밀었다.

"네 놈이 스파이였구나."

월화는 이를 갈며 두 손을 들었다. 임판석은 소리 내어 웃었다.
얼마 안 있어 일본군들이 달려와 그녀를 포위했다.

스기타는 오랜만에 흐뭇한 기분이었다. 그는 기지 내 포로 감옥

에 딸린 심문실에 앉아 있었다. 회벽돌로 지어 올린 심문실은 창이 없이 천장에 매달린 백열등만이 침침하게 안을 밝혔다. 스기타는 지휘봉으로 긴 전선 아래 매달린 전구를 툭툭 건드렸다. 그때마다 불빛이 이리저리 흔들렸다. 위태로운 불빛 속에 월화가 보였다. 동북항일연군의 대장 붉은 여우는 팔다리를 벌린 형상으로 벽에 묶여 있었다.

"잘했어."

스기타는 옆에서 치하를 기다리고 있는 임판석의 등을 두드려주었다.

"생포해서 더 의미가 있는 것 같습니다. 중대장이니 많은 정보를 알고 있을 겁니다."

임판석이 스기타에게 말했다.

"좋아. 아주 좋아. 자네는 그만 나가 보게. 내 특별히 오늘 저녁은 자네 배가 터지도록 고기를 먹게 해주겠네. 실컷 먹고 위안소에서 기분이나 내도록."

"감사합니다, 중대장님!"

임판석은 몇 번이나 머리를 조아리고 심문실을 떠났다. 월화와 둘만 남은 스기타는 팔짱을 낀 채 월화를 응시했다. 처음에 끌려왔을 때만 해도 거칠게 반항하던 그녀는 지금 꼼짝 못하는 신세로 바닥만 보고 있다. 찢겨진 옷 사이사이로 젖가슴과 배가 보였다. 스기타는 자리에서 일어나 월화 앞으로 다가갔다.

"다들 너를 붉은 여우라고 부르던데, 왜지?"

월화는 대답하지 않았다. 그저 땅을 보며 고개를 떨구고 있을 뿐이었다. 스기타는 손을 들어 월화의 턱을 치켜들었다.

"왜 대답을 하지 않지? 황국어를 못하나?"

월화는 여전히 묵묵부답. 다만 억지로 들린 월화의 시선은 스기타의 눈을 정면으로 응시하고 있었다.

"죽고 싶나? 죽으려고 용쓰는 건가?"

스기타가 조선말로 말했다. 월화의 표정이 변했다. 스기타는 그 변화를 놓치지 않았다. 그는 씨익 미소 지으며 계속 조선말로 말했다.

"맞아. 나도 조선인이었다. 지금은 아니지만. 한때는 조선인이었지."

"지금은 일제의 개가 되었구나?"

월화가 끌려온 뒤 처음으로 입을 열었다. 스기타는 호기심 어린 표정으로 월화 앞에 얼굴을 들이밀었다.

"빨리 죽여달라는 거냐? 그렇게는 못하겠는데. 죽고 싶다고 애원할 만큼 험한 욕을 다 보여준 다음에 천천히 죽게 할 거야. 지옥에 가서도 내 얼굴을 안 잊어버리도록."

"그렇게 말하면 내가 겁먹고 벌벌 떨 줄 알았나? 부끄러운 줄 알아. 나라를 등진 주제에."

"내가 왜? 나한테 아무것도 해줄 수 없는 조국 대신 새로운 조국을 택했어. 그런데 내가 왜 부끄러워해야 하지?"

"조국을 버리는 건 부모를 버리는 것과 마찬가지다."

"자식을 제대로 돌봐주지 못하는 부모도 부모인가? 그런 부모를 떠난 자식이 손가락질을 받아야 하나? 인간은 누구나 행복을 좇을 권리가 있어."

"남의 행복을 짓밟으면서?"

"지금은 전시다. 나는 군인이고 너는 포로야. 지금 시건방지게 나하고 말싸움할 형편이 아닐 텐데?"

월화는 말없이 스기타를 쏘아보았다. 스기타는 그런 시선을 즐기고 있었다. 그가 뭐라고 말을 하려는데 심문실 문이 열렸다. 마사노부 중좌였다.

스기타는 예를 갖추어 경례를 올렸다. 잘 다려진 군복 차림의 마사노부 중좌는 경례를 받고 스기타 옆에 와서 섰다.

"이 자인가? 독립군 대장이라는 자가?"

"네, 그렇습니다."

"여자인 줄은 몰랐군."

"붉은 여우라는 별칭으로 불리는 자입니다. 수년 동안 우리 측에 입힌 손실이 상당합니다."

마사노부 중좌는 고개를 끄덕이더니 스기타의 어깨를 탁탁 두드려주었다.

"큰 공을 세웠네. 요즘 노몬한 쪽 상황 때문에 기지 분위기가 안좋은데 아주 큰일을 했어."

"중좌님 덕분입니다!"

스기타가 발을 착 모아붙이며 소리쳤다. 마사노부 중좌는 그런 스기타를 뿌듯한 시선으로 지켜보았다. 스기타는 드디어 마사노부 중좌의 확실한 신임을 얻었음을 알았다.

"중좌님, 부탁이 있습니다."

"뭔가?"

"전투가 시작되면 제가 이끄는 부대를 가장 최전방에 세워주십시오."

"호오. 자네에게 그런 무사도 정신이 있었나?"

"보여드리고 싶습니다. 천황 폐하께 목숨을 바치겠다는 충정이 어떤 것인지를요."

"좋네. 작전계획이 지금 마무리 중이니 내 적극 추천하지."

"감사합니다!"

중좌는 월화를 힐끗 보고 말했다.

"이 여자는 어찌할 셈인가?"

"정보를 캐낸 다음 죽일 생각입니다."

"그래. 시간이 오래 걸리지 않도록 하게."

마사노부는 심문실을 나갔다.

스기타는 다시 독대한 월화를 쏘아보았다.

"이봐, 붉은 여우. 내가 너한테 뭘 궁금해할 것 같나?"

"뭘 물어봐도 대답해주지 않을 것이다."

그 말에 스기타는 큰 소리로 웃음을 터뜨렸다.

"나도 마찬가지야. 아무것도 궁금하지 않아. 그러니 아무것도 물어보지 않을 거야. 처음 너를 잡으려고 했을 때는 생각이 달랐지. 그러나 이제 더 큰일이 벌어지고 있거든. 너희 같은 독립군들 따위 신경 쓸 여유도 없고 필요도 없다는 말이야. 그러니 넌 쓸모없는 존재일 뿐이야."

"그렇다면 죽여라."

"딱 하나 쓸모가 있지. 아까도 말했잖아. 죽여달라고 애원할 만큼 욕을 보인 다음 죽이겠다고. 곧 알게 될 거야. 너의 쓸모가 무엇인지."

스기타는 천천히 손을 뻗어 월화의 몸을 만졌다. 땀과 피, 흙먼지로 얼룩진 몸이었지만 타고난 여성의 굴곡은 여전했다.

스기타는 조선인을 괴롭힐 때마다 묘한 심리적 보상을 얻었다. 자신의 과거 존재를 부정하는 작용이었다. 그럼으로써 조금 더 일본인에 가까운 존재로 다가가는 느낌. 그래서 그는 조선인들에게 더 가혹하고 냉정했다.

스기타는 붉은 여우를 통해 가혹함의 끝을 보여줄 생각이었다.

오늘이다, 내일이다, 매일 출격한다는 소문이 도는 통에 내무반의 조선인들은 극도로 불안한 심리 상태로 지냈다. 길수도 크게 다르지 않았다. 한 걸음이라도 더 가까이 가고 싶은 고향에서 점점 더 멀어져가는 느낌. 운명의 늪이 깊이를 모르는 바닥으로 그의 발을 붙들고 끌어당기는 느낌. 그는 아침부터 밤까지, 아니 꿈속의 순간순간까지도 괴로워했다.

이상한 날이었다. 비가 오지 않는 마른하늘에 천둥이 이어졌다. 총소리 포탄소리로 오인해 몸서리치는 사람도 있었다. 길수는 관물대를 뒤져 지난해 가을 23사단 기지로 들어오면서 배급받은 물품들 속에서 원고지와 연필을 꺼냈다. 심이 부러진 연필을 다시 칼로 깎고 원고지를 바닥에 펼쳤다. 그리고 부칠 길이 없는 편지를 써내려갔다.

건우에게

작별의 인사도 나누지 못하고 떠난 지가 벌써 오래전이구나. 아비를 많이 원망하였지? 아비는 지금 산천의 모습조차 다른 먼 땅에 와 있다. 이곳의 사정은 그리 좋지 못하다. 그러나 아비는 반드시 살아서 너에게 돌아갈 것임을 믿는다. 그러니 그날이 올 때까지 건강하게 지내기만을 바랄 뿐이다.

언젠가 너에게 약조하였던 일을 기억한다. 볕이 참 좋았던 바닷가에서 모래성을 쌓으며 놀다가 그랬지. 큰 파도가 오면 아빠가 널 번쩍 들어줄 거라고. 그러니 겁내지 말라고.

약속을 지키지 못해 미안하다. 파도 앞에서 너를 지켜주기는커녕 내 한 몸조차 지키지 못한 못난 아비여서 미안하다. 이제 너는 강하고 의연해져야 한다. 슬픔과 절망이 너의 여린 육체와 정신을 회복 불가능하게 무너뜨리지 않기를 간절히 소망한다.

이 편지를 니가 언제쯤 볼지 모르겠구나. 과연 너의 손에 전해질까도 모르겠다. 그러나 간절히 바라고 또 바라노라. 아비의 미안한 마음과 그리운 마음이 전해지기를.

매일 매순간 너를 걱정하고 그리워한단다. 이제부터 너와 이야기를 나누도록 할게. 어쩌면 바람을 타고 마음이 전해질지도 모르니까.

조금만 더 기다려. 반드시 돌아간다.

한 글자 한 글자 눌러 쓰면서 길수는 울지 않으려고 애썼다. 그는 원고지를 접어서 다시 관물대에 넣었다. 그때 건우의 목소리가 들렸다.

— 아빠. 저는 잘 지내고 있어요.

길수는 어금니를 꽉 다물었다. 눈을 감고 아들과 이야기를 나누었다.

— 밥은 어떻게 챙겨 먹고 있니?

— 옥수수 찌는 법도 알고 많이 허기질 때면 면장님 댁에서도 밥을 먹어요. 그리고 대장간 주인아주머니께서도 가끔 돌봐주세요. 아빠는요?

— 아빠는 잘 지낸다. 잘 먹고 건강하게 지내고 있어.

— 못 본 사이에 키도 많이 컸어요. 놀랄지도 몰라요.

— 이제 곧 아빠 키도 따라 오겠는 걸?

— 그럴지도요. 그런데 아빠. 전쟁은 왜 하는 거예요?

— 잘 모르겠구나. 예전에는 아빠도 안다고 생각했는데 지금은 잘 모르겠다.

— 죄송해요, 아빠.

— 뭐가?

— 아빠를 힘들게 해서요.

— 무슨 뜻이냐?

— 제가 아니었다면 아빠는 잡혀가지 않았을지도 몰라요.

— 무슨 뜻이지?

— 대장간 아주머니가 그랬어요. 아빠가 제 생일이라고 일찍 나

섰다가 순사들 눈에 띈 모양이라고요.

— 그렇지 않아. 그런 우연까지 책임을 물을 수는 없단다. 그리고 아들의 생일을 챙겨줘야 하는 건 모든 아빠의 의무야.

— 나중에 꼭 피리를 만들어주세요.

— 피리는 다 만들었다. 지금 아빠 호주머니 속에 있어. 항상 지니고 다닌단다.

— 요즘도 피리를 부세요?

— 가끔. 아주 가끔.

— 자주 불어주세요. 아빠가 피리를 불면 전 그 소리를 들어요. 멀리 있다해도요.

— 그래, 그럴게.

— 아빠가 간 뒤로 산에서 늑대가 울지 않아요. 그래서 오히려 더 무서워요. 늑대도 일본 순사들에게 잡힌 걸까요?

— 피리 때문이다. 아빠가 돌아가면 피리를 불 테고 그럼 늑대도 울 거다.

— 다행이에요.

— 니가 조금 더 크면 너 혼자서도 피리를 깎아 만들 수 있을 거다. 아마 한 살만 더 먹어도 할 수 있을 거야.

— 싫어요. 피리 만드는 법은 아빠한테 배울래요.

— 그렇다면 그렇게 하자.

— 저는 믿어요.

— 무엇을?

— 아빠가 믿고 있는 것을요. 그게 무엇인지는 잘 몰라도요.

— 고맙다.

— 이제 잘게요.

— 잘 자라.

— 아빠도요.

— 건우야.

— 네?

— 마지막으로, 울지 말아라.

— 그건 어려운 부탁이에요.

— 무섭니?

— 처음에는 그랬어요.

— 지금은?

— 지금도 사실은 그래요.

— 그래도 울지 마라. 울음은 또 다른 슬픔을 부르니까.

— 노력할게요.

— 그래, 그거면 됐다.

— 잘 자요, 아빠.

— 잘 자라, 아들.

23사단 기지의 작전본부에서는 최고위 장교들의 논쟁이 한창이었다. 그동안 논쟁거리였던, 출격을 하느냐 마느냐는 더 이상 안건이 아니었다. 이미 일본군은 제2항공대를 동원하여 몽골의 소련군 후방시설 탐스크 공군기지에 대규모 공습을 실시했다. 우려와는 달리 대성공이었다. 수많은 소련 군용기가 떠보지도 못하고 파괴되었다. 연이어 육군이 진격해야 할 순서였다.

각종 통신 장비들과 책상, 서류, 레이더 모니터 등이 갖춰진 회의실 테이블에는 사단장인 코마츠바라 중장을 중심으로 제3전차연대 지휘관인 요시마루 대좌, 전차부대 지휘관인 와타나베 대좌 등의 지휘관들, 그리고 그 아래 작전 장교가 모두 모여 있었다. 요시마루 대좌가 입을 열었다.

"문제는 소련군이 보유한 BT-5, BT-7 전차들입니다. 우리 연대 탱크의 대부분을 차지하고 있는 89식 전차로는 대적이 불가능할 텐데요."

"3연대에 89식 외에 다른 기종들은 없습니까?"

"전체 전차 44대 중 26대가 89식입니다. 94식이 4대, 97식은 15대밖에 안 됩니다. 제4전차연대도 사정은 비슷하지 않습니까?"

"무슨 말씀을! 우린 필승을 장담하고 있소. 48대의 전차들 중 95전차가 36대요."

"95경전차로는 소련군 전차를 상대하기 무립니다!"

"지금 와서 그런 소릴! 우리에겐 천황 폐하의 용맹한 병사들이 있잖소!"

와타나베 대좌는 옆에 앉은 마사노부 중좌를 불렀다.

"마사노부 중좌!"

"하이!"

중좌는 미리 준비한 화염병을 들고 테이블 앞으로 나섰다. 다들 의아한 표정으로 마사노부를 지켜보았다. 그는 특유의 의뭉스러운 눈을 가늘게 뜨고 말했다.

"지금 제가 손에 들고 있는 것이 바로 새로 개발한 무깁니다. 휘발유를 채운 이 병에 불을 붙여서 던지게 되면 적의 조종석이 엄청난 타격을 입게 됩니다."

그러자 요시마루 대좌가 반문했다.

"그럼, 전차 앞까지 다가가야 한다는 소리잖나? 던져보기도 전에 총에 맞아 죽거나 깔려 죽어!"

마사노부는 기다렸다는 듯이, 전혀 흥분하지 않은 톤으로 대답했다.

"목숨으로 만들어낸 승리가 더 가치 있는 법이지요. 어찌 전투에 앞서 희생을 두려워하십니까?"

"무모한 희생을 막자는 거지! 황국의 병사들에게 개죽음을 강요할 수는 없어."

마사노부는 미소를 지었다. 그는 화염병을 어루만지듯 손 안에서 돌리며 비책을 제시했다.

"황국 병사들의 희생은 많지 않을 것입니다."

"무슨 소리야? 중좌는 지금 앞뒤가 안 맞는 말을 하고 있잖나?"

"지금까지 모두 천여 명의 조센징 병사가 우리 기지에 들어와 있습니다. 열 명이 전차 한 대에 부딪혀 없어진다고 해도 전차 백 대는 거뜬히 무력화할 수 있습니다."

그 말에 다들 오호, 하는 표정으로 고개를 끄덕였다. 와타나베 대좌는 사단장 코마츠바라 중장의 눈치를 살폈다. 그는 흡족한 얼굴로 물었다.

"마사노부 중좌라고 했나?"

마사노부는 차렷 자세를 취하며 대답했다.

"하이!"

"내일부터 자네를 대좌로 진급시키겠네. 자네가 이번 작전의 선봉부대 지휘관을 맡도록 하게. 화염병 작전에 기대를 걸어보겠네."

"감사합니다, 사단장님!"

마사노부는 회심의 미소를 지었다.

대좌라니. 이제 장성으로 가는 마지막 계단만 남은 셈이었다. 짜릿한 성취감과 함께, 막사로 돌아가서 즐길 조선 소년의 어린 살결을 떠올렸다. 어쩌면 아이와는 마지막 밤이 될지도 몰랐다. 진격이 코앞에 닥친 지금, 욕정은 당분간 미뤄놓아야 한다. 마사노부는 감정과 욕망까지도 통제가 가능한 인물이었다.

스기타는 마사노부 중좌의 호출을 받고 단숨에 그의 막사로 달려갔다. 마사노부 중좌는 막사 앞뜰에서 스기타를 맞았다. 그리고 다음날 있을 대좌 진급 소식을 전해주었다.

"감축 드리옵니다. 중좌, 아니 대좌님!"

"자네도 곧 축하받을 일이 있을 걸세."

"네?"

"스기타 대위. 내가 곧 자네를 소좌로 진급시켜주겠네."

스기타는 기대하지 않았던 희소식에 눈만 껌벅거렸다.

"이틀 뒤 출격한다."

마사노부는 잔뜩 긴장하고 있던 스기타에게 화염병 작전에 대해 설명해주었다.

"선발대는 모두 오천 명이다. 그중 조선인 병사 천여 명이 선봉대로 길을 뚫는다. 다만 전부 조센징으로 내세우는 건 곤란해. 반발을 살 수도 있으니까. 10대 1의 비율로 일본인 사병을 섞도록 해라."

스기타는 길게 설명을 듣지 않아도 마사노부의 작전을 알아들었다.

"제가 선봉대를 이끌어도 되겠습니까?"

마사노부는 승낙의 의미로 고개를 끄덕였다.

"이번 작전이 성공하면 자네는 스기타 소좌가 되는 걸세. 진급 속도로 보면 나의 젊은 시절만큼 빠른 셈이지. 그리고 조선인이 없는 순수 일본인들로 이뤄진 부대의 지휘관으로 자네를 보내주겠네."

마사노부의 마지막 말에 스기타는 몸을 부르르 떨었다. 그토록 염원하던 순간이 찾아왔다.

"반드시 승리하도록 하겠습니다."

"그래야지. 자네도, 나도. 쉽지는 않을걸세. 소련군 전차부대는 만만한 적이 아니야."

"몸을 바쳐 물리치겠습니다."

"좋아."

스기타는 경례를 붙였다. 경례를 받아주고 막사로 들어가려던 마사노부가 슬쩍 덧붙였다.

"아, 그리고 막사에 두고 있는 당번병 아이 말일세."

"네, 대좌님."

"전장으로 떠나면 거추장스러워질 듯해. 오늘 마지막으로 데리고 있을 생각이네. 내일 자네가 알아서 처리하게. 뒤탈 없도록."

"알겠습니다."

마사노부 중좌는 막사로 들어갔다. 열린 문틈으로 책상 앞에 앉아 있는 영수의 모습이 스기타의 눈에 들어왔다. 몸에 맞지 않게 큰 군복을 입은 영수는 입을 반쯤 벌린 채 밖을 보고 있다가 스기타와 눈이 마주쳤다. 스기타는 영수를 보며 씩 웃어 보였다.

돌아오는 스기타의 발걸음은 가벼웠다. 그는 재빨리 머리를 굴려 정리해야 할 일들의 우선순위를 매겼다. 출격은 벌써 오래전부터 오늘 내일 날만 기다리고 있었으니 급작스러운 일이 아니었다.

스기타는 부대원들의 내무반으로 향했다. 출격 소식을 전하는 대신 다른 명령을 하달했다. 그리고 짜보와 임판석을 데리고 기지 내 포로 감옥으로 향했다. 간수장에게 상황 설명을 하고 월화를 끌어냈다. 어리둥절해하는 짜보에게는 임판석이 상황 설명을 해주었다.

스기타는 막사 건물 뒤편 공터로 월화를 끌고 왔다. 이미 하달해놓은 명령대로 공터에는 사람 키의 곱절이나 되는 통나무가 땅속 깊이 박혀 있고 그 옆에 밧줄이 놓여 있었다.

"묶어."

스기타가 명령했다. 짜보와 임판석은 월화를 통나무에 꽁꽁 묶었다. 이미 며칠째 물 한 모금 못 마신 월화는 입술 곳곳이 마르고 갈라졌다. 피부도 푸석했고 제대로 치료하지 못한 몸 곳곳의 상처는 곪아서 고름을 담았다. 여전히 형형한 눈빛만이 그녀가 만주대륙을 누비던 붉은 여우임을 알려주는 유일한 증거였다.

"가서 부대원들을 집합시켜."

스기타는 짜보에게 명령했다.

"네, 대장님!"

짜보가 재빠른 걸음으로 막사로 달려갔다. 스기타는 일본도를 빼들었다. 그리고 칼끝으로 월화의 몸 곳곳을 쓰다듬었다. 월화는 반응할 힘도 없는지 고개를 축 늘어뜨린 채 가만히 있었다.

"이제 힘이 좀 빠지셨나? 처음 잡혀 왔을 때는 그렇게 악을 쓰더니 말이야."

스기타가 중얼거렸다. 월화는 대답하지 않았다.

"너를 어디에 쓸까, 하다가 좋은 생각이 떠올랐어. 역사에 남은 명장들은 항상 부하들의 정신무장을 중요하게 생각했지. 경각심을 불러일으키기 위해 반역자나 적을 공개처형하고 시체를 걸어놓기도 했어."

그러면서 스기타는 일본도 칼끝을 월화의 목에 들이댔다.

"죽을 준비가 됐나?"

월화는 그제야 고개를 들어 스기타를 보았다.

"지하에서 만나자. 그때는 내가 니 놈의 목을 쳐주마. 어서 쳐라."

그 말에 스기타의 턱근육이 실룩거렸다. 스기타는 칼로 월화의 몸을 그었다. 피부는 아슬아슬하게 칼끝을 피하고 누더기처럼 낡고 헤진 월화의 옷이 찢어졌다. 월화의 하얀 알몸이 속절없이 드러났다. 스기타는 킬킬 웃으며 계속해서 옷을 찢었다. 마침내 월화는 실오라기 하나 걸치지 못한 알몸이었다.

몸을 묶은 밧줄 사이로 눌린 젖가슴이 불룩 솟았고 둥근 나무 몸통을 따라 반 걸음 정도 벌린 채 묶인 다리 사이로 음부의 털이 고스란히 보였다. 스기타는 만족스러운 표정으로 월화를 보고 있다가 다시 칼을 들었다. 칼끝으로 월화의 배꼽 주변을 맴돌았다.

"내가 너를 어떻게 죽일 것 같으냐? 목을 베서? 배를 갈라서? 아니면 가슴과 음부를 도려내줄까?"

꾹 다물고 있던 월화의 입에서 결국 신음이 흘러나왔다. 스기타가 낄낄 웃었다.

"아니. 그건 너무 식상해."

그러는 사이 하나둘씩 모여든 부대원이 모두 집합했다. 다들 눈앞의 광경에 얼이 빠진 모습이었다. 스기타는 부대원들을 보며 말했다.

"우리 부대의 출격일이 결정되었다. 이틀 뒤 전장으로 출발한다. 우리는 자랑스럽게도 최전선을 뚫고 나가는 선발대 중에서도 선봉부대로 참전한다."

부대원들 사이에 술렁임이 일었다. 스기타가 말을 계속했다.

"여기 잡혀 있는 포로는 만주의 반란세력 중에서도 가장 악질적인 부대를 이끌던 붉은 여우라는 계집이다. 이 악랄한 계집은 여기 이렇게 묶인 채 하루하루 말라 죽어갈 것이다. 태양과 갈증과 배고픔이 우리의 적을 심판할 테지. 감히 우리 대일본제국의 황군에게 저항하는 자들이 어떻게 최후를 맞는지 똑똑히 보길 바란다. 혹여나 전장에 나가서 물러서거나 등지는 자들이 있다면 나는 망설임 없이 베어버릴 것이다."

표독스러운 스기타의 음성에 부대원 모두 기가 눌린 듯 조용해졌다. 스기타는 칼끝으로 월화를 가리키며 경고했다.

"저 사악한 계집에게 조금의 동정이라도 보이는 자가 있다면 역시 내 칼에 쓰러진다. 물도 음식도 건네지 말도록. 알겠나?"

다들 입을 모아 대답했다. 한 명만 빼고. 길수는 의미를 알 수 없는 시선으로 월화를 보고 있었다. 그러다가 고개를 들어 하늘을 보았다. 검은 독수리 서너 마리가 빙빙 돌았다.

다음날 이른 아침부터 작전실은 분주했다. 선발대를 맡은 마사노부 대좌 이하 장교가 모두 모였다. 작전 테이블 위에는 노몬한 국경지대의 지도가 펼쳐져 있었다. 마사노부 대좌는 매 같은 눈으로 지도를 살폈다. 다른 장교들은 실행 계획을 놓고 마지막까지 갑론을박을 벌였다.

"쉽지 않을 텐데. 하루 종일 달려도 족히 이틀은 걸릴 거야."

"하루 반나절로 맞출 수 있습니다."

"공군 지원은 확실히 되는 거요? 그쪽으로서도 부담되는 거리인데."

"43공군 대대와 벌써 얘기 다 끝났습니다. 문제는 선봉 부댑니다. 정확히 뚫고 들어가서 43공군 대대에 무전을 줘야 합니다."

"만약 선봉대가 실패하면? 소련 측 반격으로 우리 타격이 클 텐데? 소련군 공군 기지에서도 그리 먼 거리가 아니잖소?"

다들 스기타에게 시선이 쏠렸다. 스기타는 사뭇 준엄한 표정으로 말했다.

"실패하지 않겠습니다. 천황 폐하의 이름을 욕되게 하지 않겠습니다!"

마지막으로 마사노부 대좌가 입을 열었다.

"제군들. 이미 주사위는 던져졌다. 우리는 명령을 따르는 군인일 뿐. 동시에 우리는 어떤 명령도 실행해내야 하는 군인이다. 상부의 진격 명령에 따라 내일 아침 7시를 기해 기지를 출발한다. 선봉대는 스기타 대위가 이끄는 천여 명의 특수 대전차 보병부대다. 이번 전쟁에서 반드시 승리해 소련놈들에게 대일본제국의 위대함을 보여주도록 하자."

마사노부는 작전실 벽에 걸린 일장기를 향해 경례를 붙였다. 다들 엄숙한 자세로 경례를 따라 했다.

정대는 잡생각을 하지 않으려고 애썼다. 결전을 앞둔 그의 마음
은 평정을 찾은 쪽에 가까웠지만 옆자리의 길수가 신경 쓰였다.
어젯밤부터 이상했다. 원래 말이 없긴 했지만 아예 한 마디 말도
하지 않고 대답도 거부했다. 영문을 몰랐던 정대는 전투를 앞둔
긴장 때문이리라 생각하고 길수를 내버려두었다. 정대가 군장을
다 꾸린 뒤에도 길수는 가만히 앉아만 있었다.

"형님, 짐은 싸셔야죠?"

길수는 대답이 없었다.

"갑자기 왜 이래요? 설마 무서워서 그런 겁니까?"

길수가 정대를 돌아보았다. 그 시선이 너무나도 슬퍼 보여서 정
대는 더 이상 말을 붙이지 못했다. 대신 정대는 길수의 군장을 싸
주었다.

"저승 갈 채비를 뭐하러 그렇게들 열심히 하나?"

건너편 침상에 걸터앉아 있던 언청이 사내가 넋두리를 했다.

"이 새끼가 재수 없게 왜 그딴 얘기를 씨부려?"

눈이 툭 튀어나온 키 작은 남자가 사내의 머리통을 때렸다.

"왜 이 새끼야? 내가 틀린 말 했냐?"

"죽기는 누가 죽어? 니 놈이나 뒈져라."

둘의 악다구니가 이어졌다. 싸움을 말리는 사람이 없자 제풀에 꺾여 오래 가지 못했다. 정대는 길수의 군장까지 다 싼 뒤에 자리에 누웠다. 눈을 감고 깊이 숨을 들이마셨다. 이제는 익숙해진 찌든 냄새. 문득 다신 이 냄새를 맡지 못할지도 모른다는 생각이 들자 애써 유지하던 마음의 평정이 흔들렸다.

그때였다. 떠들던 사내들이 일순간 조용해졌다. 정대는 눈을 뜨고 주위를 살폈다. 좀처럼 없는 일인데, 스기타가 내무반에 들어왔다. 그는 혼자가 아니었다. 영수가 그를 따랐다.

"형님, 영수가 왔어요!"

정대는 길수를 돌아보았다. 길수는 아까처럼 가슴 아픈 시선으로 영수를 보고 있었다. 정대는 뭔가 일이 터질 것 같은 심상치 않은 느낌에 침을 꿀꺽 삼켰다.

영수가 이상했다. 힘들어도 항상 까불거리는 천진함이 얼굴에 있던 아이였는데 그런 표정이 하나도 없다.

스기타는 길수 옆에 비어있는 원래 자리로 영수를 데리고 와 앉혔다.

"어차피 죽을 목숨이라면 소련놈들의 전차 캐터필러 하나라도 뜯고 죽어라."

영수에게 나지막하게 명령을 남긴 스기타는 내무반을 나갔다. 영수는 그 말을 알아듣는지 모르는지 앞만 보고 있었다.

"영수야, 괜찮니?"

정대가 물었다. 영수는 그를 보며 눈만 껌벅껌벅할 뿐이었다.

"도대체 무슨 일이 있었던 거냐?"

영수 역시 길수처럼 말을 잃은 듯했다. 얼굴은 뽀얗게 살이 올랐으나 눈빛에는 생기가 없었다. 영수는 옆자리에서 바위처럼 가만히 앉아 있던 길수와 시선을 마주했다. 길수가 천천히 영수를 품에 안았다. 영수가 갑자기 울음을 터뜨렸다. 오랫동안 길 잃고 헤매던 어린 아이가 아빠를 찾았을 때 우는 울음이었다. 길수는 말없이 그런 영수의 등을 쓸어내렸다.

밤이 찾아왔다. 부대원들은 다음날 있을 출격을 위해 평소보다 한 시간 일찍 소등을 하고 취침했다. 작은 도시와도 같은 23사단 기지는 폭풍 전야의 고요 속에 빠져들었다. 소련군과 교전을 시작한 이래 만약의 공습에 대비해 야간에는 최대한 불빛을 억제했던 탓에 어둠도 정적만큼 깊었다.

"이봐, 일어나. 보초 서야지."

새벽 4시. 정대는 잠이 깼다. 먼저 새벽 3시부터 4시까지 보초를 선 사내는 연달아 길수도 깨웠다. 정대는 비몽사몽 간에 군복을 입고 복도로 나갔다. 길수는 조금 늦게 따라 나왔다. 둘을 깨운 사내를 따라 막사 건물 앞으로 향했다. 보초 자리에서 기다리고 있던 또 한 명의 부대원이 길수와 정대를 보며 말했다.

"자네들이 노몬한 기지의 마지막 보초일세."

그의 말이 맞았다. 출격을 두 시간 앞둔 새벽 5시가 기상시간이었다. 길수와 정대는 한 시간 뒤 내무반에 가서 부대원들을 깨워야 했다.

"한 시간이라도 더 눈 부쳐야지."

먼저 보초를 섰던 부대원 둘이 내무반으로 들어갔다. 동쪽 하늘로 기울어진 달이 휘영청 밝았다.

저 달도 보초를 교대하듯 곧 태양과 하늘의 지배자 자리를 교대하겠지. 이 기지에서 보는 마지막 달이겠구나.

정대는 눈을 감고 빌었다.

— 명선 아씨. 별 탈은 없으신지요? 해를 봐도 달을 봐도 아씨 생각뿐입니다. 돌아가서 신랑 각시로 살려면 얼른 여기서 나가 책도 보고 교육도 받아야 할 텐데. 저는 아직도 힘만 쓸 줄 아는 무지렁이라서, 그것이 요즘 걱정입니다. 미안합니다. 이렇게 와버려서. 부디 건강만 하세요. 저는 어떻게든 살아서 돌아가겠습니다.

정대는 눈을 떴다. 길수에게서 뭔가 이상한 모습을 보았다. 군복을 입은 그의 배가 불룩 솟아 있었다. 안에 뭔가를 감춘 모양이었다. 의아해하는 정대의 시선과 마주친 길수가 물끄러미 정대를 보았다. 여전히 말은 없었다.

"형님, 어제부터 왜 그럽니까? 가뜩이나 내일 출격하는 통에 마음이 조마조마한데."

"정대야."

길수가 하루 만에 천천히 입을 열었다. 정대는 눈을 번쩍 떴다.

"자리를 좀 비워야겠다."

길수는 보초 위치를 떠나 어둠 속으로 걸어갔다. 화들짝 놀란 정대가 길수의 옷자락을 잡았다.

"왜 이래요? 형님, 진짜 미쳤어요? 이 캄캄한 새벽에 어딜 갑니까? 화장실은 반대편인데."

"너는 나를 막지 못한다."

"대체 왜 그러는지 말이라도 해보세요."

"아내가 밖에 있다."

그제야 정대의 정신이 번쩍 들었다. 길수에게서 들은 옛 시절 이야기가 떠올랐다.

"설마 형수님이?"

길수는 무겁게 고개를 끄덕였다. 정대는 도리어 본인이 안절부절못하며 당황했다.

"어쩌면 좋습니까? 그렇다고 해도 형님. 구해낼 방법이 없습니다. 아무리 생각해도 방법이 없습니다."

"니 말이 맞다. 좋은 방법은 없다."

"그런데 어쩌려고 이러십니까?"

"구하려고 하는 것이 아니다."

정대의 눈이 커졌다. 길수는 아리송한 말을 남기고 어둠 속으로 성큼성큼 걸어 들어갔다. 정대는 차마 그를 잡지도 따라가지도 못했다. 멀리서 늑대가 슬프게 울었다.

〈2권에서 계속〉

노몬한의 조선인

1판 1쇄 발행 2011년 10월 17일
1판 3쇄 발행 2011년 11월 17일

지은이   이재익
발행인   허윤형
마케팅   박태규
편 집   공영아
펴낸 곳   황소북스
주소   서울 마포구 동교동 LG팰리스빌딩 1424호
전화   02)334— 0173 팩스 02)334— 0174
홈페이지   www.hwangsobooks.co.kr
블로그   blog.naver.com/hwangsobooks
트위터   @hwangsobooks
등록   2009년 3월 20일(신고번호 제 313— 2009— 56호)

ISBN 978— 89— 97092— 14— 7(04810)
ISBN 978— 89— 97092— 13— 0(세트)
ⓒ 2011 이재익